A E
& I

Redención

Autores Españoles e Iberoamericanos

Julio Castedo

Redención

Planeta

Avda. Diagonal, 662-664, 08034 Barcelona
www.editorial.planeta.es
www.planetadelibros.com

Diseño de la colección: © Compañía

Primera edición: septiembre de 2015
Depósito legal: B. 17.877-2015
ISBN: 978-84-08-14465-6
Preimpresión: Víctor Igual, S. L.
Impresión: Romanyà
Printed in Spain - Impreso en España

El papel utilizado para la impresión de este libro es cien por cien libre de cloro y está calificado como **papel ecológico**

Para María, por darme una nueva vida

Gracias, Katia

«... recapacitando, hurgando en los resquicios de mi memoria lo sucedido aquella noche, a veces dudo».

Elogio de la madrastra
MARIO VARGAS LLOSA

«Quid ei potest videri magnum in rebus humanis, cui aeternitas omnis, totiusque mundi nota sit magnitudo».

Tusculanae Disputationes
MARCO TULIO CICERÓN

1

MEMORIAS DE JOHN ELLERMAN

Mi nombre es John Ellerman, aunque eso tal vez no le importe a nadie. Nunca he sabido qué relevancia puede tener un nombre, dos palabras que no se eligen y que siempre vienen impuestas, que tanto valen para denominar a un santo como a una alimaña, porque el nombre no imprime carácter, solo es una serie de letras, unos sonidos que con el tiempo adquieren cierta capacidad de evocación. Muchas niñas de las castas inferiores de la India carecen de nombre, y no por ello dejan de tener una personalidad y una biografía. Qué curiosa obsesión la de algunos individuos, queriéndolo transformar todo en palabras, como si una serie de palabras desnudas pudieran tener más valor que los hechos.

Nací hace ahora veinticuatro años en Blickersville, una finca ganadera en el condado de Kent, cerca de los húmedos pastos de Westerham. Era el hijo pequeño de una familia numerosa en la que, a pesar del ferviente deseo en contra de mi padre, todos fuimos varones, tal como habría sucedido en una maldición del Antiguo Testamento, o en una jocosa trampa del destino: cinco varones consecutivos que acabaron con la salud de su mujer y la llevaron a la tumba con el útero desgarrado.

Siempre me ha parecido muy cruel la forma en la que murió mi madre, una asquerosa burla de la naturaleza. Cada vez que pienso en ese maldito instante, la imagino sonriendo, con la mirada perdida de los dementes, manchada de sangre pero satisfecha por haber dado al mundo una nueva vida aunque fuera al precio de la suya, muriéndose mientras mi padre se fumaba un miserable cigarrillo de liar en el porche.

Apenas tengo recuerdos emotivos de mi padre, el laborioso propietario de aquella finca cenicienta y embarrada en la que medraban los niños, los cerdos y los pavos. Él no paraba de trabajar, siempre enfundado en su mono azul y sus botas de goma, también los días festivos, por lo que nunca tuvo muchas amistades, ni rehízo su vida con otra mujer tras quedarse viudo. De hecho, no recuerdo que ninguna mujer visitara nunca nuestra casa; incluso la señora Davies, que había sido una buena amiga de mi madre y nos servía a diario un delicado pan blanco horneado por ella misma, llamaba con tres fuertes golpes en la puerta, entregaba el pan y esperaba fuera y en silencio a que cualquiera de nosotros le sacáramos el dinero, aunque soplara el viento del norte o estuviera lloviendo. Siempre me intrigó aquella actitud tan inflexible, que nunca supe juzgar si derivaba de la prudencia o del temor. La verdad es que nunca recibíamos visitas, que la casa era un reducto de sombras; jamás fue testigo de una fiesta de primavera, ni de una Navidad tumultuosa.

Mi padre presumía de no haber leído ningún libro que no fuera la Biblia, y mantenía con vehemencia la idea delirante de que todas las novelas están llenas de demonios, que en sus páginas solo habita el pecado. Eso me supuso no pocas discusiones con él, pues yo era un fabulador incansable y disfrutaba perdiéndome en los infinitos universos de la imaginación, allí donde nadie podía seguirme. De hecho, mi padre creía en la ubicuidad de Dios y del demonio, y en que el mundo era el solar de su continua batalla y los hombres simples peones que habían de inclinarse a favor de la corte celestial o por las huestes del maligno. Era indudable de qué parte pensaba que estábamos cada uno. «¡No participéis en las obras de las tinieblas! —nos decía levantando la barbilla y poniendo los ojos como de mármol—. ¡Más bien reprendedlas!».

Él era fuerte, rudo y autoritario; alto y con los brazos largos y poderosos; con cierto olor a heces de pájaro; muy apegado a la tierra y poco dado a la fantasía y a las demostraciones de cariño. Jamás me felicitó por mis buenas calificaciones escolares, y no recuerdo que nunca me diera un beso, ni que me hiciera una caricia en el pelo; todo lo más, una brusca palmada en la espalda si había cumplido bien con alguna de las infinitas tareas de la granja. Supongo que algún día remoto mi padre también debió de ser joven y manso, alguien con dudas y con ilusiones, pero yo siempre lo había visto así, con el gesto serio, el mono azul y las botas de goma; y esa áspera imagen de él es la única que hoy perdura en mí. Lo recuerdo de pie frente al establo, muy quieto, fumando aquellos cigarrillos blandos y retorcidos, siempre en silencio, dejando que el humo trepara por su rostro y le escociera en los ojos, con la pequeña lumbre incandescente abrasando la ralladura de tabaco hasta que la sensación de calor alcanzaba sus dedos y él tiraba al suelo la colilla, casi enfadado, invadido por un parco resentimiento. Luego tomaba una amplia bocanada de aire, escupía al suelo las briznas del tabaco y se quedaba un rato mirando a su alrededor con hastío, sospecho que sin ver nada en concreto, solo añorando a mi madre. Después entraba en la casa, se lavaba las manos con jabón de aceite y un cepillo de raíces y, sin decir una palabra, ocupaba su puesto en la cabecera de la mesa y esperaba a que le sirviéramos la cena.

Antes de tocar los cubiertos, cuando ya todos estábamos sentados, mascullaba una breve bendición de los alimentos, siempre la misma, una que citaba la bondad de la tierra y el banquete del reino, bebía un largo trago de agua y con un gesto de su mano derecha nos permitía comenzar. Siempre cenábamos juntos, todos callados y mirando cada uno a su plato, porque mi padre no permitía el más mínimo comentario en la mesa, como si por romper aquel silencio reverencial pudiéramos ofender la generosidad de Dios. En la vida de mi padre, durante el tiempo que compartí con él, no hubo un solo momento de franca felicidad, ni le escuché una carcajada; a veces me parecía que ese hombre arrastraba un duelo demasiado difícil de soportar, que sus únicos propósitos en la vida eran volver a reunirse con su esposa, demostrarle respeto a Dios y marcar el camino que consideraba correcto a sus hijos. Reconozco que a veces deseaba su muerte, que soñaba con su cuerpo yerto, corroído por los gusanos, que lo imaginaba con la boca fría y seca, con el corazón mudo, pero sé también que en el fondo de mi alma no lo odiaba. Creo que lo quería muerto porque pensaba que solo entonces podría salir de la torre.

Porque todas las tardes, nada más cenar y antes de que anocheciera, lo hicieron con una precisión extraña a partir de los doce años de edad, mi padre y alguno de mis hermanos mayores me encerraban en la habitación más alta de la torre y me obligaban a dormir allí solo, en un camastro, mientras el resto de la familia lo hacía abajo, todos juntos y cerca del hogar. Jamás me dieron una explicación de por qué se comportaban así, por qué me excluían y me encerraban como si yo fuera una bestia. Llegué a intuir que me culpaban por la desgraciada muerte de mi madre durante el parto, que me rechazaban porque mi presencia en la casa era un continuo recordatorio de su pérdida. No les culpo por haberlo pensado, pues, según decían todos, la adornaban las mejores virtudes de una madre cristiana y era un ser humano admirable. ¡Cuánto me habría gustado conocerla! Es cierto que murió por mi culpa, pero yo no había pedido venir a este asqueroso mundo, al que llegué produciendo tanto dolor. Sé que con su presencia mi vida habría sido muy distinta, que ella no habría permitido que encerraran a su hijo pequeño en la torre. Ojalá yo no hubiese nacido y ella aún estuviera viva. Ojalá mi padre no hubiese puesto nunca encima de mi madre sus sucias manos de porquero.

Entonces no podía comprender que mis propios familiares fueran capaces de tanta mezquindad con un niño, pero ahora ya no me importa. Durante mucho tiempo sufrí al oír en la distancia sus risas fatuas y sus conversaciones desencajadas trepando por el hueco de la escalera, incluso sus peleas, porque siempre había alguna pelea absurda con la que estropear cualquier atisbo de tranquilidad; pero, con el paso de los años, las conversaciones banales de mi padre y mis cuatro hermanos, con su azorada jerga de pueblerinos, terminaron por resultarme indiferentes. El tiempo, que nunca atiende las impaciencias de los hombres, me hizo olvidar el sabor del miedo, y el de la decepción, como si ya estuviera saciado de contrariedades.

Ted, mi hermano mayor, es una burda réplica de mi padre; un individuo primario como él, obediente y trabajador, pero sin su recia personalidad. Siempre iba de un lado a otro con una pala en la mano, como si estuviera buscando algún montón de mierda que retirar. Tenía la cara alargada y huesuda, unas arrugas profundas en la frente que le hacían parecer mayor, los ojos muy separados, ligeramente estrábicos, y una nariz ancha salpicada de espinillas que él se arrancaba sin ningún cuidado con las uñas, dejando en la piel unos pequeños cráteres rojizos que siempre se le infectaban. Le faltaban dos dientes incisivos porque los había perdido en una pelea, y su ausencia le confería un aspecto de majadero extraviado que se correspondía muy bien con su rústica forma de ser. Era él, las más de las veces, quien ayudaba a mi padre en las tareas más duras de la granja, y también quien lo hacía a la hora de infligirme un castigo o de encerrarme en la torre. Aún recuerdo con amargura su risa estentórea cuando lo hacía, y la fuerza de tenaza de sus manos. Mi padre y Ted me cogían por las axilas, uno por cada lado, y me subían a la torre sin que mis pies tocaran los peldaños, indiferentes a mis súplicas.

David y Sam son gemelos. Había tal complicidad entre ellos que era muy difícil que se abriera una fisura en su relación. Vivían en un mundo hermético, de refuerzo mutuo, bajo una coraza de chistes privados y comentarios irónicos que solo ellos parecían comprender. Siempre me resultó extraña esa unión insobornable entre ambos, como si fueran dos apéndices de un mismo trozo de carne; a mí no me habría gustado que hubiese otra persona con el mismo rostro que yo, con las mismas expresiones, con el mismo pelo, una copia de mí mismo que pudiera hacerse pasar por mí y quién sabe si adivinar mis pensamientos. Ellos hablaban de mujeres y de fútbol con su voz destemplada y, en su aparente autoridad, menospreciaban a las chicas por el mero hecho de serlo e insultaban a los seguidores de otros equipos como si ellos tuvieran el privilegio exclusivo de pertenecer a una casta superior. A veces se escapaban por las noches, supongo que para emborracharse, y después volvían de madrugada, hasta una noche de verano en que no lo hicieron y su ausencia nos llenó de paz. Eran pelirrojos, buenos en los deportes, en especial jugando al fútbol, ágiles, violentos y muy inquietos. No conocían el miedo ni la cordura, y la ausencia de esas dos cualidades los convertía en seres indomables. Eran más inteligentes que nuestro hermano Ted, al que manipulaban a su antojo, y también mucho más egoístas. Había en ellos una desagradable indiferencia por el sufrimiento ajeno, una forma de crueldad sin emociones que me producía repugnancia. De hecho, David nunca hablaba conmigo, era evidente que me odiaba, pero nunca supe por qué. Tengo sentimientos ambiguos cuando los recuerdo, en realidad creo que nunca los quise, y que ellos tampoco me quisieron a mí. En esa incómoda simetría aprendí que los desafectos siempre son mutuos; que de alguna forma las miradas entre quienes se rechazan terminan ensuciándose, y el otro, quien recibe las miradas, suele ser capaz de distinguir esa mugre en nuestros ojos.

Mi cuarto hermano se llama William. Sin duda es el mejor de todos ellos, el único digno de algún elogio y el único con el que tuve una relación cercana. Esa excepción me ha hecho pensar que la anécdota de haber nacido en la misma familia no es capaz por sí sola de generar un cariño perdurable, que es necesario algo más, una afinidad natural que resulta casi imposible de forzar. No es obligatorio querer a un hermano, ni a un padre, ni siquiera a un hijo, aunque nos cause una profunda vergüenza reconocerlo. William solo me lleva diez meses y medio, tal vez la proximidad entre los dos embarazos esté detrás de la muerte de nuestra madre, y hay cierto parecido físico entre nosotros, los dos somos altos y morenos, anchos de espaldas, pálidos de piel, con la nariz recta y las palmas de las manos cuadradas; a veces medíamos nuestras manos poniendo una enfrentada a la otra, y nos agradaba comprobar que todos los dedos tenían la misma longitud y que las palmas coincidían al milímetro, que parecían exactas. Nunca se prestó a ayudar a mi padre a encerrarme en la torre, siempre encontraba alguna excusa para no hacerlo, incluso subía algunas noches a escondidas y hablaba conmigo a través de la puerta a pesar de que lo tenía prohibido. Ted estaba todo el tiempo trabajando con mi padre, los gemelos parecían miembros de un club privado y William y yo, siendo además los menores, nos vimos obligados a fundar a medias una sociedad de excluidos; bajábamos a pescar al río y a coger nidos; montábamos en bicicleta, jugábamos al balón vociferando el nombre de nuestros futbolistas favoritos, como si entre los dos pudiéramos formar un equipo completo; nos dejábamos caer rodando por las laderas de los prados, íbamos a la autopista... A veces echo de menos al bueno de William, con su tartamudeo nervioso y aquel tic que le hacía girar fugazmente la cabeza; dejó muy pronto el colegio, no tenía facilidad para el estudio y su fracaso escolar lo avergonzaba, se sentía impotente para memorizar cualquier texto, ni siquiera consiguió aprenderse la tabla de multiplicar, pero era un genio desmontando y arreglando motores, había un talento innato en él para comprender la lógica interna de las máquinas; sentí mucho tener que dejarlo allí, pero William era muy simple, un temperamento blanco, carecía de iniciativa, y con el tiempo se habría convertido en un estorbo.

Teníamos un perro pequeño, un superviviente sin nombre mezcla de cien razas; era listo, despierto, alegre, del color de la arcilla húmeda, nos seguía a todas partes y sentía una devoción singular por William: cuando estábamos todos, el perro buscaba su cobijo y siempre recibía a cambio una caricia; tal vez los perros detecten quién es el débil en una manada, quién necesita una atención especial. Aquel perro ágil y de pelo largo correteaba entre nuestras piernas sin tropezarse nunca, y era capaz de hacer inflexiones en el tono de sus ladridos como si estuviera a punto de hablar. Incluso a veces llegamos a pensar que podía entendernos y lo desafiábamos haciéndole preguntas; él nos miraba entonces inclinando la cabeza, como si estuviera a punto de contestar. Confiaba en nosotros, nos amaba, intentaba protegernos y nos alertaba de la presencia de cualquier intruso. Un día los gemelos lo colgaron de un cable y lo apalearon únicamente para divertirse. Lo ataron por una pata trasera y lo mantuvieron a cuatro palmos del suelo, en medio del cobertizo. William y yo intentamos impedirlo, pero Ted nos retuvo y nos obligó a presenciar aquel espectáculo inmundo. El perro gemía, nos miraba con pánico, como si pudiera sacar los ojos de sus órbitas, aullaba con cada golpe, parecía gritar, llegó a orinarse de miedo, y después de un sufrimiento terrible dejó de respirar sin intuir el porqué de aquel castigo. Cuando terminaron su juego macabro, lo dejaron ahí, suspendido del cable, roto, mudo, balanceándose sobre el charco de orina, con la lengua colgando fuera de la boca, como una triste alegoría de la muerte. William lo miraba sin comprender, y le seguía hablando como si el pobre animal pudiera escucharlo. Yo lo descolgué con cuidado y le ayudé a enterrarlo detrás de la casa. William no volvió a querer tener otro perro, ni siquiera volvió a hablar de él, pero tampoco les hizo nunca a los gemelos ningún reproche.

Esa forma de ser de William, su inquebrantable fidelidad al grupo, a veces conseguía irritarme. Siempre parecía estar orgulloso de pertenecer a nuestra familia, como si los Ellerman formáramos algún tipo de unidad más allá de una aburrida convivencia obligatoria, o si acaso pudiéramos presumir de algo que no fuera mediocre. Es muy probable que su completa falta de autoestima le hiciera ser un gregario, necesitar un grupo al que pertenecer; que en su menguada concepción de nuestras vidas entendiera que en el fondo, y a pesar de nuestras diferencias, nos queríamos los unos a los otros. Yo intentaba provocarlo, intentaba hacerle ver que no tenía por qué soportar la miserable tiranía de nuestros hermanos mayores, que ellos no habían nacido con el derecho de clavarle agujas en los muslos, ni de obligarle a hacerles favores, ni de pegarle golpes en la cabeza cada vez que les viniera en gana, que no podían hacernos sufrir ni someternos a sus órdenes solo porque hubieran venido al mundo antes que nosotros, pero William siempre los disculpaba, siempre encontraba alguna excusa que hacía parecer su comportamiento poco reflexivo, o como mucho imprudente, pero nunca maléfico. Tal vez con los ojos de William no era posible ver aquella maldad que a mí me parecía tan evidente, o quizá sea cierto que hay personas tan puras de corazón que no son capaces de asimilar que a su lado también habita lo perverso.

En la torre aprendí a convivir con el silencio, a cortarme con su filo invisible sin sentir dolor, a asumir que no se pueden esperar milagros de la nada. Pasé muchas horas tumbado en aquel camastro, sumido en ese tipo de oscuridad completa que solo es posible en algunas noches del campo. A veces me parecía que esa oscuridad se movía, que las tinieblas formaban grandes masas informes y se desplazaban muy despacio de izquierda a derecha por encima de mi cabeza, y luego de derecha a izquierda, y que yo podía seguirlas con la mirada durante un instante; luego esas masas se disipaban, regresaban a su punto de partida, la oscuridad se hacía absoluta y el juego podía volver a empezar. En otras ocasiones me apretaba los ojos con fuerza, y veía entonces pequeñas luces de colores formando figuras y expandiéndose como si fueran galaxias: eran rojas, verdes, azules, incluso amarillas, surgían de la negrura, brillaban fugazmente, fluían en el espacio y luego se desvanecían; un día leí que aquel entretenimiento, en apariencia tan inocente, podía llegar a producir algún tipo de ceguera, que podía dar lugar a un desprendimiento de la retina, y dejé de hacerlo. También me masturbaba, como todos los jóvenes de mi edad, al principio con cierto sentimiento de culpa, como si tuviera que avergonzarme de las urgencias de mi fisiología, luego como un entretenimiento, y al final como una simple rutina que me ayudaba a dormir. Allí leí todos los viejos libros que antes habían sido de mi madre y que mi padre condenó al exilio: las novelas de Flaubert y Balzac, las de Julio Verne y Robert Louis Stevenson, el teatro inglés, los poetas malditos, *El conde de Montecristo, Moby Dick, Cumbres borrascosas, Crimen y castigo, Los miserables, El Quijote...* Hasta que terminé con toda su biblioteca y sentí un deseo imperioso de dejar de bucear entre los sueños de otros y de conocer el sabor de mi propia vida. Por fortuna, nada más cumplir los diecisiete años conseguí salir de la granja. No fue fácil. Nunca es fácil abrirse un camino propio. Hay quien viene al mundo con el futuro regalado, pero al resto nos toca luchar, y caer, y levantarnos, y volver a luchar. Lo planeé con antelación, y reuní durante mucho tiempo las fuerzas necesarias para explicarle a mi padre que no quería vivir dando de comer a los cerdos, que deseaba estudiar una carrera universitaria y leer todos esos libros que a él tanto le repugnaban, labrarme un futuro distinto al de mis hermanos. Mi determinación era absoluta; incluso antes de bajar para hablar con él ya había recogido mis escasas pertenencias y las había guardado en una pequeña mochila. No me importaba el resultado de aquella conversación, porque, con independencia de sus argumentos, ese sería mi último día en la granja. A él no le gustó la idea y opuso cierta resistencia, a ningún padre le gusta ver marchar a su hijo, sentir que se rebela contra el camino que él mismo le ha marcado, contra lo que ha sido la realidad de su propia vida, pero al final conseguí convencerlo. En cualquier caso, él siempre me había considerado un joven díscolo y, dejándome ir, también se libraba de una presencia renuente y muy poco productiva. Después de un silencio de plomo, el viejo entró cabizbajo en su habitación, regresó, me miró fijamente con aquellos ojos azules que parecían de cristal, me dio algunas libras que tenía guardadas a buen recaudo y permitió por fin con un gruñido que me fuera a estudiar a Londres.

Al día siguiente, ya lejos de la casa, mientras la mañana me acariciaba con su aliento frío, cuando ya me consideraba libre, dudé, y sentí con una intensidad hiriente la tentación de mirar atrás; pensé que William aún estaría dormido, que todavía me encontraba a tiempo de regresar y evitar su decepción. Cuando detuve mis pasos ya estaba llegando a la carretera general, muy cerca de la gasolinera, y desde allí era imposible ver la granja. No obstante, miré en aquella dirección, hacia donde presumía que se encontraba William, como si mis ojos pudieran seguir un itinerario secreto, salvar los robles y los olmos y las desordenadas madejas de helechos, atravesar las paredes de la casa, entrar en su cuarto y vislumbrar el rostro dormido de mi hermano. No me costó imaginarlo, pues lo había visto dormir muchas veces: inerme, desvalido, blando, desprovisto de su jovialidad pero no de su inefable pureza. «Perdóname —le susurré cerca del oído—. Perdóname, por favor». Di la vuelta y seguí caminando con la ambigua sensación de que alguien había puesto el reloj de mi vida a cero, solo el mío, y que un futuro nuevo regía ya únicamente para mí mientras las miserias del pasado de los Ellerman se quedaban allí, en la granja, y entre las profundas sombras del bosque, pudriéndose.

Me senté en el suelo junto al surtidor de diésel. Desde allí podía ver la carretera vacía a un lado, y al otro, junto a la caseta, la mirada suspicaz del encargado, un irlandés famélico y sin rasurar que jamás sacaba las manos de los bolsillos, que mantenía una extraña postura desafiante inclinando el tronco hacia atrás y que fingía estar preocupado por mis movimientos; ese hombre me conocía bien, porque había ido a repostar combustible con mi padre muchas veces a esa gasolinera, pero era tan distante y tan poco afectivo que ni siquiera se acercó a saludarme, o a preguntarme qué era lo que hacía yo allí solo tan temprano, se limitó a observarme con la misma grosera suspicacia con la que habría observado a un vagabundo que jamás hubiera pasado antes por allí. Nunca me han gustado las personas así, los que desconfían de todo, los que aparentan ser fríos para no demostrar sus debilidades, los que tienen el hábito de sospechar en los demás una culpa. Esperé algo menos de media hora bajo la atenta mirada de aquel idiota y pregunté si me podía llevar a Londres al primer camionero que paró a repostar. Un tipo calvo y grueso que venía de descargar ovejas en la feria de ganado de Westerham, una montaña de músculos tatuados que parecía haber nacido con una incapacidad congénita para sonreír, me hizo un breve gesto con la cabeza para que subiera, y después me llevó hasta un barrio periférico de la ciudad sin hacer preguntas absurdas ni juicios de valor. En la cabina de ese enorme camión, sentado junto a ese hombre silencioso e inexpresivo que transmitía la envidiable sensación de ser el único dueño de su destino, mientras la carretera se deslizaba bajo nuestros pies, por primera vez en mi vida sentí que un adulto respetaba mis decisiones. No me habría importado que aquel viaje hubiese durado mucho más de una hora, que ese camión me hubiese llevado al otro extremo del mundo.

Una vez en las afueras de Londres, entré en una estación de metro para poder llegar al centro. Uno de mis profesores me había apuntado en un trozo de papel el nombre y la dirección de una humilde pensión para estudiantes. Un sitio barato en el que podría hospedarme hasta tener algún dinero. Busqué el nombre de la calle en el enorme mapa de la ciudad que había junto a las taquillas de la estación y al cabo de cinco minutos la encontré sin preguntar a nadie. Eso me gustó, no tener que pedir ayuda, empezar a defenderme solo en aquel pandemónium. Bajé todas aquellas escaleras mecánicas que parecían buscar el centro de la Tierra, atravesé el dédalo de túneles y me resultó fascinante que existiera ese mundo subterráneo surcado por pasadizos y con centenares de personas que los atravesaban en masa, deprisa y en silencio, con la resuelta determinación de las hormigas; era igual que si hubiera dos ciudades asimétricas, una encima de la otra. Me senté en un banco del andén y vi pasar varios trenes sin coger ninguno, me gustaba observar cómo llegaba el convoy y la máquina empujaba el aire del túnel y silbaba y se detenía siempre al límite de la estación, cómo abría sus puertas, todas a la vez, y cómo de repente vomitaba un sinfín de individuos desconocidos para mí, la mitad de los cuales eran mujeres: unas jóvenes, otras mayores, hermosas, anodinas, gruesas, delgadas, insolentes, discretas, mujeres de todas las condiciones y de todas las razas, algunas cruzaban la mirada conmigo, otras pasaban a mi lado como si yo no existiera; vi más mujeres en ese rato sentado en el banco del andén que las que había visto en el resto de mi vida. Pensé que tal vez solo por eso ya merecía la pena haber viajado hasta Londres.

Es ahí donde comienza la parte de mi historia que quizá pueda interesarles, porque no estoy aquí para hablar de mi estúpida familia, no creo que lo merezcan, ni de una adolescencia sin afectos que ahora prefiero olvidar; estoy aquí para hablar de lo único que ha valido la pena en mi vida: de todas aquellas mujeres que alguna vez me confesaron sus deseos y sus miedos. Sería absurdo negar que el sexo y la muerte han marcado mi juventud y han apartado de mí cualquier otra consideración, como si la plenitud de vida y su pérdida estuvieran iluminadas por la misma luz demoníaca, y como si en las sombras que arrojan pudieran confundirse la silueta de un cuerpo femenino y la de un monstruo.

Porque las mujeres son el centro de la creación, sin ellas el mundo sería un lugar inhóspito. Tan inhóspito como el agujero en el que yo crecí. He intentado acercarme a las mujeres y comprenderlas, he demandado su ternura y me he rendido a su belleza, y he sabido gracias a ellas que hay otro punto de vista, siempre más humano, cuando quien mira es una mujer. Es cierto que en el origen de esa pulsión está la ausencia de mi madre, y que tal vez haya intentado encontrar en todas aquellas mujeres una esencia común, algo intangible con lo que mi madre se hiciera universal y yo pudiera reconocerla, y que esa búsqueda, a veces desesperada, ha podido ser excesiva; en cualquier caso, no me arrepiento de ello, pues mi infancia y mi primera juventud transcurrieron en un mundo desolado, un mundo rudo y sin alternativas en el que apenas se podía sentir la presencia de alguna mujer: Westerham era un pueblo de hombres.

¿Han oído hablar de la maldición de Imara? Apuesto a que no, pero todos en los alrededores de Westerham la conocen bien. Imara era una extranjera de apenas veinte años que había llegado al pueblo con su familia después de la Segunda Guerra Mundial, en los cincuenta, dicen que vinieron exiliados desde Hungría; era una mujer hermosa pero inaccesible, una de esas bellezas hirientes a las que tan difícil resulta sostenerles la mirada. Hay quien nace con el don de la locuacidad, o con el de la simpatía, o con el menos frecuente de la inteligencia, pero Imara tenía el extraño talento de mostrar a cada hombre aquella parte esencial de la feminidad que él quería ver, y escondía con una habilidad prodigiosa cualquier matiz que pudiera estropear esa percepción idealizada. Imara, sin tener ningún propósito, enamoró a todos los hombres del pueblo con independencia de su edad: a los solteros, a los casados, a los adolescentes y a los que ya creían haber perdido el interés por la seducción. Tuvo muchos pretendientes, pero no se entregó a ninguno. No hubo nadie que pudiera presumir de haberla besado, ni siquiera de haber tenido una cita a solas con ella. A pesar de eso, un día apareció muerta en un descampado. No había sido violada, la ropa estaba intacta, no tenía signos de lucha o rastros de semen; la habían golpeado brutalmente en la cara y en la cabeza con una piedra, porque quien lo hizo no solo perseguía matarla, sino también borrar para siempre el adorno de su recuerdo. Todos sospecharon que la había asesinado alguna mujer celosa, pero el caso no llegó a resolverse, en parte, porque entre las familias del pueblo no hubo un auténtico deseo de que se supiera la verdad. Muchas mujeres sintieron un vergonzoso alivio con su muerte, y ninguna colaboró con la policía. Su familia la enterró a los pies de un fresno y cambió de residencia. Antes de irse, su padre se acercó a la plaza del pueblo y, en medio de un gentío mudo y acobardado, gritó unas destempladas frases en magiar que nadie comprendió, pero que todos supusieron que formaban parte de una maldición, porque, desde ese día, ninguna de las mujeres que vivían entonces en Westerham dio a luz una hija.

2

SISTEMA DE ECUACIONES

También en ese camino hay barro. Como en todos desde que dejó Westerham. Un barro espeso y negruzco que parece mezclado con alquitrán y en el que el coche patina y se hace ingobernable. Más adelante se divisa un cartel, pero Paul no distingue las letras. Decididamente, es un camino para carros y tractores, no para coches. A través del parabrisas puede ver extensos prados cercados con alambradas y algún cobertizo con techo de uralita, pero ni rastro de la granja. No sabe si bajar del coche y seguir andando, pero tampoco quiere echar pie en ese suelo blando para ensuciarse los zapatos y los bajos de los pantalones. Paul da mucha importancia a la higiene, se lava las manos veinte veces al día, y nunca comparte con nadie un cubierto, un vaso o una botella; casi puede ver las infectas colonias de gérmenes medrar en los sucios picaportes de las puertas y en los teclados de los ordenadores, y siempre tiene que hacer un esfuerzo de concentración para tocarlos sin que lo venza la repugnancia.

Sigue derrapando un centenar de metros, a uno y otro lado del camino, hasta que las ruedas motrices comienzan a girar y a escupir barro a lo alto sin que el coche se mueva de su sitio. Insiste varias veces, gira el volante para conseguir un ángulo favorable, pero es inútil. Apaga el motor, abre la puerta del viejo Rover y busca en el suelo un lugar más o menos seco donde poner el pie. Sale del coche con dificultad, no puede evitar mancharse los zapatos, hasta ese momento pulcros como dos espejos, cierra la puerta con llave y se acerca con pasos inseguros hasta el cartel oxidado en el que intuye la palabra que tanto ha estado buscando: Blickersville.

Mira al cielo, que muestra un inmenso y severo gris plomizo, y piensa que tal vez no tarde en empezar a llover. Ha dejado su paraguas en el coche, pero no quiere desandar esa parte del camino. Se levanta las solapas de la gabardina, mete las manos en los bolsillos y comienza a avanzar por el sendero que sale a su derecha, detrás del cartel oxidado. Los pies se le hunden una y otra vez en el barro, en más de una ocasión está a punto de perder los zapatos, y tiene salpicaduras hasta la altura de las rodillas, pero no se detiene. El sendero serpentea entre algunos árboles escuálidos, sin hojas por los primeros fríos de diciembre, pasa junto a un alambre de espino roto que mucho tiempo atrás debió de formar parte de un extenso cerramiento, y después de media milla que a Paul se le antoja interminable, muere en una explanada desde la que puede ver una gran casa de labor, una edificación de ladrillo oscuro con un pequeño porche, triste, desigual, gastada por el tiempo, que está coronada por una torre; un destartalado cobertizo de madera que necesita algo más que una mano de pintura y, más lejos, unos extraños depósitos cilíndricos de metal de varios tamaños y un molino de viento corroído por la intemperie que gira produciendo un ruido rítmico, pero sin un propósito evidente.

No hay ninguna señal que le haga sospechar que la granja está habitada; de hecho, su primera impresión es de abandono. No sale humo de la chimenea, ni hay huellas de pisadas recientes. Todavía es pronto para que alguien hubiese encendido una luz, pero tampoco habría sido extraño en un día tan oscuro. Paul se acerca hasta la puerta, sube los cuatro peldaños del porche y por un momento siente alivio por abandonar el barro. Mira a través de la vidriera esmerilada que hay en el lateral de la puerta, pero no consigue ver nada del interior aparte de un perchero desnudo y una vieja alacena; todo en ese lugar es pretérito e inquietante. Pulsa el timbre, un anticuado modelo de plástico redondo con muelle que no funciona. Vuelve la cabeza y mira a su alrededor. Sigue sin haber nadie y el silencio se tensa y se hace cada vez más incómodo. Ni siquiera ladra algún perro, y le parece muy raro que en este tipo de fincas no haya un par de perros vivaces y llenos de pulgas que ejerzan de vigilantes. Es como si el tiempo se hubiera detenido en esa parte del mundo, un reducto de callada desolación que podría estar en los confines de la tierra, pero que se encuentra apenas a una hora en coche de Londres. Solo rompe el silencio el chirrido esporádico y monocorde que produce el giro de las aspas del molino. Paul da tres fuertes golpes en la puerta con los nudillos y espera. No hay respuesta. Vuelve a dar otros tres golpes, algo más fuertes.

—¿Quién es usted? —escucha a su izquierda.

Paul se gira y ve a un granjero salir de detrás del cobertizo, un hombre sucio y desarrapado, menor de treinta años pero ya envejecido, con las manos manchadas de grasa, que viste un mono de mecánico, lleva un gorro de lana calado hasta las cejas y una escopeta de dos cañones abierta que deja descansar sobre el brazo derecho.

—Hola, buenas tardes. Me llamo Paul Lancaster. Querría hablar con John Ellerman.

—¿Y qué demonios le quiere decir usted a John Ellerman?

—Soy abogado, trabajo para una compañía de seguros, Mortimer, no sé si ha oído hablar de ella...

Paul mete la mano en el bolsillo interior de la gabardina y saca una tarjeta de visita; se la ofrece al granjero, pero este no solo no hace ninguna intención de cogerla, sino que tampoco la mira.

—John Ellerman figura como beneficiario de un seguro de vida que gestiona mi compañía, y el servicio postal me ha devuelto todas las cartas certificadas que desde hace tres meses he estado enviando a esta dirección a su nombre...

—No me interesa lo que hace usted ni dónde trabaja. Y no va a encontrar aquí a mi hermano John, hace doce o trece años que no nos vemos.

—De forma que es usted uno de los hermanos de John. Encantado. Su nombre es...

—William. William Ellerman.

William habla sin mirar a los ojos a Paul. Tiene un tic nervioso que le hace girar la cabeza hacia la derecha, son movimientos rápidos, que William corrige con cierto apuro. Cuando el tic coincide con alguna palabra de más de dos sílabas, se atasca y tartamudea. Paul no se siente cómodo hablando en mitad de ningún sitio con un paleto tartamudo y nervioso que además lleva una escopeta, pero está decidido a sacarle alguna información.

—El hermano pequeño. ¿Me equivoco?

—Sí, se equivoca. Todo el mundo se equivoca con eso. Siempre se creen que yo soy el pequeño. No sé por qué todos tienen que cometer el mismo error. Ted nació el primero, luego van los gemelos, David y Sam, luego yo y luego John. John es el hermano pequeño.

—¿Y usted podría decirme dónde vive ahora su hermano John?

—Maldito sea mi hermano John, no lo sé, su... supongo que estará en Londres.

—¿No tiene una dirección de allí? ¿No ha recibido nunca una carta suya, o una felicitación navideña?

William demora la respuesta.

—John no es de los que felicitan la Navidad.

—A lo mejor sabe usted de algún conocido común, o un familiar al que él haya podido visitar allí.

—No conozco a nadie en Londres —dice William escupiendo al suelo—. ¿Por qué insiste usted tanto?

—No es por nada malo, desde luego. Hay una buena cantidad de dinero esperándolo.

—¿Mucho dinero?

—Más de lo que gana un oficinista como yo en cinco años de trabajo.

—¿Y cuánto es eso? No sé cuánto gana un oficinista.

—Solo puedo decirle la cantidad al interesado.

—Deme a mí el dinero y yo se lo guardaré hasta que vuelva. Aquí estará seguro.

—Eso es imposible, William, el dinero está depositado en un banco a su nombre, él es el único que puede cobrarlo. Tiene que firmar él mismo los documentos que traigo y presentarse después con los papeles en regla en una sucursal bancaria concreta. Además existe un plazo límite para hacerlo. Por eso tengo tanto interés en encontrarlo.

—Es una pena. Yo podría pagar con ese dinero algunas deudas... Y fíjese cómo está el cobertizo. Habría que cambiar buena parte del techo, está lleno de agujeros, y pintarlo de arriba abajo. Desde que falta mi padre la granja es una ruina.

—Bueno, si encontramos a su hermano, él podría ayudarlo con esas deudas... Esta granja, ¿es solo suya o también de sus hermanos?

—Oiga, no... no me gusta la gente como usted que quiere saberlo todo, que va por ahí sa... sacando información. ¿Me va a cobrar por contestar a sus preguntas?

—Por supuesto que no, solo quiero ayudarle.

—¿Ayudarme? ¿Por qué me iba a ayudar un desconocido? No conozco a nadie que te ayude a cambio de nada.

—Es mi trabajo, señor Ellerman. Ayudándoles a usted y a su hermano John, cumplo con el encargo que me ha hecho mi empresa. Ya sabe, es como me gano mi salario de oficinista.

—Qué encargo más raro... No sé si fiarme de usted, aunque no creo que pierda nada por decirle lo que saben todos en el pueblo: la propiedad es de mis hermanos y mía, a partes iguales.

—Entonces John tendría que asumir su parte proporcional de gastos. Una cuarta parte, en este caso. De hecho, desde un punto de vista legal, usted ha estado asumiendo también su parte de deuda, y por lo tanto podría reclamársela. Primero, mediante un acuerdo amistoso, por supuesto, así debe ser siempre entre hermanos, pero, si se niega, puede hacerlo judicialmente.

—¿Me está diciendo que denuncie a mi hermano?

—No, por favor, eso sería en último caso. Lo deseable es llegar antes a un acuerdo.

—Me dejó aquí.

—¿Cómo?

—El cabrón de mi hermano John me dejó aquí cuando se fue a Londres. En esta mierda de sitio.

William mira a su alrededor con un amargo desprecio, y luego lo hace hacia el sendero, como si John estuviera marchándose ahora mismo y él pudiera verlo. Está tenso, tiene apretados los puños, y puede adivinarse cierta rigidez debajo de su mono de mecánico.

—¿Por qué no se fue usted con su hermano?

—No... no me avisó.

—Londres está a menos de una hora en coche, pudo haberlo seguido.

—¡Usted no conoce a John! Si... si mi hermano hubiese querido que lo acompañara, me lo habría dicho, y yo lo habría seguido hasta el mismísimo infierno. ¡Hasta el mismísimo infierno! Ya lo creo que lo habría hecho. Y él lo sabía. Pero se marchó sin decirme nada. Maldita sea. Maldita sea. ¡Váyase! Te... tengo cosas que hacer.

Paul detecta la incomodidad de William, que sufre el tic nervioso con mayor frecuencia, y no quiere ahondar en su resentimiento. Hace un gesto de saludo y regresa al sendero por el que ha llegado. Cuando está a punto de dejar la explanada, escucha la voz de William a su espalda:

—¡Eh! ¡Usted! ¡Abogado!

Paul se detiene y se vuelve separando los brazos para no perder el equilibrio.

—Sí. Dígame.

—Si ve a mi hermano John, dígale de mi parte que se joda. Que se joda cien veces. Y que no se le ocurra aparecer por aquí.

Paul asiente como si de verdad fuese a cumplir ese encargo, se despide de William agitando una mano y comienza a caminar por el barro con la misma lenta torpeza, hundiéndose hasta los tobillos en aquel fango negruzco, frío y pegajoso. En ese momento empieza a llover con fuerza, y las oquedades del barro que han formado sus pisadas se transforman en pequeños charcos de agua turbia.

Una vez dentro del coche, arranca el motor y comprueba que las ruedas no avanzan, que giran locas sobre su eje y, al hacerlo, solo consiguen profundizar en el socavón que ellas mismas están formando. Paul sale y comprende que le va a ser muy difícil escapar de esa viscosa trampa de fango. Y apenas quedan un par de horas de luz. Descarta volver a la granja y pedir ayuda a ese tipo huraño, hay algo en él que lo hace imprevisible. Y el pueblo está demasiado lejos para ir andando. Vuelve a entrar en el coche. Está empapado por la lluvia, que arrecia inmisericorde como si pretendiera anegarlo todo, y el barro ya no deja ver el color negro de sus zapatos ni el verde oscuro de sus calcetines de lana. Ahora todo es de un marrón casi biológico. Está nervioso. No le gusta ensuciarse, no le gusta salir de su pulcra rutina de higiene diaria. Este fatal imprevisto está desbaratando sus planes. Ya no podrá pasar por la sala de té donde a diario saca su agenda forrada de piel de serpiente y recapitula sus averiguaciones mientras se reconforta con un *earl grey*. Ya no podrá ver en la televisión de su cuarto de estar el programa de clásicos en blanco y negro que sigue los martes por la noche. Hoy se perderá *Retorno al pasado*, de Jacques Tourneur, una obra maestra que ha visto docenas de veces, pero cuyos dramáticos contrastes de luz ejercen sobre él una atracción hipnótica. Está llenando de barro las alfombrillas del coche, que él lleva siempre impecables. Mañana tendrá que ir al lavadero de automóviles del centro comercial, soportar la cola y gastarse cuatro libras y media para dejarlo limpio otra vez.

«Las alfombrillas —piensa—. Esa es la solución».

Paul saca del coche las alfombrillas y coloca una delante de cada una de las ruedas motrices, hundiéndolas bien para que la goma del neumático las toque nada más empezar a girar. Cuando entra en el interior del vehículo, se ve obligado a manchar de barro la moqueta del piso, y el volante, y la palanca de cambios, incluso hay algunos pegotes blandos que han alcanzado los cristales y el salpicadero, todo parece sucumbir sin remedio a la impertinente invasión del lodo. Gira la llave de contacto, pisa el embrague, mete la primera velocidad y comienza a acelerar; al soltar el embrague siente con alivio cómo las ruedas muerden la superficie de las alfombrillas y avanzan sobre ellas, sacando al viejo Rover de su trampa. No se atreve a parar, no lo hará hasta llegar a Westerham, no quiere volver a atascarse y deja allí las alfombrillas, cerca del oscuro cartel de Blickersville, enterradas en el fango.

Hasta hace ocho o diez años, la señora Davies hacía el pan en su propio horno de leña; usaba cuatro partes de harina de trigo y una de cebada, y por supuesto levadura natural, que dejaba reposar en agua tibia hasta que empezaban a aparecer esas pequeñas burbujas que delatan el mejor momento para incorporarla a la mezcla, luego lo amasaba todo junto y lo dejaba fermentar, al menos una hora y media, y volvía a amasar y a fermentar, y mientras lo horneaba, siempre ponía dentro del horno un puchero con agua para que con el calor no se perdiera toda la humedad. Era así como conseguía un pan tierno y esponjoso que vendía muy bien en toda la comarca. Y así fue hasta que llegaron las panificadoras industriales, que la obligaron a trabajar más deprisa, a abaratar los costes y a cambiar su horno de leña por uno eléctrico. Ahora es solo una panadera más, la más vieja de Westerham; conserva a algunos de sus antiguos clientes, pero apenas gana dinero para sobrevivir.

Nadie sabe su edad, sin duda serán más de setenta, quizá ya haya cumplido los ochenta; en cualquier caso tiene esa edad en la que ya se es un viejo y la naturaleza ha abandonado el cuerpo a su suerte. Desde hace mucho tiempo vive sola, no tiene hijos, y su esposo murió veinte años atrás en un accidente de tráfico, unos dicen que se quedó dormido al volante, otros que estaba borracho, pero lo cierto es que ese fatídico lunes de Pascua el bueno de Phil Davies no volvió de Maidstone, que se salió de la carretera. Es menguada de estatura y delgada, enclenque como una niña nerviosa, aunque ya sea muy difícil adivinar qué tipo de niña fue esta anciana de ánimo desamparado y frases directas, qué niña vivió dentro de su piel cuando su piel era lisa y hermosa y atrapaba las miradas, quién puso a prueba esos mismos huesos cansados y ese corazón que ahora late de forma irregular y se ha vuelto tan imprevisible. La belleza se ha fugado de su rostro sin dejar ninguna pista acerca de aquella niña; tiene la piel surcada por arrugas tan profundas como los pliegues de un fruncido, las mejillas hundidas, la barbilla prominente, el pelo recogido en un tenso moño gris, y sus ojos miran como lo hacen los ojos de una muñeca, con la extraña sensación de que se fijan en algo que no son capaces de ver.

—Si quiere pan reciente, habrá una nueva hornada dentro de quince minutos —le dice al recién llegado—. Este lleva aquí ya un par de horas.

—No, disculpe —responde Paul—, no quiero pan; deseaba hablar con usted, hacerle un par de preguntas.

—¡Va usted perdido de barro!

—Sí, he tenido un problema con el coche cerca de aquí, en un camino, y ya ve cómo me he puesto.

—Espere a que saque unos periódicos, va a dejármelo usted todo hecho un desastre. Viene a hablar, no compra nada y me mancha el suelo de barro. Vaya negocio que hago con usted.

La señora Davies saca un montón de periódicos de detrás del mostrador y extiende sus hojas desplegadas por el piso formando un mosaico de noticias viejas y fotografías en blanco y negro. Cuando está agachada apenas levanta medio metro del suelo. A Paul le llama la atención la forma en la que ha sido capaz de doblar el tronco, incluso que pueda mantenerse en esa incómoda postura. Se desplaza por la tienda y coloca las grandes hojas de papel con una agilidad de roedor, sin ahorrar ninguna energía.

—¿Preguntas? —dice sin terminar de incorporarse—. ¿De qué preguntas habla?

—Me llamo Paul Lancaster —contesta extendiéndole una tarjeta que la señora Davies no tiene intención de coger—, trabajo en la agencia Mortimer de seguros y estoy buscando a una persona que tal vez conozca.

—¿Mortimer? No conozco a ningún Mortimer. Hubo un Mariner, un tal Steve Mariner que vivió por aquí cuando yo era joven, pero era bastante mayor que yo, ya debe de estar enterrado. La verdad es que los de mi época ya están casi todos enterrados, es lo que tiene ser viejo. Este se dedicaba a la cría de caballos. El pobre Steve se comía mucho las uñas, se las mordía tanto que no le llegaban nunca a crecer y las puntas de los dedos se le transformaron en mamelones de carne, pero con los caballos era muy bueno, puedo asegurárselo, conseguía que se alzaran sobre las patas traseras y que saltaran, como si fueran personas, parecía que se quedaban suspendidos en el aire, con lo que pesan esos animales, y luego los hacía andar con la cabeza gacha dando elegantes pasos de desfile, no se imagina usted lo que me gustaba verlo...

—Mortimer es la agencia de seguros en la que trabajo, señora, está en Londres.

—Nunca voy a Londres. Dios bendito, no entiendo cómo puede vivir la gente ahí, con ese ruido insoportable, y con tantos coches, y todo tan grande. ¿Y dice que es usted policía?

—No, no soy policía... Soy abogado, y me dedico a los seguros.

—No quiero ningún seguro. Eso de los seguros es una tomadura de pelo. Pagar para cuando te hayas muerto. Valiente majadería. Si ha venido a venderme un seguro, ya puede irse. ¿Usted piensa que yo necesito un seguro a mi edad? Venda usted los seguros a los jóvenes, a los que creen que van a vivir para siempre.

—¿Conoce usted a la familia Ellerman?

—Ellerman... —contesta, y se desplaza en silencio a su lugar detrás del mostrador—. Sí, sí los conozco, a los vivos y a los muertos. Más a los muertos.

La voz de la anciana se hace tranquila, sosegada, y abandona el sarcasmo, como si ese apellido hubiese tocado un resorte escondido que mueve a la prudencia.

—Estoy buscando a John Ellerman. ¿Sabe usted dónde puedo encontrarlo?

—Vaya a buscarlo al infierno.

—¿Por qué me dice eso?

—Porque está usted buscando al mismísimo demonio, señor abogado. Olvídese de él.

—John Ellerman figura como beneficiario de un seguro de vida y...

—John Ellerman mató a su madre.

—¿Cómo dice?

—Lo que ha oído.

—¿Asesinó a su madre?

—Sí —responde la señora Davies—, la mató en el parto. Puedo asegurárselo porque yo estuve allí. Su madre tenía la placenta rota, mal colocada, y Terence, así se llamaba su marido, no dejó que el doctor Grant le hiciese una cesárea. «Puede usted perderla», le dijo el médico; «Que se haga la voluntad de Dios», le contestó él, y así nació esa bestia mientras su pobre madre se desangraba.

—El niño no pudo tener culpa de aquello. Fue una decisión de su padre. Es injusto que hable usted así.

—¿Injusto? No tiene usted ni idea, señor. No se imagina cómo era su mirada: penetrante, fría, sin piedad, igual que la de un lobo. Cuando John contaba solo con doce años, ya tenía aterrorizados a sus compañeros de clase y a sus hermanos mayores. Su padre lo encerraba todas las noches en una habitación de la torre porque no se fiaba de él, para que no aprovechara la noche para matarlos a todos. A Ted, el mayor, lo marcó de por vida después de una discusión. ¿Le parece eso normal? A mí desde luego que no. Una persona normal no le haría eso a uno de sus hermanos. Tres años más tarde se las arregló para que se marcharan los gemelos, algo les hizo para que se fueran que no trascendió, me temo que nada bueno; y a los diecisiete robó una noche a su padre los ahorros de toda su vida y se fue a Londres. El viejo Terence no se recuperó de aquello y murió apenas un año después; Ted, el mayor, se ahorcó al descubrir muerto a su padre y William, el pobre William, un buen muchacho pero algo retrasado, se quedó solo en la granja.

—Pero no he encontrado en Londres a nadie que se llame John Ellerman y que haya nacido aquí. Ni un solo documento. Únicamente se cita su nombre en la póliza de ese seguro.

—Era muy listo, señor abogado, mucho más listo que nadie de por aquí. Tendrá algo que esconder. Vivirá en otro sitio, o con otro nombre. Y usted no lo encontrará. No se ofenda por lo que voy a decirle, pero no me parece que usted sea más listo que él.

—¿Terence no denunció a su hijo?

—No, señor, pensó que no merecía la pena. Además es muy difícil que un padre denuncie a su propio hijo. Los padres suelen estar ciegos y no ven lo que están criando. Siempre encuentran excusas para disculparlos: las malas compañías, la televisión, la adolescencia... Tonterías. Cada persona es como quiere ser. Y lo decide muy pronto. Algunos, como John, quieren ser malos, y a fuerza de intentarlo lo consiguen; otros, como Terence, son tan inocentes que creen que los demás pueden cambiar, y a buen seguro que lo hacen, pero siempre para mal. No hay forma de enderezar un árbol que ha crecido encorvado.

—¿Solía hablar con él?

—¿Con Terence? Siempre que nos veíamos.

—No, con John.

—Solo mientras fue muy pequeño. Después empezó a darme miedo.

—¿Volvieron a verlo por aquí alguna vez?

—No, nunca volvió. Ya no hay aquí nada que le interese. La granja está cargada de deudas, no me extrañaría que la embargaran muy pronto, es una lástima verla, con los animales tan flacos y la tierra sin cuidar. Qué pena de familia. Si los hubiera visto cuando eran jóvenes... Terence y Sara formaban un matrimonio estupendo, y la granja de los Ellerman era la mejor de todo Westerham, la más próspera, Terence tenía una mano especial para los animales. Yo les servía el pan a diario, allí, en la granja, y lo estuve haciendo hasta que murió el pobre Terence.

—¿Por qué saben que John se fue a Londres? Me ha dicho que nunca volvió. ¿Qué pruebas tienen?

—Escribió un par de cartas postales a su hermano William desde allí, siempre sin remite, pero con el matasellos de Londres; en ellas le prometía que un día volvería para llevárselo. El muy ingenuo se las enseñaba a todo el pueblo. Iba corriendo de un lado a otro dando voces con las postales en la mano. «¿Lo veis? —decía—, ¿lo veis? Va a venir a por mí». Pero nunca cumplió su palabra. Lo malo es que ese tonto de William en el fondo todavía lo espera. Él no lo va a reconocer, quiere hacerse el indiferente, pero yo le digo que es así, William todavía lo espera. Valiente canalla. Hace algún tiempo se dijo por ahí que John Ellerman podría haber muerto, no me interprete mal, a la gente le gusta dar aire a esas habladurías, pero yo nunca las creí. Unos funcionarios del ayuntamiento subieron a decírselo a William y él los echó a balazos de su propiedad.

—¿Cómo era físicamente? ¿Hay alguna foto suya?

—No sé nada de fotos suyas, en esa familia no eran amigos de retratarse. Era alto, delgado, muy guapo, tan guapo como su padre, y moreno y con los ojos oscuros de su madre, con una presencia que imponía respeto. Intente hablar usted con el señor Kirkpatrick, fue su profesor en el colegio. Vive aquí cerca con la bendita de Mildred, su esposa. Tal vez él conserve alguna fotografía.

—¿Sabe adónde fueron los gemelos?

—Nadie lo sabe. Dicen que se embarcaron para el sur de España. Desaparecieron un sábado por la noche y no volvimos a saber de ellos. Le diré que tampoco me gustaban esos gemelos, ni a mí ni a casi nadie del pueblo, siempre estaban borrachos, o en malas compañías. Muchos nos alegramos de que se fueran.

La mirada de Paul ha estado escrutando la panadería, una tienda pequeña y mal iluminada, instalada en un pasado remoto, con polvo de harina en un mostrador de madera alabeada y pintada de verde, unas estanterías de metal casi vacías y las paredes desconchadas por los cambios de temperatura; y también se ha fijado en el rostro marchito de la señora Davies, y en sus manos torturadas por la artrosis, y mientras la escuchaba ha pensado lo cerca que estaban esa mujer de la muerte y esa panadería de cerrar sus puertas para siempre. Siente lástima por los ancianos que están solos, no quiere llegar a conocer ese grado de vulnerabilidad, preferiría mil veces que lo borrara un infarto a los sesenta años antes que conocer esa forma tan triste de decrepitud. Él también está solo, y tiene la edad en la que se empieza a acumular ya más pasado que futuro: acaba de cumplir cuarenta y nueve años.

La señora Davies le indica desde la entrada de la panadería cuál es el domicilio del profesor Kirkpatrick, una casa modesta, pintada de blanco, de un solo piso, situada en la misma calle que su tienda pero en la acera de enfrente. Paul se despide de ella y le da las gracias. Se dirige hasta la casa del profesor y llama al timbre de la puerta.

Al principio no oye nada, y está tentado de volver a llamar, pero antes de hacerlo lo detiene el rumor de algo que él interpreta como unos pasos que se arrastran. Los pasos de un viejo. Cuando se abre la puerta percibe un intenso olor a cueva, a pieles de animales encerrados. Hay una anciana en el zaguán que le mira y sonríe, y que le deja pasar como si lo conociera desde siempre.

—Hola, perdone que la moleste, me llamo...

—Sé quién eres, muchacho, ¿crees que me he olvidado de ti? Erais muchos en el colegio, y han pasado un montón de años, pero no me olvido de ninguno. ¿Qué tal te ha ido? ¿Fuiste a la universidad?

—Sí, sí, señora, fui a la universidad.

—¿Y qué estudiaste?

—Derecho.

—Todo un abogado, caramba, el profesor se va a alegrar mucho de verte. No sabes cuánto bien le hacen estas visitas de sus antiguos alumnos, el pobre está ya muy delicado. Ven, está sentado en el cuarto de estar, como siempre, ahí se pasa los días, ve un rato la televisión, sobre todo los concursos, le gustan esos de adivinar palabras, lee un poco... No tiene mucho que hacer en su estado... Qué pena, ¿verdad? Con lo que él ha sido...

Paul sigue a la anciana a través de un pasillo oscuro en el que cuelgan viejas fotografías familiares de las paredes, respirando ese intenso olor que se hace más rancio a cada paso. Un par de gatos siniestros salen de las sombras, se cruzan con él y, al pasar, se rozan suavemente con sus piernas.

—No hacen nada, son muy sociables, se llaman Lancelot y Percival, como los caballeros de la Tabla Redonda, ya están acostumbrados a las visitas. Ven, ven conmigo por aquí, no enciendo las luces para no gastar tanto. Al profesor no le ha quedado una buena pensión. Ninguno de esos políticos de Londres se acuerda de las necesidades que tienen los viejos, todos van a lo suyo, a pedirnos el voto y a llenarse luego sus propios bolsillos. Tantos años trabajando y, ya ves, al final nos ha tocado pasar apuros.

Giran a la derecha al final del pasillo y llegan a una pequeña habitación cuadrada con una televisión antigua, dos sillones orejeros y una mesa camilla en el centro. Las paredes siguen llenas de fotografías en blanco y negro viradas a sepia por el paso del tiempo, casi todas torcidas y colgadas sin ningún concierto. Ese desorden tan evidente molesta a Paul, le hace sentir incómodo, pero ha aprendido a comprender que hay a quien no le importa nada esa desagradable ruptura de la armonía entre las líneas rectas. El profesor Kirkpatrick está sentado en uno de los sillones orejeros, en el que está situado frente a la entrada, y Paul deduce que ese hombre debe de estar muy enfermo, que es él el origen de ese intenso olor orgánico, que apenas puede moverse, y que su mujer es incapaz de mantenerlo bien aseado. Paul se acerca a él, y se sienta en el borde del otro sillón. Kirkpatrick le mira sin girar la cabeza, sin gesticular, sin reconocerlo.

—Mira, George, mira quién ha venido —le dice su esposa—. Otro de tus antiguos alumnos. Fue a la universidad, y ahora es abogado. Este sí que aprovechó bien tus clases.

Kirkpatrick mira a su esposa con agotamiento, casi con desdén, y después a Paul Lancaster, y hace un gesto de conformidad, apenas perceptible, que ella entiende de inmediato.

—Bueno, yo os dejo, que tengo mucha faena en la cocina. Querréis hablar de vuestras cosas, como es natural. Si deseas algo, no tienes más que darme una voz. ¿No te apetece una taza de té?

—No, señora, muchas gracias, solo voy a estar un momento.

Kirkpatrick es ya un hombre muy viejo, a Paul le cuesta calcular su edad, porque sin duda su aspecto está deteriorado por una mala salud. Tiene un pelo fino y ridículo peinado hacia atrás, pegado a la piel del cráneo con algún producto graso; sus ojos saltones miran lánguidos y crueles, como lo hacen los ojos de un batracio antes de engullir a su presa; no tiene dientes, y sus labios se pliegan acumulando saliva seca el uno sobre el otro y formando una prominencia blanda sobre la barbilla.

—Me llamo Paul Lancaster —dice extendiéndole la mano derecha.

Kirkpatrick está inmóvil unos segundos que a Paul le parecen perpetuos, ese hombre le hace pensar en un témpano de hielo que nunca vaya a derretirse, en alguien que ha llegado al final de todos sus caminos y ya no tiene necesidades ni apremios, ni siquiera los más primarios, alguien que ya no siente la obligación de cumplir con las normas de cortesía, pero finalmente extiende con apatía su brazo izquierdo y estrecha la mano de Paul. Son unos dedos ásperos y huesudos, con las uñas amarillentas y sin arreglar, más propios de una pequeña garra. Ese hombre sufrió un infarto cerebral hace más de diez años, muy poco tiempo después de haberse jubilado. Una de sus arterias se cerró sin previo aviso y perdió para siempre el habla y la movilidad del brazo y la pierna del lado derecho. Desde entonces vive postrado en esa misma butaca, atendido únicamente por su esposa, que todas las mañanas y sin haberse lamentado ni haber maldecido su suerte una sola vez lo levanta de la cama, le hace friegas con alcohol en el brazo y en la pierna como si con ello pudiera salvarlo de la atrofia, le sirve de báculo a través del estrecho pasillo y lo sienta en el cuarto de estar hasta la hora de dormir; después de cenar hacen el camino inverso, lo acuesta, le quita el pañal con las deyecciones del día, lo lava con una esponja húmeda y lo arropa.

—No fui alumno suyo —le dice Paul incorporándose—, su esposa me ha confundido con algún otro.

El viejo profesor asiente y le sigue con la mirada mientras Paul se acerca a observar las fotografías de la pared y aprovecha para enderezarlas.

—¿Son sus alumnos?

Kirkpatrick no le contesta. Su cuerpo apenas le obedece, pero no ha perdido la memoria, ni la lucidez, ni la trágica consciencia de sí mismo. En su cabeza hierven la frustración y el resentimiento, y lo hacen de tal forma que lo demás es secundario y se confunde en la indiferencia; no sabe a quién culpar de lo que le ha sucedido, por eso ha terminado odiando a todo el mundo.

—Soy abogado, efectivamente —dice Paul otra vez sentado en el sillón, ya más relajado tras devolver el paralelismo a algunas líneas rectas—. Trabajo para la compañía de seguros Mortimer, en Londres. Supongo que la conoce... Estoy buscando a un antiguo alumno suyo, John Ellerman, ahora tendrá unos veintinueve años. ¿Lo recuerda?

Kirkpatrick asiente sin dudar, y deja caer los párpados, haciendo ver a Paul que para él ese nombre es inolvidable.

—¿Era un buen alumno? Me refiero como estudiante. ¿Obtenía buenas calificaciones?

—S... Sí.

—¿Tenía muchos amigos? ¿Era sociable?

Kirkpatrick niega con la cabeza.

—¿Conserva usted alguna fotografía de aquella época? —dice Paul mirando los retratos de las paredes—. Aunque sea de grupo, una en la que salga él. Para mí sería una gran ayuda.

—N... n... no —musita el profesor con esfuerzo.

Las palabras de Kirkpatrick nacen con una dificultad sobrehumana, como si cada sonido impidiera surgir al siguiente. Paul está avergonzado de hacer pasar a ese hombre por la humillación de demostrar su minusvalía, pero insiste:

—¿Está seguro...? Como veo aquí tantas fotos de grupo... Supongo que son las distintas promociones del colegio...

Kirkpatrick no contesta.

—¿Y algún otro alumno que haya venido a visitarlo le habló de él? ¿Tiene alguna pista acerca de dónde puedo encontrarlo? ¿Alguien a quien pudiera entrevistar?

—N... no.

Kirkpatrick cambia el gesto y lo hace más humano, se incorpora un poco apoyándose en su único brazo útil, toma aire, se concentra e intenta hablar. Su voz suena impersonal, entrecortada, es la voz de un niño inseguro en la garganta rota de un viejo.

—L... li... lis-to.

—Sí, me han dicho que era muy inteligente. He hablado con la señora Davies, la panadera, y con su hermano William...

—¿D... de... li-to?

—No, no lo busco por ningún delito, todo lo contrario, no me dedico a asuntos penales. John Ellerman es el beneficiario de un seguro. Es una cantidad importante de dinero, y mi compañía me ha encargado que lo encuentre. Ya sabe, el cumplimiento del deber.

Kirkpatrick asiente con una sonrisa escéptica, incluso está a punto de reír, en los últimos diez años no se ha reído con nadie y este hombre aseado y prudente que ha venido desde Londres ha estado a punto de conseguir que lance una carcajada gracias a su ingenuidad; luego vuelve a poner el gesto serio, mueve la cabeza a uno y otro lado con cierto menosprecio y hace un nuevo esfuerzo para intentar hablar, pero esta vez no lo consigue.

—No se preocupe, profesor, no quiero que pase un mal rato por mi culpa. Ya me marcho.

Kirkpatrick pide a Paul que se acerque con un movimiento de la mano izquierda, le resulta más fácil hablar si lo hace en voz baja. Paul vence la repugnancia que le produce su olor y se acerca a él hasta dejar el oído cerca de su boca. Entonces siente su aliento ácido y caliente en el pabellón de la oreja y escucha:

—Pe... Pe-li-gro-so.

Paul se incorpora, le agradece su tiempo a Kirkpatrick y sale de la habitación.

—¿Ya nos dejas, abogado? —dice la esposa del profesor, que parece haber estado escuchando desde detrás del tabique—. Permíteme que te acompañe hasta la puerta.

Cuando está seguro de que Paul ya se ha ido, Kirkpatrick fija la mirada en una de las fotografías que cuelgan en la pared, la del curso 1978-1979. Tiene los números tapados por el marco, pero él sabe muy bien cuál es. Hay cuatro hileras de muchachos a distintas alturas, subidos en un pequeño graderío, forman un mosaico jocoso e irregular, y todos parecen compartir con ilusión un instante mágico. John Ellerman es uno de ellos, el primero empezando por la derecha, en la segunda fila, junto al propio profesor.

3

LAS HERIDAS DEL LOBO

Nunca juega con el mayor de sus hermanos, ni tampoco con los gemelos. Hay entre ellos una barrera invisible, un sentimiento infranqueable de mutuo rechazo. Los niños elaboran un mundo afectivo propio, una entidad laberíntica en la que hay largos corredores que no conducen a ninguna parte, atajos propicios para la huida y recodos oscuros donde esconderse. Y él nunca permite que sus hermanos mayores profanen su santuario. De Ted no le gusta su torpeza; de los gemelos, su evidente falta de consideración.

Prefiere jugar con William, o hacerlo solo. Le gusta construir un escenario imposible y ubicar en él a docenas de personajes imaginarios. Habla con voces distintas, con inflexiones peculiares, mantiene largos diálogos entre ellos; a veces son soldados en una misión suicida, exploradores que se pierden en la selva amazónica o astronautas ingrávidos.

Tiene doce años recién cumplidos. Está sentado en una silla de carpintero, frente a una gran mesa cuadrada repleta de pequeños soldados de plástico. A su lado hay un juego de minúsculos botes de pintura, todos los colores imaginables, que él abre con el borde de un penique, siempre con cuidado para no mancharse, y unos delicados pinceles de pelo de camello y punta redonda con los que da color a los uniformes de los soldados; tiene que pintar de rojo carmín las casacas de la infantería británica, y de azul cobalto y blanco cadmio las de los rebeldes americanos, y a todos ellos les pintará las botas y los sombreros de negro brillante. Siempre empieza a trabajar con los colores más claros, sabe que luego podrá ir ganando intensidad, pero que el proceso inverso es mucho más complicado. Le gusta el olor de la pintura y el disolvente, y el de la madera recién cortada. Pasa muchas horas concentrado sobre el tablero, construyendo pequeños fragmentos de realidad en los que se pierde su imaginación. Ahora está reproduciendo la batalla de Saratoga; ha dispuesto los cañones rebeldes en dos hileras y un campamento de oficiales ingleses en lo alto de una colina, la escena representa la carga final de las tropas de George Washington contra las desorganizadas filas de Burgoyne. Va a presentar el diorama al concurso anual que convoca el ayuntamiento; el año pasado quedó en cuarta posición con uno muy sencillo de la batalla de Agincourt, la gran victoria de Enrique V sobre los franceses, y este año está decidido a ganar. Lleva trabajando en el diorama un trimestre completo, lo hace a diario desde que llega del colegio, y ya está a punto de terminarlo. El resultado es excepcional, está muy satisfecho, no cree que ninguno de los otros muchachos pueda superarlo.

—¿Qué haces? —escucha a su espalda.

Es la voz bobalicona de Ted, su hermano mayor, la última que él querría escuchar.

—Nada.

—¿Cómo que nada? Algo estarás haciendo.

—Nada que te importe.

Intenta evitar que Ted se acerque al diorama, pero sin suerte.

—Uf, estás con tus soldaditos —dice cogiendo uno de ellos y mirándolo de cerca—. Vaya pérdida de tiempo. A ver si empiezas a madurar. ¿Hasta qué edad piensas seguir con estas tonterías? En algún momento tendrán que dejar de gustarte.

—Déjalo donde estaba.

El hermano mayor lo vuelve a poner sobre el campo de batalla, pero no en su ubicación exacta. Ni siquiera tiene talento para eso. Él se ve obligado a estirar el brazo y volverlo a colocar en su sitio.

—Esta noche vamos a ir a casa de los Brown. Los gemelos y yo.

—Qué bien.

—¿Vas a venir?

—No, quiero terminar esto. Llevaos a William.

—¿A William? Estás loco. ¿Quieres que se rían de nosotros?

—Es vuestro hermano, no deberíais avergonzaros de él.

—La última vez que lo llevamos a algún sitio fue a la feria de ganado, y ya sabes la que lio allí. Todavía nos están buscando los dueños de aquellos cerdos que dejó escapar. Ese chico no está bien de la cabeza, no lo ha estado nunca, es mejor que se quede en casa.

—Pues no contéis tampoco conmigo.

—Va a estar Penny, la chica de Bristol.

—Me da igual, mañana es el último día para presentar los dioramas y tengo que terminarlo.

—¿No decías que te gustaba Penny?

—Yo nunca he dicho eso.

—Pero te gusta.

—Me parece guapa, eso es todo.

—Anda, no niegues que te gusta.

—Déjame trabajar, por favor.

—¿Trabajar? ¿A hacer esa mierda lo llamas trabajar? Trabajar es coger un cubo, llenarlo de pienso en los depósitos y llevárselo a las gallinas, trabajar es ordeñar las vacas o esquilar las ovejas, trabajar es esforzarte para que la granja funcione, justo lo que tú no has hecho hoy.

—Le dije a papá que tenía que terminar esto. Tengo su permiso.

—Y como tú tienes que hacer *esto*, los demás tenemos que hacer *tu* trabajo. Los demás tenemos que coger el maldito cubo, llenarlo de pienso y echárselo a las putas gallinas.

El hermano mayor despega a propósito del diorama el mástil de la bandera británica.

—Oh, perdona... —dice con ironía—, se ha despegado, vas a tener que encolarla otra vez... ¿Qué batalla es esta?

—La batalla de Saratoga. Deja ahí la bandera, por favor.

—Nunca he oído hablar de semejante batalla. ¿Quién la ganó?

—Las colonias americanas.

—¿Las colonias americanas? ¿Y haces un jodido diorama en el que perdemos los ingleses?

—No hemos ganado todas las guerras, aunque tú lo creas.

—¡Eh! No me tomes por imbécil porque no sea un empollón como tú.

—Hablas como un imbécil.

—¿Qué has dicho?

—Nada.

—¿Me has llamado imbécil?

—No te he llamado nada.

—Has dicho que hablo como un imbécil.

—Eso no significa que lo seas, déjame en paz.

—Prefiero hablar como un imbécil que ser un empollón de mierda como tú.

—De eso estoy seguro.

—Yo creo que vamos a alterar el curso de esta batalla... como se llame; veamos, estos cañones van a apuntar para otro lado.

—No toques nada, por favor.

—Y las banderas... las vamos a cambiar de sitio. Y estas defensas de troncos también.

—¡Déjalo ahora mismo! —dice con ira, y se abalanza sobre su hermano, cuatro años mayor que él.

Caen al suelo del cobertizo. Ruedan entre montones de serrín, polvorientas briznas de heno y las herramientas de su padre, agarrados el uno al otro. Siente los poderosos músculos de los brazos de su hermano tensándose sobre él, inmovilizándolo mientras le raspa la mejilla con su cara mal afeitada; huele su sudor, parecido al amoniaco, y respira con asco su aliento agraz y caliente. No puede zafarse. Le cuesta llenar el pecho de aire. Sabe que no podrá vencerlo. Cómo lo odia. Querría ser adulto y poder matarlo, acabar para siempre con su simpleza, liberarse de su envidia y de su hostilidad.

—¿Ahora qué? Ya no eres tan insolente. ¿Sabes qué voy a hacer? Voy a romper esa mierda de diorama. Voy a dejar el tablero como si de verdad hubiera habido sobre él una batalla.

—No, no, por favor —le dice llorando—. No lo rompas.

—¡Que te jodan! ¡Que te jodan cien veces!

—No lo rompas, Ted, haré lo que quieras, pero déjame presentarlo mañana al concurso. Cuando me lo devuelvan podrás romperlo.

—¿Cuando te lo devuelvan? No me hagas reír.

El hermano mayor se incorpora y se dirige al tablero. Él le sigue impotente, no sabe qué hacer, no sabe cómo evitarlo.

—¡Ted! —le grita—. ¡No!

Ted lanza varios manotazos sobre el diorama, vuelca los botes de pintura, tira al suelo los pinceles, los soldados y los cañones, se da la vuelta después de arrasarlo todo y le muestra a John una sonrisa jactanciosa, una amplia sonrisa burlona de victoria sin esfuerzo. Entonces John, con toda su fuerza, descarga un golpe de martillo sobre sus dientes incisivos.

4

MEMORIAS DE JOHN ELLERMAN

Es evidente que todas las mujeres se parecen entre sí. No me refiero a la vulgarización de sus atributos físicos, sino a que todas tienen una suerte de delicadeza en sus rasgos y en sus movimientos que las diferencia de los hombres; al menos eso es lo que me parece a mí, pero hay algunos pequeños detalles, signos apenas perceptibles, que distinguen a unas de otras y que convierten a ciertas mujeres en seres privilegiados, en trampas fatales para la voluntad de los hombres. El primero de esos signos, que por su levedad y por su proximidad a la lujuria voy a calificar de veniales, es la mirada oblicua; algunas mujeres no miran a su interlocutor de frente, sino que ladean ligeramente la cabeza, de forma que el iris se desplaza hacia el ángulo que forman los párpados y su rostro no queda expuesto al severo juicio de la simetría. Otras veces elevan la barbilla y abren un poco la boca, dejando caer los párpados superiores. Esas formas de mirar, que siempre parecen una despedida, hablan sin quererlo de la fugacidad del amor, y de la belleza, y de la propia vida. Ellen miraba así.

No recuerdo cuándo vi por primera vez a Ellen. Ni siquiera recuerdo que me llamase la atención. Yo me había matriculado en una *high school* del Soho para cursar el último año de secundaria y preparar el acceso a la universidad, y ella estaba allí, una chica más en un aula con cuarenta y dos alumnos de ambos sexos, casi todos de la misma edad, creo que ni siquiera era una de las más guapas. Yo era un estudiante aplicado y obtenía buenas calificaciones. Por las tardes trabajaba en un almacén de confección, cargando y cortando telas. Un verdadero aburrimiento de actividad. Los fines de semana bebía en el pub unas pintas de Stella con algunos amigos, no siempre los mismos. A veces escuchábamos música mientras circulaban las anfetaminas; las tomábamos con la excusa de poder estudiar mejor por las noches. Nos gustaba Pink Floyd: la guitarra de David Gilmour y las extravagantes composiciones sinfónicas de Roger Waters nos parecían la quintaesencia de la buena música. Y creo que aún hoy me lo siguen pareciendo. ¿Han escuchado alguna vez *Comfortably Numb*? Yo pongo esa canción casi a diario.

Vivía en una pensión para estudiantes masculinos en Baker Street, un cuarto piso sin ascensor con una escalera estrecha y ruidosa, de esas que crujen en cada peldaño y hacen imposible entrar o salir de incógnito. La habitación apestaba al barniz de la tarima, y era tan pequeña que la cama pegaba en tres de las cuatro paredes y en el otro lado apenas quedaba sitio para un minúsculo armario sin puertas en el que dejaba la ropa. Era imposible concentrarse y preparar allí los exámenes, por lo que bajaba casi a diario a estudiar a la biblioteca municipal, un espacio luminoso y bien ventilado en el que se respiraba un cumplido respeto por el conocimiento y el tiempo parecía estancarse en beneficio del álgebra, la historia y la biología. Los caseros eran una pareja de galeses callada y estricta, los Avin, siempre serios y vestidos de luto, como surgidos de un relato de Dickens, que no permitían compañía en las habitaciones bajo ningún concepto.

A veces me despertaba durante la noche en aquella pensión y creía que aún estaba en la habitación de la torre, hundido en aquella interminable avalancha de tinieblas; no podía moverme, y sentía el mismo miedo y también la misma angustia por haberme convertido en un prisionero dentro de mi propia casa. Pensaba que todo había sido un sueño, que nunca había salido de los oscuros fangos de Blickersville, que seguía rodeado de fantasmas, de animales sumisos y de palanganas de pienso, que no me atreví a enfrentarme a la autoridad de mi padre, y que esa mañana, como todas las mañanas, me despertarían los gemelos a golpes para ir al colegio y me esperaría un largo y frío camino junto a ellos en el que tendría que soportar de nuevo sus reproches y sus bromas vulgares. Ese pensamiento aceleraba mis latidos cardíacos y el ritmo de mi respiración, pero después conseguía calmarme, abría los ojos y veía la tímida claridad de la calle filtrarse por la ventana, y oía los coches circular por Baker y frenar en el semáforo de Marylebone Road, y entonces el trabajo en el almacén de telas ya no me parecía tan aburrido, ni aquella habitación tan pequeña.

En la escuela hubo muchas chicas que me interesaron más que Ellen. Entre ellas estaba Roselyn, que poseía una mirada limpia y profunda, y que a pesar de haber sido siempre muy amable conmigo y de tener mi misma edad, me parecía tan sofisticada como inalcanzable; creo que llegué a enamorarme de ella, que fue la primera que despertó en mí esa complaciente forma de pensamiento obsesivo capaz de deformar la realidad y de hacer deseable a la mismísima Gorgona, pero yo nunca me atreví a decirle cuánto me gustaba. No lo hice a pesar de que ella debía de sospecharlo y me interrogaba con la mirada; ni siquiera aquel día de invierno en el que los dos nos quedamos solos en el trastero de los abrigos, frente a frente, con las bocas apenas a un palmo de distancia, y yo cogí su bufanda para ofrecérsela y la miré fijamente, y ella no rehuyó mi mirada febril, me sonrió y me preguntó sin ningún asomo de inocencia si quería decirle algo.

—No —le contesté mientras miraba su boca entreabierta—, nada importante.

—Me ha parecido que sí —dijo ella.

—No..., nada, no pasa nada.

—¿Seguro?

—Sí. Seguro.

Y me fui a la pensión temblando, consciente de haber perdido una de esas ocasiones singulares que no suelen repetirse.

Roselyn se lio con Gabriel, uno de nuestros compañeros de la escuela, quizá el más maduro y el de mejor posición económica, y yo no tardé en olvidarla. La inocente lógica del primer amor me hizo pensar que si ella elegía a otro no era digna de tenerme a mí.

También recuerdo a Lily, una suerte de Rita Hayworth adolescente que pasaba por ser la chica más guapa de la escuela, tanto que había insistentes rumores sobre su tórrida relación con el profesor de Biología, un treintañero insolente llamado Joseph Lloyds que llegó a despertar nuestra admiración con su actitud asertiva y su peculiar forma de explicar los recovecos más oscuros de la naturaleza humana, según los cuales, toda nuestra existencia, también nuestros impulsos y nuestras obsesiones, están determinados por unas complejas secuencias de nucleótidos alojadas en los genes, sobre las cuales resulta infructuoso cualquier intento de modificación.

—Somos lo que tenemos escrito en los genes —nos decía—, y eso no podemos cambiarlo.

Ahora creo que aquel profesor estaba justificando como algo biológicamente inevitable lo que era un simple comportamiento lascivo con una de sus alumnas, pero entonces no quise sospecharlo, o si lo hice me resultó indiferente, porque su personalidad de macho dominante me fascinaba, y porque veía en él al adulto libre y dueño de su propio futuro que yo mismo pretendía ser. Llegué a tener cierta amistad con el profesor Lloyds, que me contagió su entusiasmo por la vida, y no solo por la evolución de las especies y las inapelables leyes de la genética, sino por todo aquello que a diario nos sucede y que nos modela.

Lily estaba muy segura de su fulminante atractivo, y un día me hizo saber a través de una amiga que yo le gustaba, y que quería que me sentara durante las clases a su lado. Obedecí de inmediato la voluntad de la diva, me senté con mi carpeta de estudiante aplicado y mi flagrante inocencia a su derecha y le pregunté:

—¿De verdad te gusto?

—Sí —contestó sin mirarme.

—¿Y vamos a salir juntos?

—No necesariamente.

Pasé aquellas horas de clase junto a Lily mirando más su escote entreabierto que la pizarra, y sentí, como no volví a sentirla nunca, la envidia de mis compañeros. Sin embargo, había algo en ella que no me terminaba de convencer; tal vez sus prolongados silencios, que a otros les podían parecer sugerentes, pero que a mí llegaban a incomodarme. Siempre he ignorado a esas mujeres hermosas que se consideran algo parecido a un premio para un hombre, que pretenden que sus parejas les amenicen la tarde desplegando un catálogo de actividades, que nunca toman la iniciativa en una conversación, que esperan las frases del otro con una sonrisa de ameba. Al día siguiente no le dije nada al entrar en el aula y, ante la extrañeza de todos, pasé a su lado sin detenerme y volví a ocupar mi pupitre cerca de la pizarra, donde me encontraba más cómodo a causa de mi incipiente miopía. Lily se sintió humillada y no volvió a dirigirme la palabra.

Unos meses después coincidimos en una fiesta. Una simple reunión de amigos con un tocadiscos portátil y algunas bebidas baratas, de esas que al día siguiente te llenan el cerebro de agujas. Estaban poniendo canciones lentas, y los chicos, entonces todavía era costumbre, sacábamos a las chicas a bailar, pero nadie se atrevía a pedírselo a Lily, que estaba sentada sola, con una expresión de inequívoca tristeza. Con el tiempo, aquella hermosa muchacha se había ganado una merecida fama de inaccesible, y nadie parecía dispuesto a arriesgarse a un desprecio. A la cuarta o quinta canción me acerqué a ella y le tendí la mano, Lily aceptó con elegancia y bailamos juntos durante un buen rato, al menos tres canciones seguidas, rozándonos sin hablar, hiriéndome con su deliciosa cercanía, hasta que terminó la última balada y ella se apartó de mí, me miró a los ojos sonriendo y me dio las gracias.

Pero quien terminó por captar mi atención durante aquel curso fue Ellen, una morena preciosa y delgada, con los pechos pequeños, de dulces ojos verdes que cerraba casi por completo cuando sonreía. Ellen me buscaba con la mirada, me provocaba con sus comentarios, admiraba mis dibujos y se reía con mis payasadas; tenía un aire distinguido, era muy inteligente y buena conversadora. Se sentaba justo detrás de mí, y me gustaba pensar que ella, durante las clases, al menos de vez en cuando, me estaría observando en silencio.

Ellen era la antítesis de Lily; era prudente, reflexiva y modesta. Cuando yo la conocí ni siquiera era consciente de su atractivo, se consideraba a sí misma una chica normal, sin ningún atributo especial con el que conquistar a un hombre; ella desconocía que las mujeres más atractivas, aquellas privilegiadas capaces de enamorar a un hombre para siempre, no son nunca las más voluptuosas, ni las más apegadas a sus encantos físicos, sino aquellas otras que, como hacía ella, esbozan en cada gesto una callada promesa de intensidad. A la Ellen que yo conocí no le importaba fascinar a los hombres, solo le preocupaba poder estudiar una carrera superior con la que labrarse un futuro y ser independiente, disponer de su propio dinero y, cuando faltaran sus padres, poder cuidar de su hermano mayor, un autista perdido en una ausencia profunda que encontraba en Ellen su único vínculo con la realidad.

Pensé que en el mundo no podían existir muchas mujeres como ella, que esa genética inapelable de la que nos hablaba el profesor Lloyds se había dado con Ellen un festín de virtudes contrario a las reglas del azar, y que mis probabilidades de encontrar a otra chica como ella debían de ser de una entre un millón. Decidí que esa sería mi mujer, la futura madre de mis hijos, quien depurara el lastre de mis muchos defectos, y mi convicción me parecía tan fuerte que no me importaba renunciar al resto del género femenino. No era el deseo lo que me movía hacia ella, sino una extraña forma de plenitud cuando estaba a su lado, y un doloroso vacío, una aniquilación, cuando nos separábamos.

—¿Quieres salir conmigo? —le pregunté un día en la puerta de la escuela cuando estaba próximo el final del curso.

Ella había salido del edificio un poco antes que yo, y tuve que correr un trecho tras sus pasos con el corazón en la boca antes de hacerle esa parca pregunta, esas torpes palabras que atesoran una invitación casi sagrada, sin ningún tipo de preámbulo.

—No tengo mucho tiempo libre —contestó—. Siempre estoy estudiando.

Vi en sus ojos que además de sorprendida estaba orgullosa de la solicitud, que la evasiva no era rotunda, y eso me animó a insistir.

—Puedo ir a buscarte a tu casa en mi bicicleta, así no tendrás que perder tiempo desplazándote. También podemos estudiar juntos en la biblioteca.

—No me esperaba que me pidieras salir, John. Me caes bien..., eso ya lo sabes, eres muy simpático, todas las chicas lo dicen, pero estoy un poco confundida. ¿Puedo responderte mañana?

—Claro. No te he molestado, ¿verdad?

—Al contrario, me siento halagada.

Ellen me sonrió con agradecimiento y se marchó calle abajo, hacia su casa. No dejé de mirarla hasta que, cincuenta pasos más allá, dobló la esquina. Me parecía un ángel que se deslizaba sobre la acera sin apenas tocarla, con los libros en una mano, la melena oscura y la falda corta acompañando el movimiento de sus muslos. Tal vez esperaba que se volviera para despedirse otra vez de mí, pero Ellen no era de las chicas que actúan así, ella nunca daba lugar a interpretaciones ambiguas, se lo impedía una honestidad sin fisuras.

Esa noche no pude dormir. Estaba loco por ella. Pensaba que, en contra de mis suposiciones, tal vez Dios existía y había puesto a esa deliciosa criatura en mi camino para compensarme por tantos años de dolor en la granja. Quería casarme con ella, enseñársela al mundo como si fuera un trofeo, ponerla en un púlpito y adorarla. Seguro que, si hubiera podido presentársela a mi madre, a ella también le habría gustado. Si me decía que no, optaría por un suicidio lento. Probablemente con vodka.

Al día siguiente, Ellen entró en el aula cuando yo ya estaba sentado y ocupó su sitio detrás de mí sin que yo la viera. Sentí su presencia, pero no me atreví a darme la vuelta; una forma nueva de ansia y de miedo, una sensación de vértigo que me hacía girar alrededor de ella y de cada detalle de su existencia, me tenía paralizado. Se acercó a mi oído y me susurró:

—La respuesta es sí.

Me giré y la besé en la mejilla como habría besado a una hermana, o a mi madre si alguna vez hubiera podido hacerlo. Le cogí la mano y creo que no la solté más de diez minutos en los siguientes dos meses, que fue el tiempo que duró nuestra efímera relación. Yo no sabía cómo actuar con ella, ninguno de los dos antes habíamos tenido pareja, supongo que mantuve un aire de insulsa complacencia. No hicimos mucho más que pasear y que salir en grupo con otros amigos, pero la sensación de estar compartiendo mi tiempo con una persona única, con la materialización de mis sueños, me parecía suficiente. No sabía que en su interior la relación no se había consolidado, que aún era frágil y podía romperse por cualquier nimiedad. Así son casi siempre los inicios de las relaciones entre un hombre y una mujer: irregulares, asimétricos, expectantes, sostenidos por calculados silencios. Yo entonces aún creía en las propiedades mágicas del amor, en su pureza ciega y arrolladora. Al terminar el curso Ellen se fue de vacaciones con sus padres a la costa, a Bournemouth, y en septiembre, nada más regresar, me dejó por no haberle escrito ni una sola carta en todo el verano. No fui capaz de hacerla entrar en razón. Ni siquiera quiso escucharme, tal vez porque su argumento era solo una excusa. Yo no quería ponerla en un compromiso enviándole una carta de amor que pudieran leer sus padres. No había dejado de pensar en ella, de hacer planes para cuando volviera, pero eso parecía no importarle. Su firmeza sabía a eternidad, y su inclemente rechazo rompió algo muy íntimo dentro de mí, algo que todavía no ha cicatrizado.

5

SISTEMA DE ECUACIONES

Bajo la luz del fluorescente es un hombre otoñal. Tiene un semblante serio, herido por un sufrimiento prolongado. Es corto de estatura, enjuto y con unas profundas arrugas que han sido labradas por un dolor sordo e incesante. No se ha desprendido del abrigo, lo tiene bien doblado sobre el regazo, como si no quisiera ocupar más espacio del estrictamente necesario en esa remota oficina de seguros de Greenwich en la que cada detalle parece estar en su sitio y el orden extremo y la limpieza le hacen sentirse un trasto viejo, fuera de lugar. La delgadez ha dibujado ángulos famélicos en sus pómulos y en su nuca, y los muchos días sin sueño han amoratado sus párpados inferiores, que parecen estar rellenos de un material gelatinoso. Viste un traje ceniciento, un modelo antiguo de dos botones, solapas anchas y faldón en la parte de atrás, y lleva bien anudada una rigurosa corbata negra. Hace ya varios años que no se permite otro color. Algún día, hace mucho tiempo, debió de ser un hombre elegante, alguien digno de respeto, pero ahora desprende un gastado aroma a derrota; ahora parece un sepulturero.

—Está bien —le dice Paul desde el otro lado de la mesa—, acepto el caso.

Esa mañana se ha levantado antes del alba y ha esperado el autobús en la parada de Russell Square junto a un hombre joven y una pareja de ancianos. Ha pensado que el hombre joven es un estudiante aplicado, tal vez de Ingeniería, y que tiene la cabeza llena de logaritmos neperianos y de complejas fórmulas algebraicas, y que los ancianos tienen una cita previa con horas consecutivas en el dispensario médico, porque sin duda él es hipertenso y ella, que está algo más gruesa, diabética, y los dos son muy rigurosos con sus consultas y sus tratamientos. Siempre se entretiene inventando situaciones vitales imaginarias para los desconocidos, aunque sepa que nunca podrá comprobar sus aciertos. Ha aprendido a huir así de la realidad, porque su realidad es un largo infierno de ausencias. El autobús no ha tardado en llegar más de diez minutos, y a él le agrada esa rigurosa puntualidad que es un rasgo reconocible de seriedad inglesa; ha subido al piso superior y ha encontrado un asiento vacante junto a las ventanillas de la izquierda, al lado de una mujer con aire de bibliotecaria a la que supone con las gafas de pasta negra en la punta de la nariz ordenando los libros por materias y signaturas en la biblioteca municipal y pidiendo silencio a los estudiantes apenas con un sutil arqueado de sus cejas. Cuando pasa ante la imponente fachada del hotel Russell, con sus escudos de armas y sus ménsulas góticas adornadas con figuras medievales, piensa que nunca ha entrado en ese hotel, a pesar de llevar viviendo más de treinta años en el barrio. Treinta años pasando por delante de su entrada en el autobús e imaginando la vida fácil y superficial de sus huéspedes; turistas adinerados, actrices sofisticadas, hombres de negocios, cualquiera que pueda pagar doscientas libras por una noche de hotel, o cualquiera que no pueda pagarlas pero que haya incluido la perniciosa droga del lujo entre sus necesidades. Su mujer y él llegaron a ese barrio de recién casados, con toda una vida por hacer, sin ningún patrimonio, pero convencidos de que ya no querrían vivir en otra parte de Londres. Allí nacieron sus dos únicos hijos, el mayor, un alma cándida y vulnerable al que siempre habrían de cuidar, y la niña, una princesa dulce e inteligente, una suerte de justa compensación. O quizá una recompensa.

Aún no está jubilado, acaba de cumplir sesenta años, aunque aparente bastantes más, y hoy tendría que haber acudido a su oficina, pero ha pedido medio día de permiso en la agencia de patentes y marcas donde trabaja. Su jefe siente un aprecio sincero por él, y nunca le niega esos esporádicos permisos, que él justifica con un exceso de disculpas. Cuando entró en la empresa fue promocionado enseguida a jefe de la sección de registros; es serio, disciplinado y trabajador, y aunque su trayectoria ascendente se haya visto truncada por su desestabilización emocional, mantiene intacto su prestigio entre sus superiores. Muchos de los compañeros más antiguos evitan intimar con él y lo miran con lástima, porque lo conocieron cuando sonreía a diario y han visto cómo se apagaba después; no tienen nada contra él, todos lo estiman, actúan así porque no quieren impregnarse con su dolor.

A él mismo le gustaría recuperar el interés por algo, volver a encontrar placer en pasear con su esposa por Hyde Park un sábado por la mañana, en visitar una exposición de fotografía, en coleccionar sellos, en vivir igual que lo hacía antes, pero su cerebro se ha convertido en un sumidero de ilusiones.

La última parada del autobús está lejos de su punto de destino, y ha tenido que caminar otro cuarto de hora entre escolares apresurados y un grupo de turistas japoneses que acuden a visitar el Museo Marítimo Nacional. Por el camino ha tratado de imaginar cómo será ese tal Paul Lancaster, el meticuloso abogado del que tanto ha oído hablar, pero le resulta difícil, porque no ha visto ninguna imagen suya, ni tampoco sabe su edad. Tal vez por eso lo imagina con el aspecto de un detective de película de serie B, desordenado, caótico, siempre con un cigarrillo en la mano; sospecha que se equivoca, pero no puede sustraerse a la fuerza de ese estereotipo. Al llegar al portal ha entrado sin llamar, ha visto en los buzones que la compañía Mortimer de seguros está en la tercera planta y ha subido a pie por unas sobrias escaleras de mármol que rodean la jaula de hierro de un antiguo ascensor con puertas de tijera.

—¿Cómo se llama su hija? —pregunta Paul.

—Ellen Carter.

—¿Puedo ver alguna fotografía suya?

—Sí, por supuesto, todas las que quiera, he supuesto que me lo pediría y he traído varias.

Abre el sobre que lleva en la mano y saca de él seis o siete fotografías de varios tamaños. Lo hace despacio, una por una, volviéndoles a dedicar un instante antes de dárselas al abogado. Paul las coge por los cantos, sin poner sus huellas en ellas, y las mira con atención. Ellen le parece atractiva, pero no es una belleza deslumbrante, tiene los rasgos delicados, los ojos verdes y pequeños, y una bonita melena oscura.

—¿Qué edad tendría ahora?

—Veintinueve años, hace cinco que desapareció... Esta, esta en la que sale con su madre es la última que tenemos de ella.

Le muestra un retrato familiar amable, una imagen en la que Ellen está relajada y en el rostro de su madre se intuye un lícito orgullo.

—¿Recibió alguna solicitud de rescate?

—No. Además somos una familia humilde, todos nuestros conocidos saben que no tenemos fortuna.

—¿Tenía pareja?
—No.
—¿Había terminado recientemente alguna relación?
—Sí, unos meses antes de desaparecer Ellen dejó a Anthony Bates, que había sido su novio durante la carrera. La policía lo investigó, pero no hallaron nada sospechoso, además Anthony no era violento, era un chico estupendo y trataba a Ellen con mucho cariño, mi mujer y yo nunca sospechamos de él.
—¿Trabajaba?
—Sí. Estaba graduada en Psicología, tenía una consulta en un gabinete clínico. Y le gustaba mucho lo que hacía, era una magnífica profesional, muy respetada por sus colegas.
—¿Sabe si había recibido amenazas?
—No sé nada de ninguna amenaza.
—Las amenazas pueden ser muy veladas, señor, y quien las recibe no siempre las confiesa. ¿La notaron preocupada, o más callada de lo normal antes de su desaparición?
—No notamos nada raro.
—¿Cómo desapareció?
—Sucedió un domingo por la tarde. Se arregló y salió. No sabemos con quién. Ni sabemos dónde fue. Ellen era muy reservada... Mire, le traigo esta lista, es una descripción hecha por mi mujer de la ropa que llevaba puesta ese día. Verá que es muy minuciosa, ya sabe cómo son las mujeres con esto de la ropa, yo sería incapaz de recordar todos esos detalles. Se puso un traje de chaqueta y unos zapatos nuevos.
—¿Diría usted que ese día se arregló algo más de lo normal, como si tuviera una cita importante?
—Es posible, pero no puedo asegurárselo, mi hija siempre iba bien arreglada, era muy presumida.

—¿Se llevó alguna bolsa de mano o algo de ropa?

—No, salió solo con su bolso. Como un domingo cualquiera.

—¿Habían discutido ese día o los días anteriores?

—Ellen nunca discutía con nosotros.

—Y, aunque no discutieran, ¿tenían algún motivo de fricción o de desacuerdo? Algo pendiente de resolver entre ustedes.

—Nada que no sea normal en una familia, señor Lancaster. Ellen era adulta, y tenía sus propios puntos de vista, como cualquier persona inteligente, pero no hacía causa de ellos, era muy razonable.

—Siempre habla usted de Ellen en pasado...

—Sí, lo sé, pero no puedo evitarlo; a mi mujer no le gusta que lo haga, siempre me regaña por hacerlo, pero ha pasado ya mucho tiempo, ¿sabe? Y algo dentro de mí me dice que no la vamos a volver a ver.

Mira al abogado, que después de sus respuestas toma algunas notas en silencio, y se da cuenta de lo lejos de la realidad que ha estado en sus suposiciones acerca de ese hombre: no es en absoluto desordenado, ni mucho menos caótico, ni siquiera fuma; de hecho, en todo el despacho, decorado en blanco con un severo minimalismo, no hay un solo cenicero. Las estanterías están casi desnudas, solo las ocupan algunos libros de leyes bien alineados, y los escasos adornos entre los libros son de cristal o de plata. Hay una gran lámina en la pared con un mapamundi antiguo, tal vez de finales del siglo XVI; *Typus Orbis Terrarum*, encabeza el excelente trabajo, y en su pie puede leer una frase de Cicerón, también en latín, que no comprende.

—Usted no fuma, ¿verdad?

—No —contesta Paul—, no fumo. Ya ve, ni siquiera tengo un triste cenicero. Lo siento.

—No, no importa. Antes yo tampoco fumaba, pero ahora no dejo de hacerlo; no se imagina usted lo difícil que es combatir la incertidumbre. Estoy seguro de que es peor que aceptar su muerte. No sé si me explico, no me interprete mal, por favor, deseo con todas mis fuerzas que mi hija esté viva, pero al no saber lo que pasó, al dejar libre al cerebro para que responda solo todas las preguntas, mi vida se ha convertido en una tortura continua. Hay momentos de una gran debilidad, momentos en los que me siento extremadamente vulnerable, en especial cuando estoy a punto de dormir, o en los primeros instantes tras despertar, ahí la mente debe de tener relajados sus mecanismos de defensa y me asaltan imágenes atroces...

Paul se compadece de aquel hombre abatido e intenta darle alguna esperanza.

—Debe ser usted consciente de que la mayoría de las personas adultas que desaparecen lo hacen voluntariamente —le dice Paul—, y que nunca regresan. Es posible que su hija conociera a un hombre y se enamorara, alguien de otra clase social, o un extranjero, cualquiera que con toda probabilidad no fuera a ser de su agrado, y se marchara con él. Eso explicaría que saliera de casa tan bien arreglada.

—Mi hija no se habría ido así, puede usted creerme, no sin despedirse de su hermano.

—¿Estaba muy unida a él?

—Sí, mucho, y de una forma especial. Thomas es autista, un caso difícil, porque ni siquiera habla; él entiende perfectamente todo lo que se le dice, es muy estricto con el reparto de obligaciones y cumple sin rechistar las normas de la casa, pero es incapaz de comunicarse. A veces sale a pasear con nosotros, y antes también lo hacía con Ellen, daba gusto verlo caminar a su lado mirando al suelo, como si él fuera el pequeño, ajustando sus pasos a los de ella, escuchando en silencio las mil historias que le contaba su hermana, eso le hacía feliz. ¿Sabe usted que la creencia general de que los autistas no tienen sentimientos no es cierta? Por supuesto que los tienen, pero no los expresan. O solo lo hacen en una situación límite, casi siempre de una forma descontrolada. No saben gobernarse a sí mismos. Tras desaparecer Ellen, Thomas se hundió, rompió todas las fotografías que tenía de ellos juntos, incluso llegó a autolesionarse golpeándose la cabeza contra la pared. Pobre hijo, desde entonces está más recluido en sí mismo que nunca.

—Supongo que usted sabe que la policía nunca cierra este tipo de casos...

—Por supuesto, pero hasta ahora no ha habido resultados. Nos han interrogado decenas de veces: a nosotros, a los vecinos, a los compañeros del trabajo y a los antiguos alumnos de su clase en la universidad. Por eso estoy aquí. Algunos padres de la asociación me han hablado muy bien de usted... Me han dicho que fue usted quien encontró viva a la hija de los Clayton; fue un caso muy sonado, ya la habían dado por muerta, sin embargo...

—Sí, tuvimos suerte con aquel caso, y fue muy comentado en la prensa.

—Encuentre también a mi hija, por favor.

—Yo investigo la desaparición de personas relacionadas con cobros de seguros, o de herencias, nada más. No me sobrevalore, señor Carter. Su caso me conmueve y voy a hacer algunas averiguaciones, pero no puedo prometerle nada.

—Eso es suficiente para mí, muchas gracias.

Se levanta, y antes de salir del despacho vuelve a mirar el mapamundi.

—Esa frase... Esa frase de Cicerón en latín que hay debajo del mapa... ¿Qué significa?

—Es una pregunta retórica —contesta Paul con sencillez mientras se incorpora para acompañarlo hasta la salida—. El autor se pregunta qué puede parecerle grande en las cosas humanas a quien conoce la eternidad y la grandeza del mundo.

—Es una frase hermosa, pero supongo que Cicerón no había perdido a una hija.

Paul no contesta, pero mientras cierra la puerta piensa en la hermosa Tulia, la querida hija de Cicerón, que murió tras dar a luz a su segundo hijo, y cuya desaparición inundó de dolor los dos últimos años de vida de su padre. «Tenía a quien acudir —le dijo Cicerón por carta a su amigo Sulpicio—, con quien descansar: tenía a mi Tulia, cuya compañía y dulce conversación aliviaban y hacían olvidar todos mis disgustos».

Esa tarde, al llegar a su casa, Paul se siente especialmente sucio. Se agacha junto a la bañera y pone el tapón en el desagüe. Es un tapón de goma negra, algo pasado, con la cadena rota, algún día tendrá que sustituirlo, pero solo tiene presente ese fastidioso tapón cuando se ve obligado a usarlo, el resto del tiempo de su vida ese tapón no existe, y una vez tras otra vuelve a encontrarse con él y a pensar que tendrá que cambiarlo. Abre al máximo el grifo del agua caliente, que enseguida brota humeante, y después compensa la excesiva temperatura con un chorro menor de agua fría. Se desnuda y acumula la ropa sucia en un cesto de mimbre. Una vez a la semana vacía el cesto en la lavadora, pone el programa para tejidos sintéticos con agua fría, echa la mitad de la cantidad de jabón que recomienda el fabricante y lava y centrifuga la ropa. Luego tiende las camisas húmedas aún en el baño, colocadas en perchas, y así evita la pesada tarea de plancharlas. Tiene que planchar los pantalones, y, aunque odia hacerlo, ha conseguido una técnica impecable; su personalidad le obliga a buscar la perfección aunque lo que haga carezca de interés para él, aunque se trate de perfilar la raya de unos pantalones o de evitar que se formen brillos en la tela. Se mira en el espejo antes de que el vapor de agua lo empañe y le devuelva una imagen borrosa y compasiva de sí mismo; le entristece comprobar que ya no es capaz de ver nada que sea atractivo en él: un pelo ralo y escaso, que él peina con cierta habilidad para disimular su carencia; los ojos marrones, sin brillo; antiestéticos depósitos de grasa bajo la barbilla y en los pectorales; un abdomen globuloso con un profundo ombligo en el que con frecuencia se forman fastidiosos nidos de pelusas y unas piernas que parecen demasiado delgadas para sostener un cuerpo que ha acumulado un evidente sobrepeso. Es alto, y no es un hombre feo, pero hace ya mucho tiempo que ha renunciado a cuidarse. Su aspecto ha cambiado mucho desde su juventud, y lo ha hecho de golpe, en dos o tres ocasiones, como bajando enormes peldaños, sin que haya podido acostumbrarse a esa nueva y deteriorada imagen de sí mismo, que es la que ven los demás a diario.

Deja que suba el nivel del agua poco a poco, hasta un punto preciso marcado en la cerámica con una pequeña muesca, casi imperceptible para quien no sepa dónde buscarla, a partir del cual sumerge en el agua templada un termómetro sanitario de mano, y espera unos instantes hasta que asciende el mercurio y se estabiliza la temperatura en 95 grados Fahrenheit, momento en el que cierra a la vez los dos grifos. Entonces entra en el agua y se sienta en el fondo de la bañera, bien cubierto hasta los hombros, abrazado por el fluido reparador que se filtra por los pliegues de su piel y lo devuelve a una existencia primitiva de seres acuáticos y silencios perpetuos; echa la cabeza hacia atrás, empapa una pequeña toalla gris y la aprieta sobre su frente para que las gotas inunden sus ojos y resbalen por sus mejillas, luego la despliega y se la coloca extendida sobre la cara. Cree que respirar a través de ese tejido húmedo beneficia a las células de su epitelio respiratorio, que las ayuda a regenerarse y a eliminar las partículas contaminantes.

Se baña a diario, le gusta ese momento del día en el que todo se detiene, en el que aún puede dilatar la llegada de la jornada siguiente. Lo hace de una forma concienzuda, rastreando los lugares recónditos de su anatomía donde puede esconderse la suciedad; tiene esponjas naturales para la piel que renueva semanalmente, jabón puro de glicerina sin excipientes, cepillos de cerda de jabalí para las uñas y seda dental recubierta de cera. Disfruta de esa rutina, que por ser un esfuerzo de perfección ejecuta con la templada minuciosidad de un relojero. Prefiere el baño a la ducha, piensa que la ducha no es más que un sinónimo higiénico de la prisa, y además no hay ninguna tarea importante que a él le guste hacer de pie. Aborrece la prisa, la falta de previsión y, sobre todo, aborrece el desorden; cree en la existencia de un equilibrio universal, un juego constante de compensaciones y simetrías que no conviene alterar. Su psiquiatra le ha dicho muchas veces que eso no es más que una superstición sin fundamento, una forma de aplacar la ansiedad, que la física ha demostrado hace décadas que el universo no tiende al orden, sino al caos, que procede de una explosión y terminará en un colapso, pero esas historias de la entropía y el movimiento perpetuo a él no parecen convencerle. Hace mucho tiempo le diagnosticaron un trastorno obsesivo compulsivo, y él es consciente de que su vida está lastrada por demasiados rituales, por pensamientos parásitos y por manías recurrentes de escaso fundamento, pero también sabe que su alteración no tiene cura y que no hace ninguna merma en su inteligencia, por lo que está acostumbrado a vivir con ella y a veces ni siquiera es consciente de padecerla. En su juventud llegó a pensar que eran los otros quienes vivían engañados, que los demás llevaban sin saberlo una existencia imperfecta, superficial, vacía, porque no eran capaces de percibir la exquisita disposición de los detalles que conduce al equilibrio.

Con los ojos cerrados, respirando a través de la amable humedad de la pequeña toalla, reflexiona sin cesar sobre los hechos del día, y a veces esas reflexiones cíclicas lo llevan a conclusiones insospechadas, porque no es raro que las ideas estén contaminadas en la memoria por otros casos similares, por intuiciones y sueños. En esos momentos le parecen aceptables las especulaciones más inverosímiles, y encuentra en esa forma fugitiva de pensar, en ese ambiguo plano del pensamiento donde nada es desdeñable por completo, una insólita felicidad que lo reconforta. Es lo que algunos llaman *el pensamiento lateral*, un modo imaginativo e indirecto de resolver los problemas liberando la inteligencia de los estrechos márgenes de la lógica. Al fin y al cabo, las personas que confían en él lo hacen porque es distinto y no sigue las pautas que ya han sido agotadas por otros.

Esa noche piensa en el triste resentimiento de William Ellerman, en la decepción que lo consume en medio de aquella granja desolada, en los temores y las figuraciones de la señora Davies tras el mostrador de su vieja panadería, y también en la profunda amargura de Kirkpatrick, harto de sí mismo y de los voluntariosos cuidados de su esposa; ninguno de ellos le ha dado la más mínima pista sobre la que poder trabajar. William y la señora Davies no saben nada, si lo supieran habrían sido incapaces de disimularlo, su simpleza, la simpleza de los limpios de corazón, los hace transparentes; y el profesor Kirkpatrick, prisionero en un cuerpo que ya no le obedece, es probable que sepa algo, pero no ha querido colaborar. No intuye si ha actuado así por odio o por afecto, pero está seguro de que ese espíritu fatigado no le ha dicho todo lo que sabe. Lleva algún tiempo buscando a John Ellerman, pero apenas tiene datos sobre él; un día, siendo aún un muchacho, salió hacia Londres desde Westerham y fue como si se lo hubiera tragado la tierra. Ahora ese pobre oficinista desesperado le encarga la búsqueda de su hija Ellen, y Paul ha caído de inmediato en la circunstancia de que los dos tendrían exactamente la misma edad, veintinueve años, de hecho, no solo sabe que son de la misma promoción, sino también que ambos eran buenos estudiantes; no sería descabellado suponer que frecuentaron los mismos ambientes, o que se conocieron algún tiempo atrás en la universidad, o más tarde en una fiesta de antiguos alumnos. Tal vez las desapariciones de John Ellerman y de Ellen Carter puedan estar relacionadas, quizá una podría tener la clave para explicar la otra, tal como sucede en un sistema de ecuaciones con dos incógnitas. Sonríe levemente en la penumbra tibia de su descanso y no descarta volver a considerarlo a partir de mañana.

Luego piensa en una mujer desnuda que abre la puerta de su cuarto de baño y le pide permiso para entrar con él en la bañera. Intuye su silueta a través de su toalla gris. Ella no espera su respuesta porque sabe que no hay posibilidad alguna para una negativa. Casi puede sentir cómo mete despacio el delicado pie en el agua, cómo se agacha con las rodillas juntas y se acomoda con cuidado frente a él haciendo subir el nivel del agua hasta el borde de la cerámica. Es una belleza singular, alguien engendrada para abolir la voluntad de los hombres, pero no hay en ella ningún rastro de perversidad. Es un modelo femenino de belleza, pero no invita al deseo, porque es un modelo de belleza madura y maternal, una compañera perfecta. El tipo de mujer que le habría elegido su madre, pues las madres no piensan en la lujuria de sus hijos, sino en su bienestar. No se quita la toalla de la cara porque no quiere que desaparezca. Esa mujer le ha visitado muchas veces, lo hace casi todas las noches, es una fantasía tangible y familiar, una perfección platónica; nunca hacen el amor, solo comparten su intimidad: se bañan juntos, se acuestan abrazados, a veces ella lo observa cuando trabaja en su gabinete, y a veces le pasa la mano por el cuello y le pregunta si está cansado.

—Vamos ya a dormir, Paul —le susurra cerca del oído, y entonces él guarda el bolígrafo y el cuaderno de notas en el cajón, deja las gafas sobre la mesa, apaga la luz y se va con ella a la cama. Luego, por la mañana, ella ha desaparecido y él no la echa de menos.

Nunca le ha puesto nombre, tal vez porque no debe nombrarse al eterno femenino, tal vez porque él tampoco ha estado nunca con una mujer en la vida real y carece de favoritismos que lo condicionen. Ha tenido algunas oportunidades, pero siente un escrúpulo invencible por el contacto directo entre las mucosas. Ni siquiera tolera la idea de besar a nadie en la boca, de arrebatarle su saliva, de aspirar su aliento, de apropiarse de la tumultuosa vida microscópica que habita en las oscuras cavidades de las personas. Ha leído que en la boca hay millones de estreptococos de varias especies distintas, que están adheridos a los dientes, a la superficie de la lengua, y que se acumulan en los pliegues de las encías. Y sabe que la vagina de la mujer es mucho peor, que además de bacterias también tiene hongos, y a veces pequeños protozoos invisibles a simple vista pero que son capaces de producir enfermedades contagiosas. El sexo con una mujer es para él un desafío infranqueable. Sin duda las desea como cualquier otro hombre, y a veces celebra a solas ese deseo, pero ha renunciado a ellas para siempre.

6

LAS HERIDAS DEL LOBO

«No va a conseguir hacerme llorar —piensa John—, por mucho que me pegue».

Sabe que el castigo terminará cuando él llore, que su padre se conmoverá ante las lágrimas. Es un hombre severo, cumplidor de sus amenazas, pero no es un sádico. Los gemelos lo tienen bien aprendido; cada vez que son castigados, apenas han recibido la primera bofetada, ya están gimoteando igual que lo haría una niña. Ahora están ahí los dos, juntos como siempre, observándolo con medias sonrisas desde la cobarde atalaya de su suficiencia; por su aviesa forma de mirar puede adivinarse que están deseando que se inicie el castigo y que van a disfrutar con cada golpe. Pero él no es como los gemelos, él no va a dar a su padre y a su hermano Ted la satisfacción de verlo doblegado. Aguantará estos primeros golpes de cinturón como aguantó los puñetazos de Ted y después las bofetadas de su padre. Ya tiene rotas las narices, el piso está lleno de salpicaduras de sangre, le duele la espalda tanto como no sabía que podía llegar a dolerle, pero no va a llorar, sabe cómo conseguirlo, sabe que tiene que convocar toda su rabia y todo su odio para no hacerlo.

No comprende que esta sea la clase de castigo a la que un padre tenga derecho. No comprende que la misma persona sea hoy capaz de levantar la mano y descargar un golpe de cinturón tras otro en la espalda desnuda de su hijo, de ver brotar su sangre y de escuchar sus lamentos, y que mañana pueda vestirse con un traje oscuro, el mismo de todos los domingos, y asistir con una actitud piadosa a la iglesia, cantar los salmos y las alabanzas y saludar después al pastor y decirle que los chicos están bien, creciendo y haciéndose unos hombres. No comprende que Ted y los gemelos sean capaces de reírse de su dolor y que hayan hecho de esto una fiesta cruel, y sobre todo no comprende que su padre los deje participar en semejante vejación, que no los eche, y que si está convencido de que ha de castigarlo, si su culpa es de verdad tan grave que solo puede lavarse con sangre, que no lo haga a solas. La decepción, que puede corroer la carne de un niño más deprisa que un ácido, ayuda a ser fuerte a John, a no llorar, a no concederles esa victoria.

Mientras lo golpean, a William le gustaría poder apartar la mirada de su hermano, pero no puede, está absorto en el magnetismo de las manchas púrpura, sorprendido por la violencia de su padre y rendido a la sobrehumana resistencia de John. Ni siquiera puede dejar de mirarlo cuando el tic nervioso empieza a sacudir su cabeza. Tiene su camisola en las manos, la aprieta fuerte contra su vientre, está deseando dársela a su hermano, tapar la ofensa cruel de esas heridas. Querría gritar a su padre que se detuviera, interrumpir ese escarmiento propio de animales, pero no se atreve, nunca se ha atrevido a desobedecerlo ni a contrariarlo; la autoridad de su padre le parece semejante a la autoridad de Dios, un hecho sagrado e incuestionable. Cómo envidia la entereza de su hermano pequeño; él, desde luego, ya se habría humillado, habría llorado y suplicado, habría hecho cualquier cosa para evitar que siguiera con el castigo.

—Siempre he tratado de enseñarte dónde están los límites —le dice su padre aún con el cinturón en la mano—, pero tú no pareces querer aprenderlo. Has decepcionado todas mis esperanzas desde el maldito día en que naciste. Si había dos opciones distintas, tú siempre elegiste la contraria a la que yo habría preferido, has ido cumpliendo siempre la peor de mis sospechas. No hay árbol bueno que pueda dar mal fruto, dice el Señor, ni árbol malo que pueda dar fruto bueno: cada árbol se conoce por su fruto. Tú eres el árbol malo entre nosotros, John, el único de todos los que estamos aquí capaz de golpear a otro con un martillo. Ahora eres un niño, pero cuando seas un adulto, ¿quién nos dice que no tendrás la tentación de usar una pistola en vez de un martillo? Tu madre se avergonzaría de ti, muchacho, lo que has hecho es abominable. Es una suerte que no haya podido ver esto. Tal vez Dios se la llevó tan pronto para que no llegara a verlo. Vamos. Discúlpate con tu hermano Ted si no quieres que siga midiéndote la espalda.

—Que se disculpe él primero —dice John, y al hablar siente que un estremecimiento le recorre la espina dorsal, un arrebato de orgullo que es capaz de enardecerlo.

—¿Yo primero? —exclama Ted—. ¿Me rompes los dientes y aún me tengo que disculpar?

—¡Tú empezaste! ¡Díselo a todos! ¡Diles que tú empezaste!

—¡Yo no empecé nada! ¡Tú eres el orgulloso, el que empieza siempre las peleas, nunca aceptas una broma!

—¡Tú empezaste!

—¡No le he pedido a Ted que se disculpe —interrumpe su padre—, sino a ti! Él lo hará después. Tu falta es más grave que la suya y debes ser el primero. ¡Discúlpate ahora mismo!

John baja la mirada y aprieta los labios. El fino estremecimiento ya ha cesado, ahora hay en su rostro un gesto de profundo desencanto, una resignación muda, una soledad infinita.

—¿No vas a disculparte? —insiste su padre.

Y John mira a su alrededor y ve la triste impotencia de William, la imbecilidad de Ted y la sevicia de los gemelos, y después vuelve a mirar a su padre y niega con la cabeza.

—De acuerdo —dice limpiando el cinturón de sangre con un pañuelo y volviendo a ajustarlo en las trabillas de su pantalón—. No voy a pegarte más, no quiero que me acusen de matar a uno de mis hijos. Pero vas a aprender que no hay redención sin sacrificio; redención, hijo mío, no sé si sabes de lo que estoy hablando: hasta nuestro señor Jesucristo conoció el verdadero dolor para que su Padre nos perdonara a todos los hombres. A partir de ahora dormirás en la habitación de la torre, lejos de nosotros, como un apestado. Y lo harás hasta el día que cambies de actitud y te disculpes con tu hermano Ted. Hasta que me mires a los ojos y vea en ti algo parecido a un ser humano.

«No hay redención sin sacrificio», piensa John, y aunque no comprende la exactitud de esas palabras, que le parecen a la vez feroces y extravagantes, siente que repican en su interior como si las oyera dentro de una campana.

Ese día, por primera vez, Ted y su padre suben a John, agarrándolo cada uno por un brazo, a la habitación de la torre, una suerte de desván habitado por algunas palomas, con un catre, jaulas vacías, candelabros, muebles inútiles y recuerdos mortecinos que acumulan polvo desde los tiempos en los que su madre aún cuidaba de aquella casa. William va tras ellos, en silencio.

—¿Qué haces aquí, William? —le pregunta su padre.

—¿Puedo quedarme un rato con John?

—No. No puedes. John se queda solo aquí arriba. Tú te bajas con nosotros.

—Por favor, papá, déjame estar con él.

—¡He dicho que no! ¡Ve a tu habitación!

William mira a su padre con enojo, como si quisiera demostrar un valor que en él resulta tan ingenuo como impostado.

—Gracias, William —le dice John—, obedece a papá, y no te preocupes por mí. Baja con los gemelos, por favor.

Cierran la puerta al salir, y John escucha las dos vueltas del cerrojo que le confirman que es un prisionero en su propia casa. Está de pie en medio de la habitación, muy quieto, rodeado de un aire turbio e impregnado de hiel; tiene entumecida la cara y le cae un hilo de sangre desde las narices, delgado y brillante como un sedal; le escuecen las heridas de la espalda, tiene los brazos rectos, pegados al cuerpo, el puño derecho cerrado con fuerza, y en su interior, casi clavados en la piel, los dos incisivos de Ted.

—Eh, John, despierta.

John sueña que camina a través de una mañana brumosa. Lleva al hombro el hatillo con los cuadernos y los libros del colegio, pero no sabe dónde está, siempre hace ese camino con los gemelos, pero hoy no lo acompaña nadie.

—¿John?

Intuye una silueta entre la bruma, por delante de él, acelera el paso y llega a su altura. Es una chica de su edad, muy guapa, con el pelo rubio y liso cortado a la francesa, también lleva unos libros escolares.

—¿Vas al colegio? —le pregunta.

—Sí —responde ella.

—¿Eres nueva?

—Sí, hoy es mi primer día, voy a la clase del profesor Kirkpatrick.

—Esa es también mi clase.

—Me han dicho que el profesor Kirkpatrick es muy severo. ¿Es cierto?

—Es más justo que severo. Si estudias, te irá bien.

—¿Podré sentarme a tu lado?

—Ya lo creo, me llamo John.

—Yo soy Kate.

John se siente feliz caminando al lado de la dulce Kate; la niebla parece estar levantando, y ya se vislumbran las primeras casas del pueblo.

—¡Vamos, imbécil! ¡O llegaremos tarde al colegio por tu culpa!

Es la desagradable voz de Sam, uno de los gemelos, una voz bitonal que empieza a cambiar y alterna un incipiente timbre varonil con inoportunos agudos.

John se incorpora como arrastrado por una cuerda, se pone los calcetines, los pantalones, las botas, una camisa de cuadros que abotona hasta el cuello y un grueso jersey de lana. Baja deprisa las escaleras, se lava la cara y después orina en el único cuarto de baño de la casa, que huele como una cloaca. Coge un puñado de galletas de mantequilla que comerá a media mañana, la cartera del colegio y sale al porche, donde ya le esperan los gemelos.

Todas las mañanas, Sam sube a la torre y abre el cerrojo de la habitación de John, le da una voz desde el umbral y vuelve a bajar dejando la puerta abierta. John no es perezoso, pero dispone de menos tiempo que ellos para vestirse, y siempre tiene que soportar las pesadas críticas a sus retrasos.

—¡A ver si algún día no nos haces esperar, majadero!

—¡No es culpa mía que me despertéis tan tarde!

—No es culpa mía, no es culpa mía —dice David con voz burlona, y John calla mientras se cuelga la cartera de los hombros como si no lo hubiera oído.

Luego caminan los tres hasta el colegio, un trayecto que hacen en algo más de veinte minutos. William no los acompaña, dejó muy pronto las clases; no progresaba, y su insuficiencia le hacía sentir ridículo. Los profesores se sinceraron con su padre y le recomendaron que le enseñara un oficio, algo en lo que pudiera aplicar su notable destreza manual, pero que no lo hiciera sufrir con desafíos académicos para los que no estaba capacitado. Ted ya es mayor, en su día tampoco fue un buen estudiante, y al terminar la formación básica se puso a trabajar con su padre en la granja. Los dos se levantan antes del alba, y cuando John y los gemelos salen hacia el colegio, su padre y Ted llevan ya más de una hora atendiendo a los animales.

Pisan la tierra quebradiza que ha dejado la helada, dura como un pedernal, y sienten en la cara el arañazo del aire frío de finales de febrero que viene del noroeste. No suelen hablar a primera hora, aún permanecen en contacto con el mundo de los sueños; meten la barbilla bajo el cuello del jersey y avanzan en paralelo como lo harían los soldados de un desfile. John piensa en Kate, en su pelo rubio recién peinado, en su sonrisa limpia, en el movimiento ondulado de su falda, en su tímida mirada, y desea en silencio que se acerque la hora de volver a dormir para reencontrarse con ella. A veces ha conseguido soñar con algo después de desearlo con fuerza, lo ha logrado pensando en Londres, o en su madre, tal vez hoy también lo consiga si antes de acostarse piensa intensamente en Kate.

El cielo está roto, amoratado, rasgado por unas nubes altas y estrechas que parecen amplios senderos aéreos. El camino serpentea entre las lomas blandas cubiertas de pastos, y después baja hacia los cañaverales y se acerca al río, donde el aire se hace húmedo y huele a selva.

—¿Tienes una libra? —le pregunta Sam.

—Claro que no —contesta John.

—Tal vez David pueda prestarte una. ¡Eh, David! ¿Le prestarías una libra a John?

—Pero tendría que devolvérmela antes de la noche. ¿Has oído, niño? Antes de la noche.

—Hecho. David te presta la libra y así puedes venir con nosotros.

—¿Adónde?

—Ya lo verás. Iremos después del colegio.

—¿Y no puedo ir sin que me preste la libra?

—No.

—¿Y de dónde sacáis vosotros tanto dinero? —pregunta John—. Yo nunca tengo nada.

Los gemelos se miran, y luego miran a John.

—Si te lo dijéramos, se acabaría el negocio —dice Sam.

—Además no confiamos en listillos —añade David.

—¿Se lo robáis a papá?

—Anda —dice Sam empujándole con el hombro—, no quieras saber más de la cuenta.

—¡Seguro que le estáis robando! Le he oído decir que le falta dinero.

—Cállate ahora mismo si no quieres llevarte una paliza —le advierte David—. ¿Te gustó la que te dimos el mes pasado? Pues esa se va a quedar pequeña. ¿Sabes qué vamos a hacerte? Te vamos a separar las uñas de la carne con un palillo, como hacen los chinos a los prisioneros de guerra.

John llega al colegio con sus hermanos, el resto del camino nadie dice ni una sola palabra; él no es un cobarde, pero sabe que no puede contra los dos gemelos a la vez, sus amenazas le duelen tanto como sus golpes, que son cada vez más frecuentes, pero ni ellos parecen dispuestos a cambiar de actitud, ni John atisba la forma de escapar a su tiranía. Una vez en el colegio se separan, y él sube las escaleras que llevan a la primera planta entre un ruidoso ir y venir de decenas de niños y un aroma dulzón a muchedumbre infantil. John tiene quince años. Sus calificaciones son excelentes, las mejores de la clase. Todos sus profesores reconocen en él a alguien con una inteligencia fuera de lo común, saben que tal vez sea un genio, pero no recibe ninguna ayuda especial, nadie se acerca a él para estimular su creatividad ni para orientar su futuro. Hay algo en John que repele, aunque nadie sepa explicar qué es. Quizá su autosuficiencia, o la inexpresividad de su rostro. John nunca gesticula, ni demuestra a los demás su estado de ánimo. Se sienta solo todos los días en una de las últimas filas, hace los ejercicios con disciplina y no habla con nadie en clase. Vive en un mundo distante, ajeno a su pueblo y a su condado, un mundo interior en el que medran las sombras. Apenas tiene amigos. Sueña con vivir y trabajar en Londres, lejos de toda esta mediocridad de aldea. También quiere enamorarse, conocer a una chica e intimar con ella, descubrir los secretos del pensamiento femenino. Le fascina la dulzura de las niñas, su falta de agresividad, la armonía de sus gestos, pero no hay chicas en su clase, ni tampoco en su colegio. «Ojalá Kate existiera», se dice, y se deleita en el recuerdo de su sueño mientras el profesor Kirkpatrick explica por tercera vez a los más torpes de la clase la división de polinomios. Admira en silencio a Kirkpatrick, le gusta su abnegada dedicación a la docencia y respeta su inteligencia. En ocasiones querría quedarse después de la clase para hablar con él, para que le diera algún consejo con el que afrontar la universidad, pero nunca se ha atrevido, teme que el profesor también lo rechace como es evidente que lo rechazan su padre, sus hermanos mayores y muchos de sus compañeros. Se hundiría si Kirkpatrick también lo rechazara, si la única persona de Westerham que tiene algo que enseñarle le diera la espalda.

—Dale a John esa libra, David —dice Sam en el camino de regreso.

David hunde la mano en el bolsillo derecho de su pantalón y saca de él un billete de cinco libras doblado tres veces y una moneda. Vuelve a guardar el billete y le extiende la mano con la moneda a su hermano pequeño.

—Toma, y no olvides devolvérmela en casa.

John coge la libra, pero no sabe para qué la necesita. No la guarda, la mantiene atrapada dentro de su puño cerrado, muy fuerte, como si supiera que no es suya y no quisiera perderla. Cuando llegan al río salen del camino principal y toman la estrecha vereda que va al molino de agua.

—¿Por qué vamos al molino? —pregunta John.

—Calla, te va a gustar.

—¿Me va a gustar? Hemos estado allí docenas de veces.

Cuando llegan junto al viejo molino, donde apenas penetra la luz, los gemelos sacan un par de cigarrillos y los encienden.

—Yo no quiero fumar —dice John.

—¿Quién te ha ofrecido tabaco, idiota? —dice Sam.

Los gemelos fuman como si posaran para una fotografía de pandilleros juveniles, chupan fuerte del pitillo mientras sostienen la boquilla con el índice y el pulgar y sueltan el humo hacia arriba haciendo aros volátiles. Después escupen al suelo, y al cabo de un rato hay a sus pies un desordenado reguero de salivazos. A veces molestan a John echándole el humo a la cara, y este tiene que retirarse de su lado, porque le repugna el tabaco. No le gusta el olor del humo, y mucho menos ese otro olor acre con el que impregna los dedos. Él nunca fumará, y si ha decidido no hacerlo no es por motivos de salud, sino porque no quiere parecerse en nada a los gemelos, y porque no considera necesario hacer gestos de pretendida madurez delante de los demás.

—Mira —dice David después de escupir—, por ahí viene.

—Es Jane Perkins —dice John sorprendido, y los gemelos se ríen.

—Sí, es Jane. ¿A quién te crees que esperábamos? ¿Al primer ministro?

Los gemelos parecen entusiasmados, sus sonrisas brillan con una luz maliciosa, pero John no se encuentra cómodo delante de Jane, nunca ha hablado con ella, sabe a qué se dedica por las habladurías del pueblo y las procaces indiscreciones de sus hermanos, pero hasta ahora apenas se ha atrevido a sostener su mirada.

—Hola, chicos —dice Jane mascando chicle y mirando a John de arriba abajo—, ¿habéis traído a vuestro hermano pequeño a la fiesta? No tengo ninguna duda, sois unos pervertidos.

—No —dice Sam—, pero tiene una libra, y le gustaría saber qué puede hacer con eso.

—¿Con una libra? Bien poco. Haría mejor comprándose unas golosinas en la tienda de Albert.

—No seas así, Jane, deja que aprenda algo.

—Está bien, está bien. ¿Te quieres gastar esa libra conmigo, monín? Pues vamos, dámela.

Jane extiende la mano con la palma hacia arriba y un gesto de afectada impaciencia. Es una mujer de algo más de treinta años, de mirada insolente, con los labios muy rojos y el rostro picado por las secuelas de un acné violento; es a la vez sensual, voluptuosa y ordinaria. Había nacido en Brighton, en una casa muy humilde; su padre conoció a otra mujer y las abandonó a ella y a su madre cuando aún no había cumplido los once años; su madre no fue capaz de hacer frente a las deudas y regresó con su hija a Westerham, su pueblo natal, para servir como ama de llaves en la casa del alcalde, de forma que ella se crió sola, queriendo ser siempre más moderna que los paletos del pueblo, la que mejor conocía las debilidades humanas, la primera en visitar el asiento de atrás de todos los coches, hasta un día extraño en el que después de terminar una de aquellas sesiones de falsa pasión y mientras se estaba vistiendo, un muchacho que estaba de paso le dio cinco libras en silencio y ella no dijo nada, las cogió y se las guardó en el escote.

—Dame esa libra, niño.

John obedece, no se habría atrevido a no hacerlo, y le da la moneda empapada por el sudor de su mano. Jane coge la moneda con aprensión y la guarda en su pequeño bolso de bandolera, luego se desabrocha los tres primeros botones de la blusa y saca uno de sus pechos.

—Puedes tocarlo —le dice.

John está paralizado. Es la primera vez que ve al natural el pecho de una mujer. La visión del enorme pezón lo tiene hipnotizado.

—¡Vamos! —lo apremia Sam—. No tenemos todo el día.

—¿No querrás que me constipe, verdad?

John alarga el brazo y sus dedos temblorosos cruzan despacio el aire y tocan el pezón erecto de Jane. Es firme pero elástico, a la vez tierno y rugoso; tiene una pequeña hendidura en la punta, y está rodeado por una ancha areola salpicada por diminutas eminencias que también son duras y agradables de tocar; la piel de alrededor es muy blanca y extraordinariamente suave. Está descubriendo la anatomía de una mujer como si no lo hubiera hecho nadie antes que él y fuera su obligación fijar un conocimiento exacto e imperecedero.

—Tu libra se acabó —dice Jane guardándose el pecho dentro de la blusa.

La mujer y los gemelos rompen a reír, y John se da cuenta de que ha hecho el ridículo.

—Nosotros nos quedamos con ella, niño —le dice Sam mientras toma a Jane por la cintura—, tú vete a machacártela a casa.

—Sí, vete a casa, y no olvides que me debes una libra —dice David—. Ya puedes ir pensando de dónde la sacas.

John desearía matarlos a los tres, arrojarlos al río y hacerlos desaparecer de su vida, pero está paralizado por la vergüenza. Da unos pasos atrás y, antes de que lo vean llorar, regresa corriendo por la vereda húmeda, respirando a bocanadas el aire siniestro del bosque.

—¡Que te jodan! —escucha a lo lejos entre risas—. ¡Que te jodan cien veces!

7

MEMORIAS DE JOHN ELLERMAN

Durante el primer año de universidad perdí el tiempo con Angelina, una chica adinerada de Kensington que tenía respuesta para todo. Hay mucha gente así, personas que parecen depender de viejos resortes aprendidos; cuando conoces al primero puede sorprenderte, como si fuera un profeta, pero los que vienen después, los discípulos, solo consiguen hastiarte. Me gustaba su pelo rubio, corto y ensortijado, su olor a perfume de marca, su divertida insolencia, su mirada jabonosa y su torpe forma de conducir el enorme coche de su padre, un Ford Taunus amarillo con el que resultaba imposible pasar desapercibidos. Angelina no quería nada especial de mí. Yo le parecía guapo, y ella estaba sola porque su novio, un pintor mediocre, la había dejado y ella no comprendía la razón por la cual tenía que aburrirse los fines de semana en su casa. Durante algún tiempo fui su bufón. Luego nos cansamos el uno del otro, pero una lamentable falta de alternativas nos mantenía juntos.

Creo que aquello no funcionó porque yo seguía enamorado de Ellen y ella de su pareja anterior, y eso nos impedía demostrarnos un verdadero afecto. De hecho, unos días antes de Navidad le dije a Angelina que me encontraba enfermo y me fui a buscar a Ellen. La perspectiva de pasar otra vez la tarde viendo los escaparates y las luces del centro con Angelina me espantaba; sus continuos comentarios sobre el acierto estético de este o de aquel adorno no podían ser más empalagosos. ¿A quién le pueden importar las escalas cromáticas de las luces de los comercios? Yo ni siquiera imaginaba que existiera la palabra *escaparatismo.* Unos días atrás había coincidido en el autobús con Ellen; ella había estado muy amable conmigo y me había propuesto, no sé si por cortesía o por curiosidad, tomar un té juntos antes de las fiestas. Quedamos donde Ellen propuso, en los jardines de Saint George, cerca de su casa, y fui transparente con ella.

—Estoy saliendo con una chica de la universidad.

—¡Qué bien, John, me alegro mucho! ¿Cómo es?

—Un poco vanidosa. Y bastante mandona.

—¿Es guapa?

—No, solo resultona. Y un poco bajita.

—¿No tienes nada bueno que decir de ella?

—Sí, claro, algo bueno, es... muy temperamental.

—¿Vais en serio?

—¿En serio?

—Sí, en serio, quiero decir que si lo vuestro va para largo.

—No.

—¿Entonces? ¿Por qué estás con ella?

—Porque no puedo estar contigo.

Ellen estuvo un rato callada, parecía que estuviera descubriendo por primera vez mis verdaderos sentimientos; en ocasiones las personas necesitan una segunda revelación, algo que labre un surco más profundo en su conciencia, como si aquello que ha sucedido una sola vez fuera a borrarse del pasado simplemente por no volver a hablar de ello. Clavó en mis ojos su mirada, tal vez elaborando un argumento nuevo que le permitiera acercarse un poco más a mí, buscando algo en la áspera superficie de mi persona que mereciera la pena y que hasta ese momento le hubiera pasado desapercibido.

—¿Quieres que nos veamos más? —me preguntó con algo de lástima—. Me refiero..., para conocernos mejor, como amigos.

—No, Ellen. No te quiero como amiga. Ni quiero darte pena. Quiero mucho más. Quiero volver a esperarte en el portal de tu casa todas las tardes. Quiero cuidarte como no lo ha hecho nadie hasta ahora. Quiero pasear otra vez contigo y ser el primero en saber cualquier cosa que se te pase por la cabeza, hasta la menor estupidez. Quiero..., quiero demostrarte que estabas completamente equivocada cuando me dejaste, que fuiste muy injusta conmigo.

—Ya sabes lo que dicen de las segundas partes...

—Me da igual lo que digan —la interrumpí—. La vida no sigue patrones, nosotros no tenemos por qué ser como todos los demás, somos distintos. Lo que funciona para unos no funciona para otros, y al revés...

—No lo sé, John. No estoy segura de eso. Las personas somos mucho menos especiales de lo que nos creemos. Todos nos parecemos, por muy únicos que nos creamos. Tengo que pensarlo. Mañana hablaremos.

En ese momento tuve la sensación de que se hacía la luz otra vez en mi vida, y que ese resplandor nuevo no se apagaría con nada. Ellen no había dicho que no, sino que lo iba a pensar, lo mismo que dijo la vez anterior y, como había sucedido entonces, los dos volveríamos a estar juntos, pero en esta ocasión ya no permitiría que se estropeara.

Esa noche fui a hablar con Angelina, no quise subir a su casa, no me apetecía verla después de haber estado con Ellen, y me despedí para siempre de ella a través del telefonillo de su portal.

—Tú y yo no somos pareja —me dijo aquella voz metálica y algo distorsionada que surgía del pequeño altavoz—, no tienes por qué justificarte.

—No me estoy justificando, quería que lo supieras, yo te aprecio mucho, y...

—Te crees muy listo, ¿verdad?

—¿Por qué dices eso?

—Déjame en paz, anda.

De vuelta a casa no cogí el metro en Notting Hill, sino que a pesar del frío húmedo caminé ensimismado por Bayswater Road hasta Great Cumberland, giré en George Street y llegué, pletórico, con la nariz helada pero feliz, a Baker. Tenía la sensación de que por fin la vida empezaba a sonreírme, que merecía la pena existir, que podría dejar atrás mi miserable pasado y construir con Ellen algo hermoso de lo que los dos nos sintiéramos satisfechos. No seríamos nunca una pareja vulgar, ni nos dejaríamos llevar por los lugares comunes que convierten las relaciones en algo previsible y aburrido. Nosotros seríamos diferentes, mucho más creativos. Tenía tan claro qué era lo que debía hacer para que Ellen estuviera orgullosa de mí que nada podría fallar. Pobre Angelina, herida en su orgullo de niña malcriada al otro lado del telefonillo y perdida entre sus delicadas miserias de tienda de lujo; tal vez estaría llorando, aunque eso no me importaba en absoluto, además ella no era comparable con Ellen, su derrota no era más que la derrota de la trivialidad frente a la trascendencia, la de una imitación ramplona frente al original. Nadie, al verlas a las dos, una junto a la otra, podría hacerme ningún reproche. Subí a mi habitación, saqué el disco de *The Wall*, puse *Comfortably Numb* a todo volumen y viajé feliz entre sus notas hasta que los caseros aporrearon mi puerta y me obligaron a bajarla.

—¡John! Por el amor de Dios, no vive usted aquí solo.

Ellen me había citado al día siguiente en una cafetería muy cerca de su casa. Un local de estilo americano de los años cincuenta, con camareras con minifalda azul y patines de ruedas y una gran cristalera que permite verlo todo desde el exterior. Cuando llegué vi que ella estaba esperándome junto al cristal, muy seria, y más guapa que nunca; se había pintado de negro la raya de los ojos y se había perfilado los labios, y aunque teníamos la misma edad, incluso yo era unos meses mayor, me pareció una mujer adulta, alguien que todavía era inalcanzable para mí. Se sentó con la espalda muy recta, casi daba la impresión de ser más alta que yo, y me habló sin rodeos, mirándome a los ojos.

—Ayer no te dije que Anthony también me había pedido salir.

—¿Anthony?

—Sí, Anthony Bates, el que venía a clase con nosotros el año pasado.

Anthony Bates era un muchacho agradable, un chico rubio, espontáneo y respetuoso, de esos que parecen tener muchos amigos pero que en realidad tienden a ser solitarios. Había en él algo de personaje novelesco, de caballero inglés antiguo; era un año mayor que nosotros porque había repetido un curso, y eso se notaba en una barba algo más cerrada y en cierta forma de madurez que, con toda probabilidad, era solo un espejismo.

—Es menos alto, menos listo y menos guapo que tú —sentenció—, pero lo he elegido a él.

Era la segunda vez que me sentía acuchillado por Ellen, y me juré en ese mismo instante que no habría una tercera. No insistí, no encontré fuerzas para hacerlo. Ellen seguía hablando, movía los labios algo más relajada después de haberme vomitado a la cara su decisión, incluso intentó implicarme en no sé qué viaje de antiguos alumnos, pero yo no la escuchaba. Solo pensé que su corazón se había vuelto inexpugnable para mí. Me levanté sin decir nada, creo que ni siquiera me despedí, dejé sobre la barra unas monedas que pagaban de sobra nuestras consumiciones y salí de aquella cafetería con el dolor más intenso con el que una persona es capaz de caminar. Un átomo más de sufrimiento y me habría desmayado allí mismo, en la acera, entre los vecinos de Ellen. Cuando doblé la esquina y estuve seguro de que ella no podía verme, me agaché, dejé caer todo mi peso sobre mis nudillos en el suelo y rompí a llorar.

Las mismas calles que antes formaban rincones entrañables me parecieron frías, grises e insulsas; los espacios y la luz que yo pensaba compartir para siempre con Ellen habían perdido toda cualidad estimulante, los edificios se me antojaban enormes masas amenazadoras y, a la vez que se desvanecían mis últimas esperanzas, me juraba una y mil veces que nunca volvería a sufrir así por una mujer.

Durante mucho tiempo la decepción me hizo sentirme vacío. Estudiaba menos, no conseguía concentrarme, y empecé a pasar muchas horas tumbado sobre mi cama, con la mirada perdida en el techo, escuchando música mientras soñaba que las cosas entre nosotros podrían cambiar. Fueron días de ilusiones sin fundamento, de vanas esperanzas robadas a la cordura. Luego volvía a la realidad e intentaba rehacerme, pero casi nunca lo conseguía. Llegué a estar convencido de que sería imposible conocer a una chica como Ellen, que de forma irremediable tendría que conformarme con menos. Y esa reflexión me hacía mucho daño, la idea de un largo futuro sin la mujer a la que amaba, cada vez más alejado de ella y refugiado en los inseguros brazos de otras, me producía un malestar profundo, una auténtica sensación de dolor físico que podía localizar cerca del estómago.

Creo que por eso pasé ocho o diez meses sin quedar con ninguna otra chica. Cuando conocía a alguna recurría a la comparación, me imaginaba hablando con ella la tarde de un domingo aburrido, o visitando a sus padres a la hora del té, o descubriendo todos esos defectos que las mujeres disimulan con pinturas, mentiras o silencios hasta que nos tienen atrapados; no me apetecía descubrir el mundo con alguien que no me fascinara, y por eso estuve tanto tiempo solo, sin apenas salir de mi habitación, mirando sus paredes blancas, viendo impresas en ellas mi desidia y mi consternación. Fue un tipo de vida aborrecible que no le deseo a nadie, una vida hueca que tiene el futuro amputado.

Pero todavía no he hablado de Brenda. Y si en estas páginas no me hubiese propuesto ser completamente sincero, no lo haría, porque aún siento por ella un afecto entrañable, esa forma de ternura capaz de superar los rencores que solo dedicamos a dos o tres personas en toda una vida, como si apenas tuviéramos unos gramos de verdadero amor para repartir y estuviéramos obligados a ser cicateros a la hora de administrarlos. Conocí a Brenda en el segundo curso de la carrera, cuando por ser menos alumnos que en el primer año nos agruparon en una sola aula.

Ellen y yo habíamos dejado de llamarnos, ella parecía querer alejarse definitivamente de mí, y yo estaba harto de mi propia inacción y necesitaba a alguien con la suficiente personalidad como para poder olvidarla. Brenda era alta y tenía unas bonitas curvas, recuerdo su pelo largo, liso y oscuro, con el que disimulaba unas curiosas orejas de soplillo, fumaba mucho y tomaba notas en las clases con una rara eficacia de taquígrafo, incluso había desarrollado un código propio de abreviaturas que eran una muestra de su inteligencia práctica, de forma que conseguí ganarme su aprecio sentándome a su lado y pidiéndole de vez en cuando sus apuntes, que ciertamente consideraba brillantes, para así poder completar los míos.

Brenda poseía el segundo de los signos veniales: el balanceo de las caderas. Siempre llevaba zapatos de tacón, y solía caminar con pasos firmes y cadenciosos, como si se supiera observada; al hacerlo, juntaba las piernas y balanceaba las caderas a uno y otro lado, sin exagerar el movimiento, pero haciéndolo ostensible. Esa atracción atávica por el balanceo de las caderas del sexo opuesto está en la prehistoria del hombre, es una llamada de la selva, porque le recuerda de forma inconsciente el ritmo y el movimiento de la cópula.

La primera vez que me acerqué a ella estaba a punto de encenderse un cigarrillo entre dos clases, pero al verme llegar comenzó a temblar de una forma ostensible y no consiguió prender la cerilla. Su extrema timidez me hizo sentir algo de lástima, no por ese instante preciso, que tanto me favorecía, sino por la evidente fragilidad que esa joven demostraba ante la vida. Yo extendí la mano sin decir nada, ella me dio la caja de cerillas como una niña obediente, encendí un fósforo a la primera y le ofrecí fuego. Brenda aplicó el tembloroso cigarrillo a la llama y, después de expulsar el humo con una sensualidad que me resultó algo forzada, me preguntó si quería algo.

—Venía a pedirte los apuntes de la última hora —le dije—, pero he cambiado de opinión.

—¿Ya no los quieres?

—Sí, sí los quiero, pero además he pensado invitarte al cine.

—Vale.

Aquella respuesta tan inmediata me sorprendió.

—No he dicho qué día. Ni a qué película.

—Ah... Suponía que te referías a este sábado. Y la película me da igual, hace siglos que no voy al cine.

Podría decirse que Brenda, en otro ambiente, habría sido una hippie, o una funcionaria, o una princesa, porque tenía la propiedad camaleónica de saber adaptarse a cualquier entorno y de salir airosa de cualquier situación. Brenda era callada y meditabunda, poseía una memoria prodigiosa, y sentía una curiosidad insaciable por saberlo todo que a mí me resultaba muy sugerente. Cuando le dije que era aficionado a la literatura se sorprendió, porque, según ella, la literatura es un territorio intangible, un alimento para espíritus inconformistas y, por lo tanto, más propicio para las mujeres.

—¿Cuál es tu autor favorito?

—William Faulkner —contesté sin dudar.

—No he leído nada de él —reconoció—. No suelo leer a los americanos. ¿Qué me recomiendas?

—*Santuario.* O *Luz de agosto.*

—Creo que tengo *Santuario* en casa.

Brenda leyó esa poderosa novela de Faulkner en cuatro días; quedó atrapada por su crueldad, su sombrío pesimismo y su maestría. Nadie ha conseguido como ese autor el prodigio literario de convertir la brutalidad en una virtud estética y, al leerla, Brenda se obsesionó con el pasaje elíptico en el que el gánster impotente desvirga a Temple Drake con una mazorca de maíz.

—Entonces, ¿te ha gustado la novela?

—No lo sé, ha sido... turbadora.

Brenda me dio todo lo que precisaba en ese momento de mi vida y yo sentí la necesidad de ser sincero con ella. Mucho más sincero de lo que lo había sido nunca con nadie. Había algo en su mirada que lo hacía muy fácil, algo capaz de devolverme a un estado infantil, a una forma de sinceridad anterior a cualquier intento de malversación: Brenda sabía escuchar. Ha pasado mucho tiempo desde entonces, y ya no sé si las emociones que estoy describiendo en estas páginas se corresponden fielmente con la realidad, pero sí puedo asegurar que cuando estaba a su lado yo era tal como siempre había intuido que debía ser; no era mejor ni peor que los demás, pero era distinto, y era único. Le confesé muchos de los detalles de mi pasado, las continuas disputas con mis hermanos mayores, la crueldad de los gemelos, las largas tardes con William en la autopista, la severidad de mi padre, la perpetua añoranza de mi madre. A veces me invadía la nostalgia y le contaba detalles que creía haber olvidado, pensamientos cargados de odio, o de culpa, o de vergüenza, algunos incluso llegaron a asustarla; yo la recuerdo en silencio, muy seria, mirándome desde su insobornable cordura mientras a mí me asfixiaban los tentáculos del pasado.

—¿No pudiste actuar de otro modo?

—Entonces me pareció que no, pero ahora...

—Debiste de sufrir mucho —me dijo.

—Intento no pensar en ello. Es curioso cómo funciona el cerebro, siempre haciéndonos caer en las mismas obsesiones, como si nuestra voluntad estuviera a su servicio, pero he podido comprobar que también existe el olvido voluntario. Dejas de pensar en algo, en lo que sea, y cada vez que otro pensamiento te lo evoque, lo rechazas y piensas en cualquier otra cosa; de esa forma, casi sin darte cuenta, después de algún tiempo ese recuerdo se desvanece.

—¿Y no piensas en William?

—¿En William?

—Sí, en tu hermano William. Estabais muy unidos. Por lo que me has contado, casi dependía emocionalmente de ti. Y él nunca se portó mal contigo.

—William es incapaz de portarse mal con nadie. Todo lo contrario, siempre está dispuesto a sacrificarse por los demás. Es de esas personas que encuentran su felicidad haciendo felices a otros. No se me olvida una tarde en la que estábamos montando en bicicleta, los dos solos, en un camino rural en la falda del monte Thompson, íbamos juntos muchas veces a montar allí en bicicleta, nos gustaba el aire en la cara, y la velocidad; nos gustaba tanto la velocidad que les habíamos quitado a las bicicletas los guardabarros, los faros y los cubrecadenas, incluso los frenos delanteros, para que pesaran menos y fueran más rápidas: ya no parecían bicicletas, sino unos esqueletos metálicos con ruedas. Ese día, al dar una curva cerrada, nos encontramos de frente con una furgoneta. No había sitio para los tres y no quedaba tiempo para frenar; William no lo dudó y se salió de la carretera para que yo pudiera pasar por el estrecho margen que nos dejaba la furgoneta, se fue rodando por la pendiente, destrozó la bicicleta y se llenó de heridas y magulladuras. Pudo haberse matado. Cuando el conductor y yo bajamos a ayudarlo, el pobre no dejaba de sonreír: «¿Has visto cómo te he salvado?», me decía roto de dolor desde el suelo, y su cara no podía demostrar más orgullo.

—Él se quedó muy solo allí. ¿Te has puesto en su lugar?

—Sí, a veces lo hago. Supongo que estará decepcionado.

—No conoces a ese tipo de personas. Creo que William habrá fantaseado para que tú no tengas ninguna culpa. Habrá encontrado algún argumento, aunque sea inverosímil, para que ese día tú no tuvieras más remedio que haberte marchado sin él. Siempre hacemos eso cuando queremos mucho a alguien: aunque esa persona esté obrando mal, justificamos cada uno de sus errores. Y eso es lo malo en este caso. Como tu hermano es incapaz de odiarte, te habrá justificado, seguirá queriéndote igual, o incluso más, es probable que siga esperándote.

—¿Y qué podía hacer yo con William? ¿Traerlo a Londres?

—No lo sé. Al menos no perder el contacto. ¿Qué sabes de él?

—Nada.

—¿Ni siquiera le has escrito?

—Sí, le he mandado alguna postal.

—¿Y él no te contesta?

—Nunca pongo remite.

—No estás actuando bien con tu hermano, John, y me parece impropio de ti.

Brenda y yo nos enredamos en una relación cerrada, casi opresiva. Nos sentíamos con derecho a juzgarnos, y lo hacíamos severamente. Creíamos formar una unidad indestructible. No veíamos a nadie, no quedábamos con nadie. Siempre los dos solos, siempre celosos de un mundo exterior que nos parecía vulgar y prescindible.

El uno disfrutaba conociendo los secretos del otro, haciéndolos suyos, invadiendo su intimidad, y así descubrimos juntos el sexo como dos exploradores sin mapas, casi como dos anatomistas. Brenda me parecía muy atractiva, y muy sensual, y cuando estaba con ella y su piel desnuda rozaba la mía, la excitación era tan fuerte que me faltaba el aliento.

Una tarde detecté que Brenda estaba nerviosa, que me besaba con más agresividad de lo habitual. Me pidió que no hablara poniéndome el dedo índice sobre los labios; nos desnudamos sin contemplaciones e hicimos el amor sobre la moqueta de su casa con una forma de pasión distinta, desenfrenada, inmoral, como si fuéramos dos animales salvajes, o dos desconocidos a los que no les importaran los sentimientos del otro y pudieran visitar lo prohibido sin tener que justificarse. Al terminar yo estaba agotado, Brenda me había llevado al límite deliberadamente, apenas podía moverme y me dejé caer de espaldas sobre la moqueta para descansar. Entonces ella se sentó sobre mí y comenzó a balancear la pelvis adelante y atrás, muy despacio, con una lubricidad de ninfa, con sus pechos insolentes cimbreando y rozándome la piel del rostro con cada embestida; estaba muy mojada, más que nunca, y su efusión me empapaba el vientre y se deslizaba por mis ingles. No pude contenerme y volví a vaciarme en ella apurando el final de mis últimas fuerzas. No podía creerlo. Existía el paraíso sexual de los hombres y yo había conseguido colarme dentro. Entonces Brenda se levantó mostrándome esa orgullosa desnudez que había derrotado con tanta claridad a mi incipiente hombría y salió de la habitación. Su forma de caminar descalza y el balanceo de sus caderas me parecieron dignos de un animal fabuloso, de una hembra única nacida de la fantasía de Homero. Escuché a lo lejos la campanilla del microondas y, cuando volvió, vi que traía una enorme mazorca de maíz en la mano.

—Ahora que la tienes blanda, usa esto.

La relación con Brenda me dio algunos de los momentos más intensos de mi vida, los más excitantes y los más reveladores, porque hasta entonces yo no sabía que el amor, como las máscaras del teatro, como el dios Jano, tiene dos caras que conviven juntas y que no admiten su separación: una más amable que está deseando agradar y otra, sin duda siniestra, que solo exige recibir; la primera es capaz de cualquier renuncia, incluso a la propia individualidad, y la segunda llega a considerarse dueña de la otra persona y genera un terror incómodo por perderla. Una noche, cuando ya llevábamos más de un año juntos, Brenda me llamó por teléfono a la pensión. No era normal que lo hiciera; mis caseros consideraban que los inquilinos no teníamos derecho a usar el teléfono, y únicamente nos permitían hacerlo ante situaciones graves. Esa noche acudí de inmediato a la llamada de la señora Avin, que me ofreció el auricular con un gesto serio, casi respetuoso. Al otro lado del hilo, Brenda intentaba mantener la compostura, pero estaba sollozando. Nunca me lo había dicho, pero desde unos meses atrás se había notado en un pecho un pequeño bulto que ahora había crecido. Esa tarde había acudido con su madre al médico, que, después de explorarla y de practicarle una mamografía, le dijo que había que extirpar la lesión porque su aspecto, lejos de ser tranquilizador, resultaba sospechoso de malignidad. No pudo darme más detalles, una forma desconsolada de ansiedad se lo impedía y la hacía perderse en un laberinto de tecnicismos que yo no terminaba de comprender; la tranquilicé con los torpes argumentos que siempre se emplean en esas situaciones y nos despedimos hasta el día siguiente. Esa noche visité todos los rincones del miedo y llegué a saber con certeza cuánto la quería. A veces es necesaria una prueba así, un bautismo de sangre, para que seamos conscientes de nuestros verdaderos temores. La idea de perderla se convirtió en una obsesión, y en el tiempo que pasó desde el diagnóstico hasta la cirugía tuve que fingirme fuerte y ser su báculo, cuando en realidad aquella experiencia devastadora me estaba mostrando todas mis debilidades. Por fortuna, la lesión resultó ser benigna, y aunque la obligó a seguir estrechos controles periódicos, no consiguió apartarla de mi lado.

El hecho de haber superado aquella circunstancia me hizo pensar que Brenda y yo formábamos una pareja inseparable, que éramos distintos a los demás, más sinceros, más tenaces en el amor e inmunes a cualquier signo de decadencia. Pero tal vez por eso nuestra relación empezó a ser autodestructiva. El uno no concedía al otro ni el más mínimo margen de libertad; compartíamos una forma de esclavitud recíproca que nos hacía infelices, pero de la que no podíamos escapar. Sabía dónde había nacido, en qué domicilios había vivido con sus padres, de qué color habían estado pintadas sus habitaciones, cuándo había aprendido a andar, a qué edad tuvo la primera regla, qué enfermedades había sufrido, quiénes habían sido sus mejores amigas en la infancia; conocía sus gustos, sus aficiones, sus certezas, sus debilidades, y también conocía sus miedos. Y su principal miedo era el paso del tiempo; ella no quería envejecer. Había intuido el siniestro perfil de la muerte y la aterraba llegar a ser fea y decrépita. Quería estar siempre atractiva por sus atributos naturales, sin esconderse detrás de varias capas de maquillaje; pretendía no dejar nunca indiferente a un hombre que se cruzara con ella por la calle.

—¿Comprendes lo que quiero decirte? —me preguntó sin esperar una respuesta—. Yo no los deseo, pero quiero que ellos me deseen a mí. Quiero que tengan fantasías pensando en mi cuerpo, pero te juro que los ignoraré si me dirigen la palabra... John, escucha: ¿harías algo por mí? ¿Algo muy importante?

—Haré cualquier cosa que me pidas.

—Mátame antes de que envejezca.

—Eso no podré hacerlo, Brenda.

—¡Sí podrás! Podrás hacerlo porque yo te lo pido.

—Eso no es suficiente.

—¡Habrá de serlo! Tú no puedes fallarme. Ya lo tengo todo pensado. Parecerá una enfermedad.

—No digas tonterías. Yo nunca te haré daño.

—Me lo harás si no haces nada. ¿Es que no te das cuenta?

—¿Y cómo sabré que estás envejeciendo?

—Los hombres dejarán de mirarme.

La preocupación de Brenda por su belleza terminó obsesionándola. Acudía varias veces por semana al gimnasio, al masajista, a cursos de estética, hacía cientos de abdominales, tonificaba sus brazos y sus piernas con duchas consecutivas de agua fría y caliente para que no apareciese el insulto de la flacidez, usaba geles de extractos vegetales exóticos para alisar su vientre y medía casi a diario el perímetro de su cintura, pero lo que para mí era una evidente perfección que cualquier mujer tendría que envidiar nunca parecía satisfacerla a ella por completo. También se enemistó con el tiempo. No quería cumplir años, ni que cambiaran las estaciones. Incluso llegó a odiar la Navidad porque la enfrentaba a un recuerdo de mayores lozanías. Brenda no quería aceptar que el tiempo es indiferente a los actos de los hombres, que no los necesita, que no existe más que para consumirlo todo con una voracidad irracional, y que su ansia solo cesará cuando devuelva el universo a la nada oscura de la cual procede.

—Lo inteligente es saber cumplir años con dignidad —le decía.

—Eso es fácil para un hombre, pero no para una mujer.

—También debe serlo para una mujer.

—¡No sabes de lo que hablas! ¿Has visto a todas esas viejas estropeadas, embadurnadas de maquillaje como si fueran payasos, siempre recordando su juventud, siempre contando anécdotas con medias sonrisas de cuando tenían el mundo a sus pies? A ninguna mujer le gusta descubrirse arrugas. Cada arruga es como un insulto escrito en nuestra cara. En los hombres es muy diferente. Somos tan estúpidas que las arrugas en un hombre pueden llegar a parecernos interesantes.

El amor que compartí con Brenda fue enigmático y doloroso. Nos consumimos el uno al otro y aceptamos participar en un juego desordenado de mutua destrucción en el que uno de los dos, necesariamente, habría de sufrir.

—No me dejes nunca.

Brenda me decía aquello no como una súplica, ni como un deseo, sino como una exigencia.

—Nunca he dejado a una mujer a la que amara.

—¿Y a mí me amas?

—Sí.

—Eres un mentiroso. Tú solo te amas a ti mismo. Y a esa Ellen que te tiene trastornado.

—Contigo es diferente.

—No, no lo es.

—Y no sé por qué tienes que nombrar a Ellen.

—La nombro porque es mi rival, porque compite conmigo dentro de tu cabeza. Estoy harta de ella, la odio con todas mis fuerzas.

—No puedes odiarla, ni siquiera la conoces, y no he vuelto a verla ni a hablar con ella desde que estoy contigo.

—Pero me da miedo que un día la eches de menos y te vayas a buscarla.

—No llores, Brenda, por favor, te juro que nunca te dejaré.

—¿Qué pasaría si ella ahora mismo te llamara y te pidiera que volvieras a su lado? ¿Serías capaz de negarte?

—Claro que sí.

—No me engañas, ¿verdad?

—Yo nunca te mentiría.

Y Brenda me abrazaba, y me besaba en la cara y en los ojos, y llenaba de lágrimas manchadas de rímel el cuello de mi camisa.

Un adolescente es una botella vacía, una forma de adulto todavía sin contenido, por eso resulta tan fácil llenarlo de miel, o de veneno. Brenda y yo éramos dos adolescentes vacíos que creímos habernos llenado el uno con el otro. Qué torpe equivocación. La verdad es que ya no sé si estábamos enamorados o estábamos locos.

Supe que lo nuestro se acababa una tarde de verano en su casa. Brenda vivía con su madre en un barrio modesto, cerca de Canonbury; aquella afectuosa mujer se llamaba Josephine, estaba divorciada de un hombre promiscuo que había frustrado la limpieza de sus sueños y cuidaba de Brenda como si quisiera darle la juventud liberada y feliz que ella no había tenido. Yo le gustaba como pareja de su hija, sospecho que, aunque no lo demostrara, también le gustaba como hombre, y nos dejaba el piso con frecuencia para que pudiéramos hacer el amor, incluso avisaba llamando por teléfono antes de regresar para que tuviéramos tiempo de vestirnos y fingir ante ella cierta normalidad. Conservo el mejor recuerdo de aquella mujer delgada, sabia y sencilla, que llegó a ser para mí algo parecido a una madre adoptiva.

Esa reveladora tarde de verano Brenda me habló como si los dos ya supiéramos que no terminaríamos juntos:

—Si me interesa un hombre, nada puede detenerme. Me da igual que esté casado, o que tenga hijos.

—Si te interesa un hombre...

—Sí, si llegara a interesarme. No seas suspicaz, hablo en condicional, quién sabe qué es lo que nos espera. Lo nuestro tal vez no dure siempre.

—A mí me gustaría que durara siempre.

—Y a mí, pero es poco probable.

—¿Poco probable?

—Sí, fíjate cuántos matrimonios fracasados hay. Empezando por el de mis padres. Más de la mitad de las parejas acaban haciéndose daño. Físico o moral, me da lo mismo. Nadie parece estar contento con lo que tiene.

—Pero tú y yo... No sé por qué hablas así, entre nosotros todo funciona igual que al principio.

—Tanto como todo...

—¿Qué es lo que ha cambiado?

—Nada importante, algunos detalles.

—Dime alguno.

—¿Por qué insistes?

—¿Qué es lo que ha cambiado, Brenda?

—Ya no me sorprendes.

—¿Ya no te sorprendo?

—No, ya no me sorprendes. Al principio me fascinaba todo lo que me contabas, cualquier anécdota, incluso cómo lo hacías, era capaz de estar toda una tarde escuchándote, y ahora ya es... No sé si me estás entendiendo, pero es como si estuviéramos casados.

—¿Y cómo sabes tan bien lo que piensan los que están casados? ¿Has estado alguna vez con un hombre casado?

—Solo con uno.

—¿Y qué hacías con él?

—No lo quería, pero me excitaba escuchar cómo despreciaba a su mujer, cómo fingía ser infeliz en su casa para intentar acostarse conmigo.

—¿Quién era?

—Un conocido de mis padres, podría decirse que eran amigos. Salieron juntos algunas veces antes de que se separaran, iban a locales para parejas, a espectáculos picantes y sitios así; venía a casa muchos domingos por la tarde con su mujer y me besaba y me tocaba el culo a escondidas. Yo me dejaba, pero nunca permití que fuera mucho más allá. Era divertido ver a su mujer con aquella expresión de suficiencia, pavoneándose por la casa, elevada sobre sus tacones de zapatería de barrio y dándome consejos acerca de los hombres para cuando tuviera novio; tratando a la rival que le ponía los cuernos como si todavía fuera una niña.

Imaginé a Brenda con aquel hombre que le doblaba la edad, sobándose a escondidas, aprendiendo sus perversiones de prostíbulo, entregándose a un sátiro que nada más buscaba una excitación intermitente que le hiciera sentirse vivo y, aunque yo sabía que no tenía ningún derecho a juzgar su pasado, que eso había ocurrido mucho antes de conocerme, esa sucia imagen la destruyó para mí. La intensidad de mi amor por Brenda llevaba dentro el germen de su destrucción, la quería tanto que llegué a despreciarla por no haber sido solo mía.

En realidad, nunca le hice falta a Brenda. Ella necesitaba tener un hombre cerca que la adulara y la hiciera sentirse admirada, pero si no hubiera sido yo, habría sido bueno cualquier otro. No quería sentir un amor romántico por nadie, no quería depender de vaivenes emocionales difíciles de controlar, prefería cultivar un tibio sentimiento de posesión.

No obstante, seguí con ella algún tiempo, casi un año más, porque no nos atrevimos a tomar una decisión irrevocable, porque nos teníamos cariño y ninguno de los dos quería herir al otro; el tiempo se nos acabó durante unas lluviosas semanas de primavera que recuerdo grises, vacías y carentes de lo mejor que habíamos llegado a compartir: la complicidad. Creo que casi todas las parejas viven un periodo así al final de cada relación, unos días incómodos que saben a decepción y a ruina y en los que todo se desmorona sin remedio. El día de mi vigesimoprimer cumpleaños fuimos a cenar a un restaurante alemán de nombre impronunciable, bebimos cerveza de barril sin filtrar y comimos una ensalada de remolacha y unos arenques con salsa de mostaza que, como todo en aquellos días, también me supieron a decepción y a ruina. Apenas hablamos durante la cena, como si el futuro se hubiera desvanecido de repente y tampoco quedara nada en nuestro pasado que mereciera un breve comentario; parecíamos una de esas parejas de cincuentones que han llegado al acuerdo tácito de aburrirse juntos, que están dispuestos a respetarse y a hacerse compañía en silencio hasta que uno de los dos se vaya para siempre. Después del postre Brenda esbozó una sonrisa artificial, como si con ello pudiera deshacer la evidencia de nuestro fracaso, buscó algo en su bolso y sacó de él un pequeño paquete alargado envuelto en papel de regalo. Le di las gracias y lo abrí sin impaciencia. Era una pluma estilográfica en un estuche de plástico rígido. Al descubrirlo no mostré demasiada alegría.

—No te ha gustado —me dijo.

—Sí, sí me gusta.

Yo miraba su obsequio, buscaba en él algo que me rescatara del desencanto, pero aquella pluma de acero inoxidable con cartuchos de tinta era solo una compra de urgencia y no tenía nada de especial. Me sentía ridículo contemplando aquel frío objeto en mi mano y buscando algún adjetivo que me permitiera ponderar su regalo.

—No. Te conozco y no te ha gustado.

—No es eso, Brenda, tal vez esperaba otra cosa.

—¿Como qué?

—No lo sé, algo más personal.

—¿Por ejemplo?

—Una cámara de fotos antigua, o un ajedrez.

—¿Un ajedrez? No sabía que te interesara el ajedrez. Ni siquiera juegas demasiado bien. ¿Y para qué quieres una cámara de fotos antigua? A ti te gusta escribir. Siempre dices que un día escribirás tus memorias, que hablarás de tu padre y de tus hermanos, de cuando vivíais juntos en Blickersville, de cuando ibas con William a esa autopista. He pensado que podrías hacerlo con esta pluma, pero ya veo que ha sido una equivocación.

—Déjalo. No me entiendes. Y lo peor es que después de tanto tiempo no sepas qué es lo que yo espero de ti.

—Sí te entiendo, John. Te entiendo muy bien. Pero ya no me queda nada de eso que tú esperas. Sé que lo he tenido, y pensé que lo tendría para siempre, pero ya no sé dónde está.

—¿Prefieres que lo dejemos un tiempo?

—Sí.

8

SISTEMA DE ECUACIONES

Los vagones descansan sobre la vía con todas las puertas abiertas. Entra en ellos el aire que disipa el olor a humanidad reciente mientras salen los últimos rezagados. Las conversaciones apresuradas ya se han ido, y también el ruido de pasos, y el pitido que ordena el cierre de las puertas se está haciendo esperar, tal vez demasiado. No le gusta ir a la estación de King's Cross, es ahí donde recibió el balazo de Fred Wilson, pero también es el lugar donde le ha citado Josephine Doyle, y él no se ha visto con fuerzas para contradecirla. Casi nunca tiene fuerzas para contradecir a nadie, porque no le interesan los conflictos, ni los enfrentamientos, ni nada que resulte demasiado efusivo o vehemente. Desde aquel episodio vive encerrado en sí mismo, ajeno a las continuas tensiones de la sociedad moderna, convencido de que puede rechazar la realidad ignorándola. Josephine Doyle es una mujer amable, una dama sencilla de clase media educada en las tertulias de té con invitados, alguien cuya primera intención es agradar y cuyas facciones revelan una personalidad con alma. Ha llegado antes que ella. Siempre llega con quince minutos de antelación a sus citas, en especial cuando él no ha escogido el punto de encuentro; le gusta tener tiempo para estudiar el entorno, porque a veces los lugares son comunicativos con él y le dan una valiosa información acerca de quien los elige.

No puede evitar dirigir la vista al suelo y buscar algún rastro de su propia sangre en las losas del pavimento. Sabe con exactitud dónde cayó al piso del andén, en qué posición quedó y qué curiosa perspectiva de la estación podía ver desde allí, con los zapatos de los transeúntes desplazándose entre apresurados y perplejos de uno a otro lado en primer término y el entramado de los cables de la catenaria sobre sus asustadas cabezas. Con qué lacerante intensidad recuerda esa imagen; estamos acostumbrados a verlo todo desde una misma altura, y cuando cambia de una forma tan radical el punto de vista, la realidad parece distinta: quizá por eso el mundo es otro desde los ojos de un niño, quizá por eso todo ha cambiado cuando regresamos como adultos a los lugares de nuestra infancia. Ese día estuvo a punto de morir. Perdió mucha sangre antes de que lo evacuaran de allí, no sería raro que alguno de esos rastros negruzcos de las junturas fuera un viejo coágulo suyo.

—¿Busca algo, señor Lancaster?

—¡No! Perdón, señora Doyle, estaba... abstraído.

—Por su forma de mirar el suelo, diría que se le ha debido de caer algo muy valioso.

—¿Valioso? Desde luego, pero fue hace mucho tiempo.

—¿Ha ido usted a objetos perdidos? Puede ser que lo tengan allí, hay mucha gente considerada que no se queda todo lo que encuentra. Yo misma he llevado allí algún paraguas, incluso una novela de Agatha Christie. ¿Le gusta a usted Agatha Christie?

—Me temo que no demasiado.

—Qué curioso, siendo investigador. Pero tengo que confesarle que a mí tampoco; si me gustara mucho, creo que no la habría devuelto. Prefiero a Arthur Conan Doyle, su Sherlock Holmes no admite comparaciones. Hágame caso, vaya a objetos perdidos.

—Tendré que seguir su consejo. ¿Qué tal trayecto ha tenido?

—Ya sabe cómo son estos trenes, Paul, lentos y ruidosos. Y llenos de emigrantes. No me malinterprete, yo no soy racista, pero qué quiere que le diga, este no es el Londres en el que yo crecí, es otra ciudad, más grande, más peligrosa y más desordenada. ¿Lleva mucho tiempo esperando?

—Quince minutos.

—¿Quince minutos exactos?

—Así es.

—Pero entonces ha llegado usted antes de la hora —dice la señora Doyle mirando su pequeño reloj de pulsera—, porque son las once, yo he sido puntual.

—Sí, me he adelantado un poco, siempre lo hago, soy un hombre de costumbres fijas, y no me importa esperar a una dama.

—Déjese de galanterías, ya no estoy en edad. Tenga, le he traído todo lo que me pidió. No sé si a Brenda le habría gustado que rebuscara en sus cosas, pero, en fin, lamentablemente a ella ya no va a importarle.

La señora Doyle entrega a Paul un grueso sobre amarillo lleno de papeles.

—He encontrado varias cartas de amor preciosas de ese chico de apellido español. Hay que ver cómo lo quería mi pobre hija, me sorprende mucho que no sea él el beneficiario de la póliza en vez de ese tal Ellerman. Mal está que no me tuviera a mí como beneficiaria, aunque hacía mucho tiempo que no vivíamos juntas, Brenda era muy independiente, pero tener a alguien de quien no me habló nunca... No me entra en la cabeza.

—¿Apellido español?

—Sí, Havea, o Heivia, algo así, nunca logro acordarme. Soy muy mala para los nombres extranjeros.

—¿Le dice algo el nombre de Ellen Carter?

—No. En absoluto.

—Mire esta fotografía.

—Muy guapa.

—¿La reconoce?

—No, lo siento. ¿También ha desaparecido?

—No debo decirle nada, señora Doyle, es confidencial. Siento no poder satisfacer su curiosidad.

—Comprendo, señor Lancaster, comprendo. Ustedes tienen que ser discretos. No insisto.

—Hábleme de ese chico español.

—No era español, pero sí de familia española. Era un compañero de Brenda de la universidad, salieron juntos bastante tiempo, al menos un par de años. Estaban muy unidos, parecían inseparables, pero un día se acabó, ya sabe cómo son los jóvenes, no dan muchas explicaciones a los padres; de repente dejó de venir a casa, dejaron de llamarse por teléfono y no volví a saber nada de él. Era un chico educado, y desde luego con muy buena presencia. A mí me gustaba para mi hija, además su compañía le hacía mucho bien, le aseguro que fue feliz mientras estuvo con él, más feliz de lo que la había visto nunca, pero no pudo ser...

—Intentaré contactar con él. Tal vez sepa algo.

—Cuando murió Brenda yo misma intenté localizarlo, pero no tuve suerte, creo que le habría gustado asistir al entierro. Ahora, el pobre chico ni siquiera sabrá lo que le pasó a mi hija. Poco después de que lo dejaran, Brenda empezó a empeorar; yo le dije que lo llamara, pero ella se negó y me prohibió que me pusiera en contacto con él.

—Perdone que le pregunte por algo doloroso, pero cuando murió su hija, en el hospital, ¿no hubo nada raro en todo el proceso? Algo que llamara su atención. O la de los médicos.

—Mi hija murió por un cáncer de mama, ya lo sabrá usted, es una enfermedad terrible, sobre todo para una chica joven. Cuando tenía veinte años le apareció un bulto en un pecho, se lo quitaron y resultó ser maligno. Ella no quiso que se lo dijéramos a nadie, ni siquiera a su novio. No es que se avergonzara, lo asumió con mucha entereza, más bien evitaba dar lástima. En el primer año todo parecía ir bien, como si hubiera sido un mal sueño, y ella prefirió ignorar su enfermedad. Yo no aprobaba aquella actitud tan irresponsable, le pedía que fuera a los controles, pero Brenda era muy independiente y no me hizo caso, prefirió acudir a la medicina naturista y la homeopatía, ya sabe cómo son estas cosas: palabrería sobre el poder curativo de la mente, hierbas, placebos, masajes linfáticos, dieta sana... Un año después tenía metástasis. Entonces aceptó tratarse de nuevo en el hospital, pero ya no sirvió de nada, sufrió mucho con la quimioterapia, tuvo dolores terribles, y una bajada de glóbulos blancos con fiebres altísimas; yo no me moví de su lado, y los médicos se volcaron con nosotras, pero no pudieron salvarla. No sé si se refiere a eso.

—Sí, así es, me refería a eso, solo quería que me lo confirmara.

—Es muy duro perder a un hijo, señor Lancaster, no se lo imagina usted. Desde que abro los ojos por la mañana hasta que me acuesto no consigo pensar en otra cosa, y después de dormirme es lo mismo, porque sueño con ella casi a diario. Sueño que nos cruzamos por la calle y que no me saluda, que ni siquiera me reconoce, ella va con otras personas, con gente que me resulta extraña, como si mi subconsciente quisiera convencerme aún más de que habitamos en mundos distintos. La triste realidad es que el vacío que Brenda ha dejado en mi vida es más grande y más gélido de lo que puedo soportar. Finjo permanentemente que estoy bien, que soy capaz de seguir adelante, pero desde el día de su muerte ya todo en mí es una gran mentira, una simulación. Ojalá esa maldita enfermedad me hubiera afectado a mí y no a ella; mi hija habría superado mi muerte como yo tuve que superar la de mis padres, y ellos las de los suyos, la naturaleza nos dispone para eso, pero siendo al revés...

Paul respeta en silencio la consternación de la señora Doyle y la acompaña hasta el andén contrario para que tome el tren de regreso, está sorprendido por su calidez, por su sinceridad, por su suficiencia ética; espera a su lado a que llegue el convoy y se despide de ella sin tocarla, inclinando levemente la cabeza.

—Qué amable es usted, señor Lancaster. Efectivamente hace que una mujer se sienta una dama. Parece un hombre de otra época.

—¿Del siglo diecinueve tal vez?

—Sí, del siglo diecinueve, como las buenas novelas.

9

LAS HERIDAS DEL LOBO

Tres pasos por uno. Y al menos cinco pies de fondo. La tierra no ha de ser blanda, no debe desmoronarse, ni tan dura que no haya forma de hundir en ella la pala. Ha visto hacer alguna trampa para animales a su padre, y esto no debería ser muy diferente. Primero dibuja con un palo el perímetro, quita las piedras y las raíces, golpea varias veces la tierra oscura con el pico para abrir en ella profundas heridas y luego retira los polvorientos terrones con la pala; repite el proceso muchas veces, clava una y otra vez la pala con las dos manos y luego la empuja hasta el fondo con el pie. Es un proceso largo, y el agujero rectangular tarda en aparecer mucho más tiempo de lo que él había supuesto. Cuando lo hace, la tierra del fondo es más húmeda, también más espesa, y rezuma un olor agrio a otoño y a gusanos.

No lleva reloj, y no sabe calcular con precisión cuánto tiempo ha pasado cavando, acaso un par de horas. Tiene las manos doloridas y están sudorosas. Siempre le han dicho que tiene manos de pianista, o de cirujano, pero no de obrero. Mira a su alrededor y divisa los grises reflejos lunares que se filtran como tallos de luz a través de las copas de los árboles. Los gemelos están un poco más allá, tumbados sobre la hierba fresca.

David no debería haberle pegado, no por una miserable libra que no tenía ningún derecho a reclamar, esa libra había dejado de ser un préstamo para convertirse en el precio por reírse de él delante de Jane Perkins. No puede soportar que nadie se ría de él, no admite ese tipo de bromas en las que alguien ha de ser humillado para que otros disfruten. ¿Y Sam? Sam le parecía distinto, más cercano que David. Tal vez más ladino. Pero eran iguales, dos gemelos idénticos, una mera duplicación biológica, una copia perfecta elaborada por la naturaleza tal vez por error o por azar, aunque John era capaz de diferenciarlos por la forma que tenían de mirarlo, pues David nunca le miraba a los ojos, y Sam sí. En Sam no había tanta animadversión, incluso hablaba con él de vez en cuando; aunque solo lo hicieran acerca de simplezas, de algún incidente del colegio, de los resultados de la liga de fútbol o del último partido de rugby, por eso, aunque nunca sintió su afecto, tampoco comprendía por qué se había prestado a agarrarlo de esa forma por la espalda para que David se ensañara con él. Estuvieron pegándole en la boca del estómago hasta que tuvo un vómito de sangre. Pensaba que nunca iban a parar. Habían sido muy cobardes, y no podía perdonarlos. Tampoco era la primera vez que le pegaban una paliza, lo habían hecho ya muchas veces; para ellos abusar de su fuerza era una costumbre, una forma de imponer su criterio a los dos hermanos pequeños y de someterlos a diario a su tiránica voluntad. En cierta ocasión lo empujaron por una ladera: los tres bajaban el monte Thompson y él cayó y se rompió el brazo izquierdo contra una piedra, luego los gemelos juraron delante de su padre que había sido un accidente; él apenas tenía ocho años, pero recuerda con claridad que, un momento antes de caer, sintió en la espalda una mano que lo empujaba y que en esa ocasión, como esta última vez, también escuchó la desagradable risa de David, porque ellos siempre se reían del dolor ajeno. Se rieron ese día, y se rieron también la tarde en la que William se cayó a la acequia y estuvo a punto de ahogarse; no fueron capaces de tirarse a por él a pesar de que eran los que estaban más cerca, tuvo que ser él quien lo salvara, el hermano más pequeño y quien estaba más lejos.

Se acerca a los gemelos, mira con desdén sus camisas recién planchadas y sus pantalones de tela, porque esa noche se han vestido con sus mejores ropas, como para una ocasión especial; se detiene en el rostro de David y comprueba que por fin le está mirando con fijeza a los ojos, que lo hace con una mezcla de frialdad y sorpresa, como si esa mirada de fanático lo traspasara y pudiera ver algo más allá de su rostro, o como si ya no pudiera ver nada. Coge a David por los pies, lo arrastra hasta la fosa y lo empuja dentro; el cuerpo cae a plomo, y al golpear contra el fondo le parece que hace el ruido vulgar de un fardo de pienso. Va hasta Sam, le saca del bolsillo la llave de la habitación de la torre y la cartera, se queda con las veinticinco libras que contiene y vuelve a colocarla vacía en su sitio. Después lo arrastra por los hombros y lo hace rodar para que caiga sobre su hermano. La cabeza de uno sobre los pies del otro: así debieron estar en el claustro materno, y así regresarán a la nada. Va a por la pala y comienza a rellenar el hueco. El montón de tierra húmeda se desliza sobre sus pantalones nuevos, sobre sus camisas salpicadas de sangre, sobre sus cabezas iguales que ya solo serán simiente de líquenes. Cuando la tierra empieza a cubrirlos, le parece percibir que Sam mueve los dedos de una mano. Está muy oscuro y tiene que acercarse para comprobar que efectivamente es así: su hermano está arañando la tierra, está rascándola sin fuerza y sin propósito; tiene los labios entreabiertos, y salen entre ellos pequeñas burbujas de saliva que se rompen al tocar los granos de arena. Estaba casi seguro de haberlos matado a los dos, no entiende que alguien pueda sobrevivir con el cráneo roto. Sigue echando paladas hasta que los cubre por completo, hasta que los sumerge en las tinieblas como dos crisálidas mudas. Después iguala la tierra con la de las inmediaciones, la pisa para que compacte, la bate con las ramas de un arbusto para eliminar las huellas y la cubre con hojarasca. Dentro de unas semanas habrán crecido tréboles y margaritas azules sobre ellos y, antes del año que viene, las zarzas y la ambiciosa hiedra que se alimentarán de sus humores podridos habrán devuelto ese trozo de bosque a lo impenetrable.

Unas horas antes los había llevado hasta allí con la excusa de ir a visitar juntos a Jane Perkins.

—¿Cuánto creéis que me cobraría Jane por estar con ella? —les había preguntado.

—¿Quieres estrenarte ya, eh? Te gustó tocarle la teta. Olvídate, chaval. Cobra veinte libras por un completo —le contestó Sam—. ¿De dónde vas a sacar tú veinte libras?

—Tengo cincuenta. Llevo ahorrando mucho tiempo.

—Tú no tienes cincuenta libras.

—Sí las tengo, lo juro.

—¿Cincuenta libras? Por esa cantidad tal vez nos haga un servicio a cada uno, Jane necesita pasta para droga, se pica mucha heroína. Si quieres que te llevemos, nos tendrás que invitar a David y a mí. A ti solo no te va a recibir. Además creo que nos necesitas, tú no sabrías ni cómo bajarte los pantalones.

—De acuerdo. Iremos los tres.

Ese mismo sábado por la noche, cuando su padre, William y Ted estaban profundamente dormidos, los gemelos subieron a la torre, descolgaron la llave del clavo de la pared y abrieron con sigilo la puerta de John.

—¿Estás preparado? —le susurró Sam.

—Sí, vamos.

—Un momento —le dijo Sam antes de salir, interrumpiéndole el paso con el brazo—, dame el dinero.

—Prefiero llevarlo yo.

—Dame el dinero o no vamos a ningún sitio. Ni siquiera nos lo has enseñado, no querría llegar hasta allí para hacer el ridículo por tu culpa.

—Está bien —dijo John—, aquí está el dinero, pero toma solo la mitad. No confío en vosotros. Lo juntaremos al llegar allí. Así estaré seguro de que no me vais a dejar tirado.

Salieron de la casa los tres sin hacer ruido, cerraron la puerta con cuidado y enfilaron el camino oscuro con un paso rápido, incendiados por la emoción.

—¡Qué bueno! —dijo Sam—, Jane se va a quedar de una pieza. Hace meses que no ve cincuenta libras juntas.

—Va a alucinar con toda la historia —dijo David con media sonrisa y sin levantar la cabeza del sendero.

—Por fin la vas a meter, chaval —le dijo Sam dándole una palmada en la espalda—. Ya verás, no hay nada mejor que eso. Pero no te aficiones, no hay muchas chicas fáciles por aquí. Ah, y que no se te ocurra metérsela sin condón, con esa guarra puedes coger cualquier cosa.

—¿Vosotros lleváis condones?

—No, hombre, los condones los pone ella. Tiene un cajón lleno. Con su trabajo no puede permitirse el lujo de quedarse embarazada.

—¡Y menos de un idiota como tú! —se burló David—. ¿Te imaginas a este de padre de un hijo de Jane? ¿Te lo imaginas paseando el carrito del pequeño hijo de puta, al lado de Jane por la plaza del pueblo? Me parto, los dos sonriendo al cruzarse con los vecinos.

—Déjalo, David —le recriminó Sam.

—¿Te lo imaginas? Aunque a lo peor no se te pone dura, o te vas en los calzoncillos.

—He dicho que lo dejes.

—Me parto con este mierdecilla, se cree que va a echar el polvo de su vida. Anda, más vale que te prepares para hacer el ridículo.

—¡David, maldita sea, si no dejas en paz a John, nos damos la vuelta ahora mismo!

—Bueno, hombre, bueno, no te pongas así. Todo el mundo hace el ridículo la primera vez, es bueno que este bobo lo sepa.

Cuando llegaron al bosque, John se retrasó unos pasos con la excusa de orinar y se adentró en la espesura, cerca de donde esa misma tarde había escondido el pico, la pala y el pesado martillo con el que hacía ya tres años le había volado los dientes a Ted. Transcurridos unos minutos, los gemelos comenzaron a impacientarse.

—¡Vamos, John! No seas imbécil. ¿Dónde estás? No es momento de bromas.

Pero el bosque no les devolvió ninguna respuesta.

—¿Dónde se habrá metido este capullo?

—¡John! ¡Ven aquí ahora mismo! ¡No tenemos toda la noche!

—Se habrá acojonado —dijo David—, ya te avisé que esto no me olía bien, y el muy cabrón lleva la mitad del dinero. Con veinticinco libras Jane no nos va a atender a los dos.

—La culpa es tuya, joder, has estado metiéndote con él desde que hemos salido. ¿Es que no puedes tener la boca cerrada?

—Déjame en paz, eres un falso, piensas de él exactamente lo mismo que yo. Me cabrea que vayas de santo cuando está delante.

—Sí, pero no tiro piedras a mi propio tejado. Es él quien nos puede pagar la juerga.

—Ya sabía yo que acabaríamos mal.

—Anda, busca por ahí, yo entraré por esta parte. Sácalo aunque sea por las orejas.

Los gemelos se separaron y empezaron a buscar a su hermano en la maraña oscura del bosque. David tenía un mechero, y su luz trémula delataba su posición. Buscaba a John, pero en el fondo no lo quería encontrar, odiaba a ese listillo, no le gustaba su hosca forma de ser, preferiría que se hubiera perdido y no volver a saber nada de él hasta mañana. O no volver a saber nada de él nunca más. David fue el primero en caer, y ni siquiera vio venir el martillo que lo golpeó en la frente, ni sintió dolor, ni comprendió qué le había pasado. Sam oyó el golpe seco y la caída, y se acercó deprisa adonde presumía que se había originado el ruido pensando que ya lo habían atrapado. Vio a su hermano David inconsciente en el suelo y con la cabeza ensangrentada, fue como verse a sí mismo ante las puertas de la muerte, creyó intuir lo que había sucedido, sintió miedo e intentó escapar, pero nada más levantarse lo abatió el golpe brutal del canto de aquella pala en la nuca.

10

MEMORIAS DE JOHN ELLERMAN

Cuando terminó la asfixiante relación con Brenda, volví a pensar en Ellen. Ese es un hecho recurrente en mi vida. Cuando estoy con alguien, apenas me acuerdo lejanamente de ella, casi siempre con una agradable nostalgia, pero cuando vuelvo a estar solo, revivo con intensidad el mismo sentimiento de pérdida, como si el resto de las mujeres fueran una medicina de efecto temporal.

Ellen seguía con Anthony, y todo parecía indicar que, contra toda lógica, les iba bien. Incluso había cierta expresión de estúpida felicidad en el rostro de Ellen, y eso, en una mujer tan inteligente, me molestaba sobremanera. Estaba convencido de que Ellen, tarde o temprano, se daría cuenta del ridículo desequilibrio que había en su relación y dejaría fuera de su vida al simple de Anthony, pero el tiempo pasaba, y los hechos no me invitaban a ser optimista.

—Es poco para ti —le dije durante una fiesta de antiguos alumnos de la escuela a la que Anthony no asistió.

—Ya lo sé. Pero es quien he elegido.

—¿No piensas que te has equivocado?

—No. Tengo lo que quiero tener.

—¿Alguien a quien dominar? —pregunté con acidez.

—A ti también te dominaría —me contestó sin inmutarse—. De hecho, podría tenerte cuando quisiera, podría enrollarme contigo hoy y dejarte mañana, podría joderte la vida, y no lo hago.

—A lo mejor ya me has jodido la vida.

—Pues deja de insistir. ¿Tanto te cuesta entender que no me gustas? Me caes bien, y te aprecio mucho, pero no me gustas. Tienes un elevado concepto de ti mismo, ¿verdad? No admites que una chica te diga que no. Y menos que lo haga una chica tan normal como yo.

—No es nada de eso. Y tú no eres una chica normal.

—Déjalo, John, por favor, me duele verte así. Puedes tener a la mujer que te apetezca, tienes mucho carisma, aunque tú no lo sepas; sal ahí fuera y elige a una que no sea yo.

Mis conversaciones con Ellen seguían siempre los mismos derroteros: nos alegrábamos sinceramente de vernos, nos preguntábamos por los estudios, que los dos cursábamos con una brillantez competitiva, hablábamos de los amigos comunes de la escuela, de la última película de Kurosawa o de Bergman, y después de ese amable preámbulo, y casi siempre por mi culpa, nos precipitábamos una y otra vez por la misma letanía de los reproches y el desamor. Yo no había superado su rechazo, que supuraba dentro de mí como una herida infectada, y ella no se arrepentía de ninguna de sus decisiones. Cuando dejaba de hablar con Ellen y volvía a casa, estaba abatido, sin ganas de seguir habitando un mundo ilógico que no me permitía ser feliz. Entonces llamaba a otra chica, a alguien que no me importara, quedaba con ella, nos emborrachábamos y nos liábamos. Lo que me parecía imposible con Ellen era de una facilidad insultante con las demás. Hubo muchas chicas que se mostraron complacientes y, por paradójico que parezca, tanto más complacientes cuanto más las ignoraba, incluso es probable que alguna de ellas mereciera la pena y que yo no me diese cuenta, pero el hecho es que ni siquiera soy capaz de recordar sus apellidos. Eso tampoco es raro en mí, porque olvido con facilidad los apellidos de las personas. Además me parece que los apellidos tienen algo de rancia imposición masculina, que sería más justo, y sin duda más natural, heredar el apellido de la madre. A mí me habría gustado heredar el apellido de mi madre, no ser un Ellerman, sino un Hevia, como ella, y compartir su orgullo por sus antepasados asturianos. Mi madre conservaba una pequeña caja de metal con fotografías antiguas de sus familiares y de los veranos con sus abuelos en Ribadesella; era una niña preciosa, siempre sonriente, con ese tipo de sonrisa natural que es una envidiable celebración de la vida. Cuando me fui de la granja, me llevé aquella caja con las fotos de mi madre, y también las de los veranos en Ribadesella. Sin duda algún día viajaré a España y visitaré el pueblo de sus abuelos. Será como reencontrarme con ella.

En cualquier caso, no podía negar que había algo importante en mi relación con las mujeres que estaba fallando: demasiada implicación, demasiados lazos afectivos que se acababan convirtiendo en nudos gordianos. Yo solo buscaba sexo, como todos los hombres de mi edad, pero mientras veía a los demás saltar sin problemas de una relación a otra, intercambiarse las parejas y reírse juntos de sus rupturas, yo me perdía en un laberinto de conflictos sentimentales de los que siempre me resultaba muy difícil salir. No sé bien qué era lo que me diferenciaba de ellos y sus aventuras fugaces; es verdad que la ternura femenina me resulta fácil de aceptar, y que tiendo a ser generoso con miradas o gestos que pueden ser malinterpretados. Además no soy egoísta en el amor, nunca salgo huyendo después de terminar, ni presumo delante de otros tíos de mis conquistas. Es muy posible que la caballerosidad haga más daño a una mujer ávida de sueños que un trato displicente. Y la prueba de esa paradoja fue el dolor innecesario que le causé a Natalie.

Conocí a Natalie en un pub de Oxford Street, creo que era el Argyll Arms, un sábado por la tarde. Estaba jugando solo al billar americano, y ella y sus cuatro amigas me dedicaban miradas fugaces desde la barra mientras cuchicheaban en círculo. Todos hemos vivido esa situación alguna vez, la de alguien que habla a nuestras espaldas con un precario deseo de disimular. Yo no las conocía de nada y, aunque eran llamativas, hablaban demasiado alto y me parecieron un poco ordinarias, por lo que las ignoré y seguí jugando. Natalie se apartó del grupo y me preguntó si podía jugar conmigo.

—¿Sabes jugar al billar? —le pregunté.

—A lo mejor te sorprendo —contestó mirándome desafiante.

Natalie era alta, con tacones casi tanto como yo, y bastante guapa; tenía una preciosa melena rubia, olía a perfume de jazmín y estaba muy segura de sí misma. Le sobraban varios kilos, pero esa exuberancia también la dotaba de un escote privilegiado, que ella lucía con una naturalidad insultante para el resto de las mujeres.

Jugamos algo más de una hora al billar, casi sin hablarnos, cruzándonos alguna sonrisa, hasta que sus amigas se aburrieron y le dijeron que se iban. Le gané con facilidad todas las partidas, pero eso no pareció importarle.

—Muy bien, como te llames, me has ganado, puedes estar orgulloso.

—Me llamo John. Y juegas bien...

—¿Para ser una chica?

—No quería decir eso.

—Sí. Sí querías decirlo, no seas falso.

—Dejémoslo en que nunca he visto a una chica jugar tan bien al billar.

Natalie me perdonó con una sonrisa.

—Yo soy Natalie. ¿Vienes mucho por aquí?

—Sí, con cierta frecuencia.

—Muy bien. Ya nos veremos.

Natalie salió del local con sus amigas, y tardé mucho tiempo en volver a verla; ella vivía en otro barrio, cerca de la estación de Waterloo, no iba a la universidad y tampoco frecuentábamos los mismos pubs. Natalie era decoradora de interiores, tenía cierta sensibilidad estética, y sabía vestirse y sacarse partido. Hay mujeres que son incapaces de realzar sus virtudes sin caer en la vulgaridad, pero en su caso no era así. Era muy atractiva, y muy seductora, pero desde luego no era mi tipo. Siempre me han gustado las manos delicadas, las uñas bien perfiladas, los tobillos finos, los cuellos esbeltos, aunque para ello hubiese que sacrificar unas curvas prominentes.

Volví a encontrarme con ella en la fiesta de cumpleaños de una conocida común. Mi amigo Emil Benton se había liado con una de las primas de Natalie y me pidió que lo acompañara. Era un sencillo papel de carabina. Luego Emil desapareció con su conquista y yo me quedé solo. El Dog and Duck es un pub elegante del Soho, esa tarde había gente con dinero, y para no desentonar con ellos me había puesto una chaqueta marrón, una camisa blanca con gemelos y una corbata fina de cuero. Natalie me reconoció y vino a saludarme. Parecía encantada con mi aspecto de chico aseado y de buena familia, en especial con mi corbata, pues no dejó de jugar con ella mientras hablábamos, incluso llegué a preguntarle si quería quedársela.

—No —me contestó—. ¿Para qué quiero yo tu corbata?

—He visto chicas que usan corbatas en plan informal, sin ajustar al cuello. Puede resultar sexy.

—No es mi estilo. Y me taparía el escote. ¿Prefieres que me tape el escote?

—No, déjalo, está muy bien así. ¿Sabes lo que decía Freud de las corbatas?

—Ni idea. Pero puedo suponerlo.

—Decía que a las mujeres les gusta que los hombres lleven corbata porque es un símbolo fálico, algo que cuelga desde la parte delantera de su cuerpo, y que a los hombres les gusta llevarlas porque pueden elegir su forma y su tamaño, a diferencia de lo que sucede con su propio pene.

Natalie sonrió, soltó mi corbata sin dejar de mirarme a los ojos y volvió a ir de un lado a otro como una mariposa, sin dar demasiado a nadie, pero sin regatear un gesto de simpatía. La sonrisa es el tercero de los signos veniales, el más sencillo, el más elocuente y el más eficaz, no hay ningún hombre que pueda resistirse a la sonrisa sincera de una mujer. Natalie tenía una sonrisa limpia, sana, luminosa, me resultaba imposible apartar la mirada de su boca cuando ella sonreía, y me parecía absurdo renunciar a besarla.

Yo no me divertía en aquella fiesta, que parecía pensada para el lucimiento de las anfitrionas, y salí a la calle a terminar mi segunda pinta de Stella. Era una agradable noche de verano, no hacía mucho tiempo que había dejado de llover, el aire estaba limpio y las luces de las farolas y los anuncios luminosos se reflejaban como pequeñas luciérnagas en el asfalto brillante. Qué diferente me pareció aquella noche a las muchas otras noches de verano que pasé en Blickersville, escuchando las lechuzas y el zumbido de los grillos desde mi habitación de la torre, imaginándome que algún día podría salir de allí y que llenaría mis oídos con sensaciones nuevas y distintas. Esas noches en la granja olían de una forma especial, a vida salvaje encerrada, y también a putrefacción, y a una muerte húmeda que me clavaba sus uñas retorcidas en el cerebro; cuánto me alegraba por haber podido alejarme de aquello y estar en ese momento apoyado en un coche y rodeado de desconocidos, porque en Westerham no había desconocidos, ni nos visitaban los turistas, era un pueblo en el camino a ninguna parte, todos los rostros con los que me había cruzado en aquel poblacho arrastraban un pasado identificable, hasta los espectros me parecían enojosamente familiares.

Cuando llevaba fuera diez minutos, vi salir a Natalie. Parecía apurada, y buscaba nerviosa a alguien con la mirada. Al verme casi se enfadó conmigo.

—¿Te ibas a ir sin despedirte de mí?

—Solo he salido a tomar el aire un rato. Pensaba volver a entrar cuando me terminara la cerveza.

—¿Te estás aburriendo?

—Un poco. Apenas conozco a nadie aquí, y tú pareces estar muy solicitada.

—Es lo que nos pasa a las chicas guapas.

—En eso tienes razón. No hay nadie aquí que pueda hacerte sombra.

—John, lo siento, no puedo estar todo el tiempo contigo y no hacer caso al resto de los invitados.

—Lo entiendo. No te preocupes.

—¿Dónde están Emil y mi prima?

—Sospecho que divirtiéndose. No tengo ni idea.

—Hacen bien, ¿no crees?

—Digamos que han tenido más suerte que yo.

—Si quieres mi atención en exclusiva, tendrás que invitarme a salir otro día.

—De acuerdo. Te llamaré.

—¿Cuándo?

—El fin de semana que viene.

—¿De verdad?

Esa última pregunta suya, otra vez agarrándose a mi corbata, me hizo pensar que yo le gustaba algo más que esos estirados del pub, y que no estaría mal desnudarla y adueñarme de sus grandes tetas.

Pero no la llamé el sábado. Ni siquiera me acordé de hacerlo. Tenía planes más importantes para ese día. Ellen participaba en una obra de teatro con una compañía de aficionados y me había invitado al estreno. Era un desastroso compendio de algunas tragedias de Shakespeare en el que ella hacía el papel de Lady Macbeth; su interpretación fue fría y cerebral, muy poco convincente, aunque no desentonaba demasiado con la mediocridad general. Se sabía el texto de memoria, sin faltar una coma, pero los diálogos sonaban como si los estuviera leyendo; las emociones no fluían.

—¿Qué te ha parecido? —me preguntó al salir.

—Bien. Has estado bien.

—¡He estado horrible! No te he invitado para que me mientas. Sé que te gusta el teatro. Quiero que me digas la verdad.

—Regular. Has estado regular.

—Gracias por no hundirme, pero soy muy autocrítica, y sé que no valgo para esto. Dios bendito. No voy a preguntártelo otra vez, creo que serías completamente sincero y bajarías al «mal, has estado mal», que es la verdad, y no podría soportarlo.

—Debería darte lo mismo. Tú nunca has querido ser actriz.

—Ya lo sé, lo hago por Anthony. Él adora el teatro. Un amigo suyo dirige la obra y le faltaba gente...

—¿Y qué sacrificios hace él por ti?

—¿A qué te refieres?

—Tú haces el esfuerzo de actuar porque a él le gusta que lo hagas, incluso te arriesgas a hacer el ridículo. ¿Y él? ¿Ha hecho el ridículo alguna vez por ti?

—No eres nadie para juzgar nuestra relación, John, eso no te importa.

Ellen no me concedía ni un milímetro de su intimidad, y tampoco se interesaba por la mía; no quería oír todo lo que yo tenía que decirle, porque mis lamentaciones la hacían sentirse incómoda. Ella era el centro de mi vida, cada uno de mis sentimientos gravitaban a su alrededor, pero yo estaba fuera de la suya, a la intemperie, como un perro al que se tiene cariño pero al que no se le permite entrar en la casa, nunca, ni una sola vez, aunque llueva o haga frío, para que no conozca el calor del hogar y no pueda echarlo de menos. Hay gente que educa así a sus hijos y a sus perros, en la privación completa del placer.

Acompañé a Ellen hasta su casa; dimos un largo paseo que fue un trayecto sinuoso y lleno de silencios, sin llegar nunca a rozarnos, pero a pesar de todo me gustaba dejarla en su portal, a salvo, saber que cada día que pasaba conmigo ella se sentía una dama. Recuerdo que esa misma tarde, cuando nos estábamos despidiendo, bajaron a la calle sus padres y su hermano Thomas. Aquel chico autista vivía en un universo propio, ajeno al mundo, en una burbuja emocional de miradas torvas fuera de la cual no se escapaba nunca una sonrisa; recuerdo que tenía una estructura ósea maciza, de formas anchas, tal como dibujan en los libros de ciencia a los neandertales, con un arco ciliar prominente sobre los ojos hundidos, mucho vello facial, los dientes separados y una mandíbula poderosa. Me miró con agresividad, levantando las aletas de la nariz y el labio superior de la misma forma que lo habría hecho un lobo, emitió un gruñido y se abalanzó sobre mí. Yo conocía su enfermedad y no quise defenderme, por lo que caí al suelo de espaldas. Él se tiró sobre mí, me golpeó con torpeza en la cara y en el pecho y me llenó de babas. Sus padres y Ellen nos apartaron de inmediato y me pidieron tantas disculpas que tuve que rogarles que dejaran de hacerlo. Ese chico crepuscular profesaba un amor tan absorbente por su hermana que no toleraba que ningún otro hombre ajeno al núcleo familiar se le acercara.

El domingo por la tarde llamé a Natalie y quedé con ella. Me llevó a una taberna de su barrio, muy cerca de su casa, un sitio de inspiración medieval, con escudos heráldicos y ballestas en las paredes. Macbeth el sábado, Ivanhoe el domingo. Bebimos un vino tinto algo ácido servido en frascas de barro y tomamos un poco de queso francés, de esos que sirven en porciones raquíticas como si fueran tesoros gastronómicos a punto de agotarse. Natalie estaba radiante, no dejaba de sonreír, era un anzuelo para todas las miradas, y yo me sentía bien junto a ella. A las dos horas ya tenía sus tetas en mis manos. Recuerdo que cuando saqué la primera de la copa del sujetador me pareció estar tocando un trofeo fabuloso. Nunca había visto dos tetas que siendo tan grandes fueran tan hermosas. Eran muy pálidas, casi blancas, con los pezones rosas, y deliciosamente turgentes.

—No soy una chica fácil —me dijo avergonzada—. Nunca he dejado a un tío que me tocara el primer día.

—No pienso que seas una chica fácil, de verdad.

Estuvimos besándonos unos minutos más, hasta que sentí que se había tranquilizado; después le abotoné la blusa y la acompañé hasta su casa sin intentar nada más. Natalie no podía disimular que estaba enamorada de mí y que, según las reglas que creía haber aprendido, no podía negarme nada si quería conseguirme.

Me parecía una mujer extraordinaria, e hice el propósito de enamorarme de ella, pero no resultó. Me comporté como si fuéramos una verdadera pareja: iba a buscarla a diario a su portal, la invitaba a los mejores sitios que podía permitirme, cuidaba de ella, la hacía sentirse querida, y por las noches la dejaba en su casa y esperaba en la calle hasta que Natalie empezaba a subir el primer tramo de la escalera y, nada más encender la luz, se giraba y se despedía de mí sonriendo. Quedamos muchos fines de semana después de aquel primer encuentro; nunca nos aburrimos, e hicimos el amor casi todos los días: en su casa, en el hueco de la escalera de su portal, en el ascensor, en un guardarropa, en el parque público bajo unos fuegos artificiales, en el garaje de sus padres sobre el capó de un Austin; Natalie siempre demostraba una pasión sincera, aunque algo empalagosa, como si ya nos hubiéramos casado y cumpliera con un deber conyugal. Con ella aprendí que los actos de amor no correspondidos generan cierta aversión, un sentimiento de premura que anestesia el placer. Yo gozaba de aquel cuerpo generoso, pero no sentía el deseo de retenerlo.

Natalie me presentó a sus padres, a sus tías y a su hermano, y quiso desde el principio que me sintiera incluido en su extensa familia.

—¿No me vas a llevar a conocer a tu padre? —me preguntó una tarde con impaciencia.

—No, no merece la pena.

—Seguro que es un viejo encantador.

—Es un hombre normal.

—Me lo imagino muy alto, delgado, con el pelo blanco, un poco arrogante. ¿Me equivoco? Nunca me hablas de tu padre. ¿No lo echas de menos?

—Déjalo, Natalie, ya sabes que no me gusta hablar de mi familia.

—¿Pero es alto o no?

—Sí, es muy alto. Un poco más alto que yo.

—¿Y tiene el pelo blanco?

—Entre blanco y rubio, tan claro que se le puede ver la piel rosa de la cabeza...

—La familia es muy importante, John. Tienes un problema con eso. Me voy a proponer que vayas a visitar regularmente a tu padre y a tus hermanos. Me dan mucha pena las familias rotas. Iremos para tu cumpleaños. ¿Cómo dices que se llama vuestro pueblo?

—Westerham.

—Ah, sí, Westerham. Eso está hacia el sur, ¿no?

—Sí.

—Iremos en tren, tengo muchísimas ganas de hacer un viaje en tren contigo. Los trenes son muy románticos, ¿verdad?

No me gustó que Natalie mencionara a mi padre, hablar de mi padre era algo que hurgaba en el pasado y que yo solo le había permitido a Brenda, y menos que lo hiciera en ese momento, cuando después de tanto tiempo empezaba a superar mis recelos hacia él. Su aire rígido, su enorme esqueleto y su actitud inclemente se habían desplazado ya a un terreno borroso, a un lugar abstracto donde los recuerdos tienden a licuarse y a hacerse inofensivos, pero con aquella inoportuna conversación volvieron a resucitar. En mis años en la granja había estudiado tan a fondo las facciones de mi padre que su imagen había quedado cincelada para siempre en mi interior; yo lo pude mirar cuanto quise, pude perder el tiempo disimulando que me entretenía con cualquier herramienta y observar con la paciente dedicación de un pintor cada pulgada de su rostro, y de sus manos, y de todo su cuerpo, porque él nunca reparaba mucho tiempo en ninguno de nosotros, no nos prestaba demasiada atención. Algunas veces me detenía en los profundos surcos de su frente, plegados unos sobre otros como obleas de masa quebrada, otras en su nariz grande y ligeramente aguileña, o en sus mejillas hundidas, o en la piel fina, casi transparente, de las sienes, a través de la cual se podían intuir un sinfín de venillas rosáceas que confluían formando estrellas y pequeños ovillos, o en su mirada cerúlea de ángel custodio... ¿Qué sería ahora de mi padre? ¿Pensaría alguna vez en mí? ¿Me habría olvidado? Yo lo recordaba muy bien, pero empezaba a tener dificultades para renovar dentro de mí el inmenso rencor que llegué a sentir hacia él; a veces incluso llegaba a comprenderlo, a encontrar dentro de mí una imperdonable forma de culpa que me hacía merecedor de su severidad, pero no sabía qué podría suceder si alguna vez volviera a tenerlo enfrente, si en ese momento alguno de los dos tendría un gesto hostil, o afectuoso, o si simplemente nos saludaríamos como si nada hubiera sucedido, igual que en un sortilegio, porque las personas de la misma sangre deben saber callar las diferencias y dejar que el silencio actúe como un bálsamo en los desencuentros. Pero yo intuía que todo eso no eran más que conjeturas absurdas, que nunca iba a volver a Blickersville, que no lo vería jamás, que un día como cualquier otro, tal vez un día relativamente cercano, su viejo corazón dejaría de latir, mis hermanos le darían un entierro cristiano junto a mi madre en el cementerio de Westerham y yo ni siquiera lo sabría.

Dejé a Natalie tres meses después de nuestra primera cita diciéndole la verdad: no estaba enamorado de ella y no quería hacerla sufrir. Las personas no están acostumbradas a la verdad desnuda, prefieren ser engañadas, que se les cuente una mentira amable, y por eso reaccionan a las frases más sinceras con hostilidad, o con ironía.

—Algo tarde, John. El daño ya está hecho.

—No digas eso —le dije intentándola consolar—, apenas nos conocemos.

—En eso tienes razón, yo no sé nada de tu vida. A lo mejor me estoy librando de alguien que no me merece. A lo mejor eres un pervertido, o un delincuente.

—¿Quieres que te llame mañana?

—¿Mañana? ¿Para qué?

—... Para ver qué tal estás.

—No hace falta que me llames. ¿O es que crees que me voy a suicidar por ti?

Natalie entró en su portal y subió por las escaleras sin encender la luz. No se dio la vuelta para despedirse como otras veces, se limitó a desaparecer en la oscuridad, como un gato que se sumerge en la noche. Yo había roto sus ilusiones, las había dejado crecer para luego arrancarlas de raíz. Me equivoqué actuando así. Natalie se suicidó veinte días después de que la dejara. Usó un frasco de pastillas para dormir, uno de esos somníferos a base de benzodiacepinas que no se venden sin receta. Pidió ayuda a un psiquiatra argumentando que la consumía la ansiedad y que no podía dormir, y aquel insensato le facilitó las pastillas. Dejó escrita una nota en la que decía que no quería vivir más, que nadie buscara culpables; se felicitaba por haber conocido el verdadero amor, aquel que solo es posible visitar una vez, y se despedía de todos dándonos las gracias por el cariño que había recibido de cada uno de nosotros. En esas cuatro líneas descarnadas únicamente encontramos palabras amables, ni un reproche hacia mí, como si yo no hubiese tenido ninguna culpa en aquella muerte.

No sabía que pudiera existir alguien capaz de demostrar tanto amor. El paso de Natalie por mi vida fue una lección inolvidable y un privilegio.

Además, no me resultó fácil superar su muerte. Aunque no la amaba, su brusca desaparición hizo que idealizara su recuerdo, que dentro de mí aquella joven se convirtiera en un ángel. Esa forma de embellecer a quien desaparece en los años de la juventud está en lo más ancestral de nuestra cultura, que nos adjudica un tiempo libre de miedos para la celebración de la vida y otro bien distinto, ya en la vejez, para esperar el acecho de la muerte; por eso cualquier alteración de ese equilibrio nos resulta tan difícil de admitir, y por eso cuando dicha alteración tiene lugar, nos invaden formas benévolas de pensamiento que a veces son mágicas, y casi siempre enaltecidas. Natalie se convirtió en un ángel hermoso y terrible, como los de los versos de Rilke, en un azote para mi conciencia.

Una noche, un par de meses después de su pérdida, quise hacerle un pequeño homenaje y fui solo al pub de Oxford Street donde nos habíamos conocido. Era un martes anodino y apenas había nadie en el local. Estuve jugando al billar en la misma mesa que compartí con ella, y me gustó recordar sus miradas fugaces y su contenida irritación porque no lograba vencerme. Habría dado cualquier cosa por que esa noche Natalie hubiera aparecido de la nada, por haber visto de nuevo su sonrisa, por que se hubiera acercado para jugar en silencio una última partida de billar juntos.

—¿Puedo jugar contigo?

A veces disfruto con el absurdo de querer enmendar el pasado, como si el pasado no se disipara sin remedio, como si cada instante que pasa no cristalizara y se volviera inerte. A veces disfruto pensando que se puede escapar de la mediocridad y la sordidez de la vida, que es posible cierta forma de redención personal, una reparación, que no siempre tenemos que sucumbir a una invisible voluntad vengadora.

Intenté cerrar aquella herida con Margaret, una secretaria de dirección en la gestoría que llevaba la contabilidad del almacén de telas. Esa chica venía de vez en cuando a traer algunos documentos, o a pedir los justificantes de pago, siempre muy arreglada, con unos impecables zapatos negros de tacón de aguja, oliendo a perfume francés y recién peinada; era como una de esas actrices superficiales de portada de revista a las que todas las chicas quieren parecerse. Antes de salir del almacén solía pararse unos minutos para coquetear conmigo. Era algo más joven que yo, creo que un par de años, tres a lo sumo, e intentaba aparentar cierta provocativa candidez de chica de provincias, aunque todos sabíamos que no había en ella ninguna inocencia y que era la querida oficial de su jefe.

Margaret tenía libres los fines de semana, ya que su apasionado amante ejercía los sábados y los domingos de padre y esposo ejemplar, con asistencia a los oficios religiosos incluida, de forma que ideó un perverso juego a dos bandas en el que acepté participar sin demasiados impedimentos. Yo todavía estaba triste por la muerte de Natalie, y ella era una chica agradable, con un bonito cuerpo y actitudes de fulana elegante; era perfecta para mí por ser alguien con quien era impensable un compromiso.

Cuando Margaret se acostaba con su jefe, lo hacían en un apartamento que él tenía en Queens, un nido de amor reducido y decadente, con una cama de matrimonio con el colchón de gomaespuma, dos pequeñas mesillas con cajoneras llenas de condones y paquetes de pañuelos de papel, un mueble bar con la forma del globo terráqueo con varias botellas de ginebra y de whisky empezadas, un sofá de áspera tela verde que olía a polvo viejo y a tabaco y una televisión en blanco y negro a la que siempre había que dar un par de golpes para que se encendiera. Margaret tenía una de las llaves, y como ese apartamento no existía en el universo anestesiado de la mujer de su amante, ella podía usarlo, conmigo o con cualquier otro, todos los fines de semana. Lo hicimos allí muchas veces. A mí no me importaba compartir la pareja y las sábanas con aquel estúpido ejecutivo, porque yo no sentía nada más que un deseo desprovisto de cariño por Margaret. Usaba sus condones, me bebía su ginebra y me lavaba con su jabón de Marsella todos los sábados; después veía alguna serie policiaca en su vieja televisión en blanco y negro y me quedaba dormido en su cama con colchón de gomaespuma.

Una de esas noches Margaret y yo fuimos a cenar a los locales para turistas que proliferan junto al Globe Theatre, esos que montan las terrazas cerca del río; bebimos un par de botellas de vino y algunos combinados, estábamos bastante borrachos, y empezamos a meternos mano en la calle mientras esperábamos un taxi que nos llevara al apartamento de Queens.

—Quieto —me dijo—. No encuentro la llave.

—¿Qué llave?

—¿Cuál va a ser? La del apartamento de Steve. Creo que me la he dejado en casa.

—Vamos a tu casa.

—Ni lo sueñes, están mis padres.

—Podemos ir a mi pensión...

—Me dijiste que no aceptan chicas.

—Y no las aceptan. Subiremos sin hacer ruido.

El taxi nos llevó a Baker Street a una velocidad endiablada y yo estuve a punto de vomitar varias veces. Margaret me besaba en el cuello y tenía su mano dentro de mi bragueta, pero yo no me podía concentrar en nada más que en respirar con la boca abierta y en intentar que mi agitado contenido gástrico se mantuviera en su sitio. Pagué a aquel imprudente taxista con el dinero justo y le hice una señal a Margaret para que a partir de ese momento no dijera ni una sola palabra. Abrí el portal con el sigilo de un ladrón, los dos nos descalzamos y empezamos a subir por aquellos ruidosos peldaños con los zapatos en la mano e intentando sincronizar nuestras pisadas, de forma que los caseros no identificaran la presencia de una segunda persona. La treta funcionó bien al menos durante el primer piso, el más importante por ser en el que estaba ubicada la vivienda de los Avin, porque en el segundo ya cometimos algunas jocosas imprecisiones, y en el tercero Margaret no pudo contener la risa, se puso la mano en la boca y emitió un ruido extraño y gutural, como el de un trombón desafinado. Una vez en el cuarto piso, contuvimos la respiración temiendo que en cualquier momento aparecieran los malditos caseros, pero esa noche los viejos debían de estar profundamente dormidos y por fortuna no fue así. Abrí la puerta y entramos en la habitación con una agradable sensación de victoria.

Fue la primera vez que lo hice en aquella cama, y comprobé con desagrado que los muelles crujían bastante más de lo recomendable. Hicimos el amor muy despacio, casi a cámara lenta, con Margaret escondida debajo de mí, tapándose la boca con la esquina de la almohada para que no se oyeran sus gemidos.

Al día siguiente, apenas una hora después de que se fuera Margaret, los caseros subieron a verme y me dijeron que no me renovarían el contrato.

—Vaya buscando otra pensión durante esta semana, John, no solo ha incumplido las normas trayendo a nuestra casa a una mujer, sino que sus obscenos ruidos no han dejado dormir al señor Parker en toda la noche. Por no hablar de la vomitona que adorna el rellano de la tercera planta.

Yo no recordaba haber vomitado, pero eso ya no importaba, habría sido Margaret al salir, o el propio Parker, que se pasaba los fines de semana borracho. No dije nada, recogí mis cosas y ese mismo lunes compré varios periódicos y empecé a buscar otro sitio donde hospedarme. Localicé una buena pensión en Regent Street, a un paseo de Piccadilly Circus. Era bastante más cara, pero tenía una aceptable cantidad de dinero ahorrado y no quería seguir viviendo con estrecheces.

La historia con Margaret no duró mucho más. Usé mi cambio de domicilio como excusa para eludir algunas citas y a las pocas semanas ella había comprendido que no quería seguir viéndola. No siempre es necesario hacer un molesto discurso de despedida. Todo volvió sin sobresaltos a una rutina anterior, como si nunca hubiésemos estado juntos. Es curioso que pueda suceder algo así, que una persona con la que hemos tenido una relación tan íntima salga de repente de nuestra vida y al cabo de unos días nuestro cerebro la haya anulado y sea como si nunca la hubiéramos conocido. Da igual el tiempo que hayamos estado con esa persona, un mes, o dos, o diez años, solo desaparece y al hacerlo sentimos alivio. No la eché de menos. No había sido capaz en ningún momento de llenar el inmenso vacío de Natalie.

Mi habitación de Regent Street me parecía maravillosa. Era amplia, con un ventanal a la calle que ofrecía unas excelentes vistas de la curva, tenía una generosa mesa de estudio que me evitaba muchos desplazamientos a la biblioteca, estanterías para los libros, un armario empotrado con más perchas de las que yo necesitaba y su propio cuarto de baño. La renta casi doblaba la de la pensión de los viejos galeses, pero el cambio había merecido la pena. Además, la portera de la nueva pensión era una mujer callada y discreta, que siempre saludaba con educación y nunca subía a las habitaciones sin permiso. En el edificio no solo había estudiantes universitarios, muchos de ellos extranjeros, sino también algunos empleados de las oficinas cercanas, era un mundo más adulto, y por supuesto mucho más liberal.

Pensé que no sería mala idea ir a buscar a William, llevarlo a Londres tal como le había dicho tantas veces y enseñarle dónde vivía y todo lo que había conseguido; podría llegar a la granja de mi padre cualquier sábado por la mañana, y lo haría no como un vulgar fracasado que está aprendiendo a digerir su derrota, sino como alguien que se ha hecho a sí mismo y puede presumir de cuanto ha logrado; podría mirarles a los ojos y justificar mi comportamiento; podría contarles cuánto había luchado, en quién me había convertido y por dónde quería conducir mi futuro. Ellos tendrían entonces que darme la razón, tal vez incluso mi padre me felicitaría y me organizaría una cena de recibimiento... Pero aunque disfruté con esa idea, tengo que admitir que no lo hice, y que tampoco volví a pensar en ello, solo fue un impulso fugaz, autocomplaciente. En realidad no quería revivir el pasado, no me sentía con fuerzas para hacerlo. Y reconozco que también noté miedo; tenía la aciaga sospecha de que si volvía a Blickersville, ya no podría salir de allí, que sus fantasmas me obligarían a quedarme.

Por eso, cuando terminé el traslado, mi primera decisión no fue ir a buscar a mi hermano, sino enseñarle mi nueva residencia a Ellen; pero ella no aceptó la invitación, elaboró una excusa desatinada y me dijo que le parecía poco decoroso subir conmigo a solas a mi habitación.

—No quiero que vuelvan a echarte —ironizó.

—Puedes traer a una amiga —afirmé—. Además, en esta pensión solo están prohibidas las visitas por la noche.

No me apetecía que hubiese una tercera persona, no me gustaba compartir a Ellen con nadie, pero yo quería a toda costa que ella viera cómo había cambiado mi vida. Convertirme en alguien mejor, en alguien que pudiera despertar de nuevo el interés de Ellen, era una verdadera obsesión para mí.

—¿Una amiga? Está bien, iré con Brigitte.

Brigitte era una mala versión de Ellen; delgada y morena como ella, pero sin ninguno de sus encantos. Vestían igual, se peinaban igual, usaban las mismas expresiones, hacían gestos idénticos, frecuentaban los mismos círculos sociales; habían conseguido mimetizarse, aunque en realidad habitaban en extremos opuestos del mundo. No quiero decir que Brigitte fuera desagradable, ni mucho menos, tenía cierto atractivo, y una considerable dulzura que hacía grata su compañía, pero verla siempre al lado de Ellen la exponía a una comparación que resultaba muy desfavorable.

Ellen y Brigitte llegaron puntuales a la pensión. Llamaron a la puerta con suavidad, entraron tímidamente y lo miraron todo con una curiosidad de detective; elogiaron la luz, la orientación, incluso les pareció que el papel pintado de las paredes, en el que yo no tenía ninguna responsabilidad, había sido elegido con buen gusto. Yo había puesto música de Pink Floyd, sabía que a Ellen también le gustaban las canciones de *The Wall*, y había comprado unos refrescos que tomamos allí mismo en unos vasos de papel, yo sentado en la única silla, junto a la mesa, y ellas dos acomodadas en los pies de la cama.

No llevaban más de veinte minutos allí cuando Ellen se levantó, dejó el refresco sin terminar encima de la mesa y nos anunció que tenía que irse.

—He quedado con Anthony —afirmó—, tengo que dejaros. Le prometí que iríamos al cine y se nos hace tarde. ¿Tú qué haces, Brigitte?

—Me quedo un rato más, si a John no le importa.

—Por mí no hay problema —improvisé por gentileza mientras se frustraban mis esperanzas de pasar la tarde con Ellen, aunque fuera con la compañía impuesta de Brigitte.

Me incorporé y acompañé a Ellen hasta la puerta.

—A ver lo que haces —me susurró al despedirse—, está loca por ti.

—Nunca te lo perdonaré.

—A lo mejor acabas dándome las gracias —dijo mientras cerraba la puerta.

Regresé y vi a Brigitte aún recostada sobre la cama, mirándome con una intensidad contenida, casi suplicando mi compañía. Le cogí el vaso y lo dejé sobre la mesa, me tumbé a su lado y sin decir ni una sola palabra comencé a desnudarla y a besarla en la boca; primero con un contacto suave, casi rozándola, sintiendo cómo ella separaba los labios y me buscaba con avidez, luego más fuerte, atrapándola entre mis fauces y marcándole ligeramente los dientes. Tenía un cuerpo elegante y bien proporcionado, más bonito de lo que se podía presumir de ella vestida con una ropa que solo buscaba imitar a otra. Su piel era ligeramente caoba; sus pezones, pequeños y muy oscuros; la cintura, estrecha, y tenía un culo redondo y sin defectos. Tal vez había infravalorado los encantos femeninos de Brigitte, o quizá ahora, que no estaba al lado de Ellen, esa joven tímida e insegura brillaba con su propia belleza.

Allí estaba yo, liándome con Brigitte en vez de hacerlo con Ellen, conformándome con la imitación en vez de gozar con el original. Ellen sabía muy bien que yo le gustaba a su amiga, y se había aprovechado de esa circunstancia para hacerle un favor y, con un poco de suerte, intentar que cejara en mi insistencia con ella. Ellen estaría ahora con Anthony en el cine, regalándole su tiempo a alguien que no lo valoraba como yo e indiferente a mis sentimientos.

—¿Lo dejamos para otro día? —le pregunté.

—Vale, mejor lo hacemos en otra ocasión —contestó Brigitte avergonzada.

Aquella chica se vistió en medio de un silencio áspero y se fue sin atreverse a mirarme a los ojos. Los dos sabíamos que ya no habría otra ocasión.

No tuve ninguna otra relación seria durante los dos últimos años de la carrera. Ya sentía impaciencia por acabar el grado, y no quería suspender ningún examen que pudiera retrasar mi titulación, por lo que dediqué muchas horas al estudio.

En aquel momento yo prefería las relaciones fugaces, los encuentros rápidos y sin compromiso, había adquirido cierta habilidad para el abandono, cierta indiferencia cínica por los sentimientos ajenos; el secreto era cortar deprisa, después de la primera o la segunda cita una vez que nos hubiéramos acostado, antes de que se encariñaran y quisieran trenzar conmigo una de esas asfixiantes rutinas encaminadas a formar una familia de clase media que tanto parecen gustarles a las mujeres de mi entorno.

Ellen seguía arrastrando por el campus de la universidad su largo noviazgo con Anthony y yo empezaba a cansarme de esperarla. Ya apenas hablábamos, solo unas frases de cortesía desprovistas de intimidad. Ella se sentía cómoda poniendo cierta distancia entre nosotros, y a mí me irritaba aquella actitud.

Brenda, que también había fracasado en su nueva relación con un médico residente, quiso volver conmigo. Me escribió una carta llena de disculpas y de buenos propósitos, una carta profunda, hermosa y afligida que logró conmoverme; en ella reconocía que al haberse apartado de mí temía haber cometido el peor error de su vida, decía que sus sentimientos seguían intactos, que no había vuelto a sentir un verdadero amor por nadie, que quería recuperar la agradable sensación de estabilidad que había conocido conmigo, y sus palabras, prudentes y bien ordenadas, me parecieron sinceras, por lo que acepté volver a intentarlo. No me costó ningún esfuerzo; yo la seguía queriendo, nunca había dejado de hacerlo. Sin embargo, aquello no resultó: ya no formábamos una unidad inexpugnable, y los dos nos dimos cuenta de inmediato. Algo esencial, algo que en el pasado llegó a ser mágico, se había roto entre nosotros para siempre, y todas nuestras citas, al principio bienintencionadas, terminaban con miradas tristes en medio de dolorosos silencios. El final de nuestro amor fue como la agonía de un insecto con las alas mojadas.

En nuestra última cita la acompañé muy pronto hasta su casa, antes de que anocheciera, como si los dos quisiéramos evitar un encuentro íntimo, y me despedí de ella con cierto desapego. Qué distinta me pareció esa tarde de aquellas otras, un par de años atrás, en las que el tiempo parecía evaporarse y nunca veíamos llegar la hora de separarnos.

—Adiós, Brenda, hablaremos mañana.

—Sí —me dijo—, hablaremos mañana, me llamas por teléfono, a la hora que quieras, o te llamo yo a ti.

Había sido una tarde aburrida. Estuvimos paseando sin llegar a darnos la mano por una urbanización de mansiones de lujo, ella miraba con envidia a través de sus rejas de forja sus imponentes fachadas, los jardines con setos de boj recortados y los macizos de hortensias.

—Yo no renuncio a esto —me dijo—. Voy a hacer todo lo que pueda para llegar a vivir así.

No le contesté, creo que ni siquiera me lo estaba diciendo a mí. Ella necesitaba prometerse una felicidad ajena a las heridas del paso del tiempo. Una felicidad en la que mi presencia ya no fuera necesaria. Yo no compartía su ambición, no iba a ser el hombre que le proporcionara esa vida de lujo burgués, una vida de la que nunca antes habíamos hablado, los dos lo sabíamos. Después de ese día no volvimos a vernos.

Cuando terminé la carrera, fui a hacer prácticas a una empresa de mensajería y transportes en Southampton, a ochenta millas de Londres. Clifford & York me ofreció una beca de un año de duración y acepté sin demasiado entusiasmo. Habría preferido seguir en Londres, de hecho, no renuncié a mi apartamento en Regent Street, me consideraba un privilegiado por vivir allí, por lo que todos los días me levantaba antes de las seis de la mañana y me iba en mi flamante Mini Morris negro de segunda mano por la autopista antes de que se formara el habitual embotellamiento. Siempre era de los primeros en llegar a aquel ruidoso marasmo de contenedores y maquinaria de carga. Mi tarea consistía en cursar los pedidos, rellenar los albaranes, hacer las nóminas de los empleados y llevar la contabilidad; nada demasiado complejo. Tenía una secretaria llamada Pamela y una bonita mesa de despacho con una vieja calculadora de manivela que nunca llegué a usar y un pisapapeles para turistas que representaba las casas del Parlamento con el Big Ben.

Pamela era una chica sencilla y muy delgada, varios años más joven que yo, una rubia teñida con mechas que había nacido en el propio Southampton, y que solo salía de su barrio en contadas ocasiones. Veía el mundo a través de un prisma vulgar, en el que todo tenía un orden tradicional e inevitable: infancia con sus padres, moderada diversión en la juventud, noviazgo convencional, trabajo cerca de casa, matrimonio religioso, un par de hijos, jubilación y muerte. Su menguada perspectiva de la vida no le permitía añadir ninguna variable en aquel aburrido planteamiento, en el que tanto pesaban la rutina y la opinión de sus mayores. Cuando yo la conocí, su biografía transitaba ya por el noviazgo convencional, y acababa de firmar un contrato indefinido con Clifford & York. El paso hacia el matrimonio era inminente.

—¿Qué edad tienes? —le pregunté.

—¿No te han dicho nunca que eso no se pregunta a una chica?

—¿Veinte?

—Alguno más.

—Veintidós.

—Casi.

—¿No es algo pronto para casarte?

—Mi madre se casó a los dieciocho.

—No tienes por qué repetir los errores de tu madre.

—A mí no me parece un error. Cuanto más joven me case, seré madre antes y en el futuro podré entenderme mejor con mis hijos. No quiero tener con ellos una relación distante, quiero que seamos amigos y que nos lo contemos todo.

—Los padres no tienen que ser amigos de sus hijos.

—¿Por qué no? Mi madre es como una amiga para mí. Vamos juntas de compras, y nos hacemos muchas confidencias.

—Las amistades empiezan y terminan —le dije—. No es el tipo de relación que se debe tener con los padres.

—Pues a mí me gusta ser amiga de mi madre.

—¿Y de tu padre?

—Paso de mi padre. Es un impresentable y un borracho. No me importa nada de lo que haga.

—¿Y has renunciado a tu padre por eso? ¿No has pensado que eres injusta con él?

—Hay muchas cosas que tú no sabes.

—Por eso te las pregunto. Tengo curiosidad. ¿Cuánto tiempo hace que sales con tu novio?

—¿Con Trevor? Siete años.

—¿Has tenido algún otro novio?

—No. Bueno, hace un par de años estuve con un chico mayor, un enfermero del consultorio de mi barrio, fue un rollo rápido. Ya sabes.

—¿Fuiste infiel a tu novio?

Pamela sonrió como si estuviera esperando esa pregunta. Como si con ella pudiera presumir por fin de algo.

—En esa época se lo merecía. Siempre estaba con sus amigos del fútbol. Me dejaba sola muchas veces y tuve que entretenerme.

—¿No tenías remordimientos?

—Ninguno. Nunca he tenido remordimientos por nada.

Trevor era un repartidor de pizzas. Pasaba todo el día de un lado para otro en su ciclomotor rojo repartiendo pizzas cuatro quesos y carbonara y porquerías italianas de esas que saben a caja de cartón. Llegaba a su casa a las once completamente agotado y apestando a mozzarella tostada. Los sábados entrenaba con un equipo de fútbol aficionado, y los domingos por la mañana jugaba los partidos. Pamela aún vivía con sus padres, pero entre los dos ya habían dado la entrada de un pequeño apartamento en las afueras de la ciudad, un bajo de dos habitaciones con un discreto patio descubierto donde habían colocado una barbacoa.

—¿Cuándo es la boda?

—Mi gran día será el 6 de julio, dentro de diez meses y dos semanas. Estaré preciosa con mi vestido palabra de honor y unas flores blancas en el pelo. Tengo pensados cada uno de los detalles. La boda es algo muy importante para una chica, aunque los hombres no lo entendáis. Si quieres venir, estás invitado.

—¿Estás enamorada de Trevor?

—¿Qué quieres decir?

—Ya me entiendes.

—¿Perdona?

—Si lo dudas es que no estás enamorada.

—Yo qué sé. Supongo que sí lo estaré.

—Cuando tu novio te toca... ¿te estremeces?

—No tengo por qué hablar contigo de eso.

—Para casarse hay que estar enamorada.

—Para casarse hay que tener novio y una fecha en la iglesia.

Me agradaba el afinado tono de voz de Pamela, su liviana feminidad, casi a punto de romperse, su forma de contonearse al caminar y su elegancia natural. Ella tenía el cuarto de los signos veniales, la armonía corporal, ese lenguaje inaudible con el que una mujer demuestra su feminidad; el movimiento de los hombros, de las muñecas y las rodillas puestos secretamente al servicio de la seducción. Es el más infrecuente de los signos veniales, y el más difícil de impostar. Pamela rebosaba armonía corporal, y por eso me gustaba observarla, también me gustaban sus certezas, todas tan deliciosamente equivocadas; era un hallazgo feliz en aquel desangelado polígono industrial habitado por ratas de agua, camioneros apátridas y bruscos estibadores. Vestía camisas abotonadas y pantalones vaqueros muy ajustados, tenía un culo estupendo y no perdía la ocasión de marcarlo. Reconozco que soñaba con hacer mío ese culo, pero también sabía que conviene ir despacio con las chicas de pueblo.

No obstante, Pamela tenía una debilidad que la volvía accesible: era muy vanidosa y llevaba demasiado tiempo entregada a un solo hombre al que ya no sabía si amaba, pero al que desde luego no deseaba. Cultivé aquella vanidad con pequeñas mentiras y con elogios fugaces; me gané su confianza tratándola como si fuera la dama que le habría gustado ser y, una tarde lluviosa, un poco antes de salir, le confesé mi deseo por ella asegurándole que respetaba su relación y que no quería ocasionarles ningún problema.

—Eres adorable, Pamela —le dije—, un sueño para cualquier hombre. Siento envidia de tu novio, es muy afortunado. Mi única duda es... No sé si debo decírtela.

Me quedé callado un momento antes de seguir.

—¿Cuál es?

—No creo que tenga derecho...

—Vamos, suéltalo.

—Es una tontería, pero me gustaría saber si tú y yo habríamos funcionado como pareja. A veces pienso que eso puede estar sucediendo en un universo paralelo. A lo mejor un John y una Pamela iguales que nosotros están teniendo ahora un romance apasionado.

—No sé de qué hablas. ¿Tú y yo? No tenemos nada en común.

Le dictaba cartas a Pamela, respuestas comerciales y simplezas así, y cuando lo hacía, me gustaba ponerme detrás de ella y mirarle el escote mientras escribía en el ordenador. Ella lo sabía, y siempre venía al trabajo bien perfumada y con un botón desabrochado de más. No tenía las tetas grandes, pero sabía realzarlas con sujetadores de relleno para que resultaran provocativas. Un día, sin interrumpir el dictado, deslicé desde detrás una de mis manos por la vertiginosa caída de su escote, lo hice muy despacio, garabateando un dibujo imaginario desde el cuello hasta el hueco de la clavícula; ella no dijo nada, solo dejó de escribir y bajó los párpados, pero no me detuvo. Le acaricié uno de sus pechos; sentí la piel suave y caliente, y el pezón despierto, duro como una castaña recién pelada. Pamela no se inmutó y volvió a poner los dedos sobre las teclas.

—Saca la mano —me dijo—. Si quieres luego vamos a algún sitio, pero ahora pueden vernos.

Retiré la mano muy despacio, me agaché a su lado y la besé en la boca. Pamela entreabrió los labios y rozó fugazmente su lengua con la mía, solo un instante que fue una promesa de abundancia. Al retirarse aún tenía la boca húmeda y abierta, y su mirada desvanecida era casi una súplica.

Al salir, Pamela me llevó en su coche hasta un recodo oscuro de la carretera que se dirige hacia Portsmouth, un poco más allá del puerto, cerca de los rompientes. Tenía un Vauxhall verde, un espanto de coche utilitario que a ella le parecía muy original. Lo conducía con una llamativa pericia por aquellos caminos que bordeaban el acantilado. Yo mismo no me habría atrevido a conducir por allí, donde un giro mal calculado habría llevado el coche directamente al agua. Dejó la llave de contacto puesta para que no cesara la calefacción y comenzó a desnudarse.

—¿Es aquí donde traes a tus víctimas? —le pregunté.

—No es la primera vez que vengo, si te refieres a eso.

—El sitio es algo peligroso, ¿no?

—Vamos —me dijo—, no tengo mucho tiempo.

El delgado cuerpo de Pamela tenía una belleza extraña a la luz de la luna, como el de una fugitiva. Se abalanzó sobre mí y me besó con ansia, abriendo mucho la boca y penetrando a oleadas en mí con su lengua huidiza mientras su melena me acariciaba la cara.

Pamela hacía el amor con una vehemencia insólita, como una desesperada, me empujaba como si cada movimiento fuera el último, sin dejar de hablar, susurrando su próximo deseo.

—Agárrame el culo... Cómeme las tetas... No se te ocurra parar ahora.

Su voz se mitigaba con el esfuerzo, sin llegar a extinguirse, mientras los dos estábamos en la penumbra cómplice, empañando los cristales del Vauxhall con nuestra respiración, en medio de un tibio aroma genital enmascarado por unos brotes de lavanda y roto por el continuo rumor de las olas.

Subió al cielo tres o cuatro veces, ahora no puedo recordarlo porque su ímpetu no parecía interrumpirse, hasta que al final cayó desfallecida sobre mí.

—¿Con quién voy a echar yo estos polvos cuando te vuelvas a Londres?

—Vendré para estar contigo cuando quieras —le dije sin pensar, todavía agotado por el esfuerzo.

—¡Bah! No es verdad. Me lo harás diez o doce veces y te cansarás de mí. Tú te irás con otras y yo me quedaré aquí con el plomo de mi novio. Es lo que me ha tocado en suerte, qué le vamos a hacer.

—No tienes por qué conformarte.

—¿Ah, no?

—No, por supuesto que no, hay muchos hombres que...

—Déjalo, John, no intentes llenarme la cabeza de pájaros. Es muy difícil encontrar a alguien que merezca la pena, a una buena persona; Trevor me quiere, para él soy una mujer maravillosa, alguien especial, la mejor en la cama, la más guapa, una madre ideal para sus futuros hijos, ¿no lo entiendes? Y, sin embargo, tú y los otros hombres que me gustan solo me queréis para esto.

Pamela se retiró de mí y se vistió en su asiento con una habilidad de contorsionista.

—No te preocupes —me dijo sin que mediara ninguna pregunta—. Tomo la pastilla.

Cuando encendió las luces del coche y empezó a maniobrar para salir de aquel escondite para amantes furtivos, yo todavía estaba intentando subirme los pantalones. Luego abrí la ventanilla, respiré hondo y dejé que la brisa del mar disipara el rastro de nuestras impurezas secretas.

Pamela era un mendigo de la pasión, un alma aburrida de tanta paz y de tanta ausencia. Estaba aterrorizada por la vida que le esperaba, pero no tenía las fuerzas ni la confianza suficientes para cambiarla. Hay personas que no conciben una vida distinta a la que les dictan sus mayores, esas personas renuncian a sus sueños y tienden a considerarlos perniciosos, como si un deseo propio fuera siempre peor que uno ajeno, como si no fuera el egoísmo lo que rige muchas de las decisiones de los padres, en especial aquellas que toman en la vejez, cuando sus hijos ya son mayores y ellos temen quedarse solos. Aquella muchacha triste tuvo razón en todo: lo hicimos varias veces en el Vauxhall verde, escondidos entre las vertiginosas sombras de los acantilados, mientras su novio repartía pizzas por Southampton y se impregnaba con su olor, pero después de unos meses yo regresé a Londres sin ninguna nostalgia, deseando encontrar una excusa para apartarme de ella y poder ver a Ellen.

No he vuelto a saber nada de Pamela. Incluso he evitado la posibilidad de volver a Southampton, a pesar de que había algo especial en ella, algo inmaterial que la hacía muy deseable. No hablo únicamente de su armonía corporal, tal vez era su forma silenciosa de pedirme ayuda, cómo demostraba su hastío o su resignada indiferencia ante la cercanía de su propia ruina, no lo sé. Era ese tipo de mujer que solo tiene una pareja seria en toda su vida, que se deja conquistar por el primer hombre amable que le ofrece cierta seguridad, sin saber que más adelante no tendrá fuerzas para dejarlo y se habrá de conformar con soñar que es libre cada vez que cierre los ojos. Supongo que la encantadora Pamela tuvo su gran día de boda, que fue el centro de todas las miradas, se gastó sus ahorros en un pomposo viaje de luna de miel y se fue a vivir con el esforzado Trevor a su pequeño apartamento de clase media con patio descubierto y barbacoa. Y es muy posible que haya tenido un par de hijos con él y que se esté marchitando mientras sueña con un nuevo amante que la haga sentirse viva otra vez.

11

SISTEMA DE ECUACIONES

Parece inmersa en un mundo sin tiempo. En un mundo de oscura elegancia, ajeno a la enigmática fuerza de la gravedad. No tiene recuerdos ni remordimientos. Ni siquiera sufre. Dentro del agua mantiene cierta distinción anónima: su cabeza se mece levemente a uno y otro lado, sin negar y sin afirmar, sin demostrar duelo; los brazos flotan a los lados del volante como si fueran ingrávidos y conservaran la memoria de una última y desesperada maniobra; y la tela de su pequeño vestido hace ondas lentas que parecen danzar al ritmo de una música inaudible; pero cuando la elevan, cuando la poderosa grúa tensa la cadena de alzamiento y saca su coche del fondo de las aguas negras del puerto lleno de crustáceos oportunistas, de matorrales de algas y de medusas prehistóricas que se deslizan de nuevo al mar entre grandes chorros de agua sucia, el cuello cede, y los brazos abandonan la compostura, y todo su cuerpo de momia devorada por los peces se cae de lado todavía sujeto a medias por el cinturón de seguridad.

Cuando eso sucede Paul ya se ha levantado, ya ha ventilado su cuarto y ha hecho la cama alisándola con cuidado, remetiendo las sábanas sin permitir que se formen arrugas y dejando un palmo y medio de embozo por debajo de la almohada, nada más que un palmo y medio, tal como aprendió en su niñez, cuando decidió que algunas cosas, en especial las bien hechas, no deben cambiar nunca. Está en la cocina de su apartamento, calentando un poco de té de Ceilán al que añadirá una nube de leche desnatada y veinte gramos de azúcar, porque ha decidido que veinte gramos de azúcar es la cantidad justa que necesita para activar sus perezosos circuitos cerebrales y aportar algo de dulzor al principio del día. Sabe que debería desayunar mejor, algo más consistente, un par de huevos revueltos o unas tostadas con mantequilla y mermelada, sabe que reparte mal las comidas, que pasa muchas horas de ayuno, que cena demasiado y se va a la cama mientras está haciendo la digestión, todo lo contrario de lo que recomiendan los dietistas, pero no puede cambiar el hecho de sentir náuseas todas las mañanas, él lo llama la repugnancia por existir, de tener cerrado el estómago para cualquier alimento sólido hasta el mediodía. El médico de cabecera le ha dicho más de una vez que la culpa es de su vesícula biliar, de cierto acúmulo de barro en su interior que debería ser eliminado, pero él no concibe cómo puede acumular barro dentro de su cuerpo, y esas molestias no le parecen un argumento suficiente para volver a visitar la inicua frialdad de un quirófano. Ya lo hizo cuando Fred Wilson le disparó a quemarropa y le perforó el pulmón derecho; entonces estuvo a punto de morir dos veces, primero en el suelo de aquella estación, ahogado en su propia sangre, y luego en el hospital, cuando le hicieron una toracotomía y le sacaron la bala que le había perforado el pulmón y que tenía impactada en la columna. *Toracotomía*; ya nunca olvidará esa palabra, ni tampoco los dolores lacerantes que sufrió en el postoperatorio, cuando cada respiración se acompañaba de una sensación urente que él asimilaba a una larga aguja al rojo vivo atravesándole la sutura y hurgando en la pleura. Con una vez ha sido suficiente, han pasado diez años y aún le horroriza pensarlo. No volverá a entrar en un quirófano, al menos de forma voluntaria. Cuando termina el té con leche, lava en el fregadero la taza y la cucharilla y las coloca en el escurridor, pasa un paño de cocina por la encimera para eliminar las pocas gotas que han salpicado, se seca las manos y sale hacia su mesa de despacho en busca del listín telefónico.

Es miope, tiene cuatro dioptrías en cada ojo desde el final de su juventud, y para leer el listín tiene que elevarse las gafas, apoyarlas en la frente y mirar de cerca el papel, tan de cerca que en público siente vergüenza al hacerlo, pero todavía no quiere asumir el signo externo de envejecimiento que supondrían unas lentes bifocales. Hay en él un resto de vanidad, una reminiscencia de los días en los que despertaba cierto interés entre las mujeres. Localiza el número, se sienta y marca desde su teléfono de sobremesa, un modelo antiguo negro mate con marcador de ruleta que compró en un anticuario.

—Jefatura, dígame —escucha al otro lado del hilo telefónico entre una confusión de timbres y conversaciones.

—Buenos días, Lawrence, soy Paul Lancaster. Perdona que te llame a tu teléfono directo.

Brian Lawrence es un viejo policía que ya no siente miedo ni inseguridad ante nada. Sus ojos cansados han visto tanta muerte y tanta depravación que ejerce su oficio con la eficacia fría de un autómata, sin duelo y sin implicación emocional. Fue un buen amigo de Paul Lancaster, aprendió muy pronto a tolerar sus rarezas y a dar crédito a sus intuiciones disparatadas, y cuando lo hirieron, pasó mucho tiempo a su lado en el hospital, susurrándole sin que él lo advirtiera que se iba a recuperar.

—Me alegra oírte, Paul, viejo amigo, y, por favor, no es necesario que te disculpes conmigo, puedes llamarme aquí cuando quieras. ¿Qué tal te va?

—No puedo quejarme.

—¿Sigues viendo esas aburridas películas de detectives en blanco y negro?

—No me pierdo ninguna.

—¡Eres incorregible! Todavía me acuerdo de aquella que me pusiste en tu casa, una de Humphrey Bogart que no había quien entendiera...

—*El sueño eterno.*

—Esa, *El sueño eterno.* Para cabezas privilegiadas. ¿Y qué tal tu trabajo en Mortimer? ¿Sigues allí?

—Sí, sigo allí, y tengo varios casos de desapariciones en marcha. Un par de ellos muy interesantes.

—Nunca deberías haber pedido la excedencia, Paul, todavía estoy necesitado de buenos investigadores. Estos chicos jóvenes creen que lo saben todo nada más salir de la academia, y Dios me asista, a veces no saben ni dónde tienen la mano derecha; cuando no contaminan una prueba, olvidan una diligencia, o no detallan bien los informes...

—Ya sabes que Scotland Yard no era sitio para un chupatintas blandengue como yo.

—Eso es discutible, amigo. No todo el mundo ha pasado por una situación como la tuya. Tuvimos mala suerte. Si ese capullo de Wilson no te hubiera disparado, ahora estarías aquí, conmigo, y el trabajo sería más fácil en este departamento. Dime a qué debo tu llamada. Si es para ver una de esas películas tuyas, olvídame.

—No, ya no quiero torturarte. Necesito algo de información sobre una mujer desaparecida hace ahora cinco años, una joven psicóloga de Londres llamada Ellen Carter. Me ha dicho su padre que lo investigó tu departamento.

—¿Ellen Carter? Sí, recuerdo el caso. Una chica muy guapa. Nos volvimos locos y no encontramos nada. Un domingo por la tarde se arregló, se despidió de su familia diciendo que iba a dar una vuelta y nunca volvió.

—¿No sabes si quedó con alguien ese día?

—No, ni siquiera sabemos hacia dónde fue. No se lo comentó a nadie, era muy reservada. Nadie la vio coger un taxi, o el autobús. Su imagen no está registrada en las cámaras de seguridad del metro. No hay movimientos en su tarjeta de crédito desde entonces. Interrogamos a sus padres, a sus amigas, a sus colegas de la clínica, a sus vecinos y a su exnovio, un compañero de estudios llamado... Sí, creo que se llamaba Anthony. Al principio sospechamos de él, aunque tenía una buena coartada: ese día lo pasó con su familia en una casa de las afueras, hay veinte personas que aseguran que no se movió de allí; era un tipo muy raro, y estaba muy dolido porque Ellen lo había dejado unos meses atrás sin demasiadas explicaciones, pero estoy seguro de que es inocente. Apretamos mucho a aquel chaval, creo que demasiado. De hecho, lo estuvimos siguiendo una temporada y lo único que obtuvimos fue una agenda llena de actividades anodinas, como ir al cine sin acompañante, jugar partidas de dardos en el pub de su calle y beber una notable cantidad de pintas de cerveza.

—¿Crees que podría hablar con él?

—Lo veo difícil, se marchó a vivir a Nueva York, y no era muy comunicativo. No obstante, tengo su dirección. Si la quieres, puedo dártela... Espera un segundo, la copié en mi agenda... Sí, aquí está. Toma nota. Se llama Anthony Bates. Vive en Brooklyn, en el 102 de la calle Montague.

—¿Tú qué crees que sucedió? —pregunta Paul mientras garabatea la dirección en una libreta.

—Creo que estará muerta. La mataría algún desaprensivo, alguien que se encontrara por casualidad aquel domingo. O algún pretendiente frustrado. En apariencia no tenía ningún motivo para irse de su casa. Además no era el tipo de chica que se fuga. Y ni siquiera había retirado dinero de su cuenta los días previos. Se llevaba muy bien con su familia, en especial con su hermano autista, por el que sentía devoción, y tenía un prometedor futuro profesional... Aparecerá muerta en el sitio más insospechado, como la que han sacado hoy del puerto de Southampton.

—No sabía nada.

—Ha sido hace un rato, dentro de un Vauxhall verde, con el cinturón de seguridad todavía puesto. Si, como parece, la matrícula del coche está registrada a su nombre, se llama Pamela Pidgeon, una secretaria de una empresa de transportes que desapareció hace unos cinco años, poco después de casarse; tenía fama de díscola, y todo el mundo la dio entonces por fugada con otro hombre. Pobre chica, los vecinos arruinando su reputación y ella tragando agua en una fosa del puerto. Va a ser duro para la familia identificarla, porque los peces han dejado muy poco de su cadáver; de hecho, no han dejado nada, solo los huesos y los tendones. Voy a salir ahora hacia allá. ¿Quieres venir? Puedo pasar a buscarte.

—Te lo agradezco, Lawrence, pero no tengo a ninguna Pamela Pidgeon en mi lista.

—Como quieras, amigo; espero haberte sido útil.

—Muy útil, sin duda. Muchas gracias.

—Llámame para cualquier otra cosa que necesites. Ya sabes que para mí sigues siendo un policía. Uno de los mejores.

—Así lo haré, un abrazo.

Paul cuelga el auricular y saca del cajón su agenda forrada de piel de serpiente. La abre por una página en la que pone «Ellen Carter» y copia en ella la dirección de Anthony Bates en Nueva York. Un poco más abajo, y con un signo de interrogación, escribe el nombre de Pamela Pidgeon; tiene la costumbre de agrupar por fechas y localizaciones geográficas los nombres de las personas desaparecidas, y de buscar semejanzas entre los casos que puedan conducir a un mismo secuestrador, a alguien que actúe de acuerdo con algún patrón de comportamiento. Otra vez el sistema de ecuaciones con dos incógnitas.

12

LAS HERIDAS DEL LOBO

Lo despierta un rumor de inquietud y precipitación, un desorden de voces y llamadas. A quien más oye es a Ted, que grita nervioso el nombre de los gemelos con esa voz suya tan peculiar que deja escapar el aire entre el hueco de los incisivos.

—¡David! ¡Sam! ¿Dónde os habéis metido? Malditos vagos. Esto me pasa por contar con ellos para el trabajo.

Escucha pasos que recorren de uno a otro lado el piso inferior, los oye salir afuera, y vocear sus nombres entre los cerdos y las gallinas. Después los pasos firmes de su padre vuelven a sonar dentro de la casa y suben la escalera, siente el tintineo de la llave y las dos vueltas del cerrojo. La noche anterior, John había regresado apenas una hora antes del amanecer, dejó la herramienta ya limpia en el cobertizo y subió a su cuarto descalzo y con las botas en la mano; colgó la llave que le quitó a Sam en su sitio y cerró con dos vueltas de cerrojo por dentro, ya que hacía mucho tiempo que William le había proporcionado en secreto una copia de la llave.

—¡Despierta, John! —le dice su padre—. Los gemelos no han regresado a casa. Anoche debieron de bajar al pueblo a correrse una juerga y los muy cabrones no han vuelto. Ayuda a tus hermanos a buscarlos. ¡No saben lo que les espera!

John se queda en la cama aún un momento, boca arriba y con la manta de lana tapándolo hasta la barbilla. Es un día distinto a los otros, un día agitado e inaugural, debería apurarlo con intensidad, pero él siempre desdeña la prisa. En la torre, el aire todavía está frío y la luz que entra desde la puerta entreabierta le deja intuir lentos remolinos de polvo que dibujan corrientes invisibles. Siente su propio calor atrapado entre las sábanas, y se pregunta qué temperatura tendrán ahora los cadáveres de los gemelos; ha leído en un libro de medicina forense que los muertos pierden un grado por hora las primeras doce, y que después tienden a igualar la temperatura del ambiente en un proceso que dura otras doce horas; si cuando los enterró, hace unas cinco horas, estaban a unos 36 grados centígrados, ahora estarían a 31, tal vez algo menos por el contacto con la tierra húmeda del bosque; en cualquier caso, también estarán quietos como él, y como él no tendrán ahora ninguna impaciencia. La tierra cubrirá su espalda y sus cabezas, se habrá metido entre los mechones de su pelo, en sus orejas, en sus narices y en los pliegues de la ropa, y será parte en el futuro de su propia sustancia. Ellos mismos, sin saberlo, ya olerán a tierra profunda y a claustro de iglesia.

Su padre y Ted deciden bajar al pueblo en la furgoneta, y William y él quedan encargados de buscarlos a pie por el camino que atraviesa el bosque.

—¿Sabes algo? —le pregunta William.

—No. ¿Y tú?

—Tampoco. ¿Crees que estarán borrachos en algún sitio?

—Supongo que sí.

—¿Por qué les gusta tanto emborracharse?

—Porque no les gustará su vida.

—¿La gente que bebe lo hace porque no le gusta su vida?

—Es una forma de evadirse.

—¿No saben que es malo?

—Eso no les importa, William, eso no le importa a nadie que beba, ni a nadie que fume.

—Yo..., yo no voy a beber, ni a fumar. ¿Y tú?

—Tampoco.

—Ellos dos hacen lo mismo y nosotros dos hacemos lo mismo —dice William con un evidente orgullo.

—Porque nosotros también somos un equipo.

—Ya lo creo que lo somos —afirma William con satisfacción.

John evita adentrarse en la zona del bosque donde enterró a los gemelos y, al pasar por esa parte del camino, arrastra con disimulo los pies para borrar las huellas. Para su tranquilidad, el cielo amenaza lluvia, y sabe que en unas horas el agua habrá difuminado su rastro.

Cuando caen las primeras gotas, ya están regresando a la casa. Lo hacen sin prisa, como si volvieran de un paseo. No sienten urgencia, ni hablan de los gemelos, sino del agradable olor que desprende la tierra mojada.

—Huele a ozono —dice William.

—No es ozono, William, ese aroma se llama *petricor*, viene de la tierra.

—¿Por... por qué lo sabes?

—Me lo dijo el jardinero del colegio, él lo huele cuando riega, aunque no haya nubes ni tormenta.

—Hay que ver todo lo que sabes, John, seguro que vas a poder ir a la universidad.

—Y tú te vendrás conmigo.

—¿A la universidad? Si no he terminado el colegio.

—No, a la universidad no. Te vendrás conmigo a vivir a Londres.

—Puf, eso sí que me gustaría.

—Pues lo haremos, ya verás.

Cuando llegan a la casa, su padre y Ted aún no han regresado. Tampoco se oye el motor acercándose por el camino. El silencio es tan profundo en aquel rincón del mundo que han aprendido a calcular las distancias por la intensidad del ruido de los motores. John deduce que dispone de algo de tiempo antes de que la granja se llene de gente; le dice a William que busque en el cobertizo y él se dirige solo a su habitación en la torre, saca de una caja metálica llena de papeles unos folletos turísticos de la Costa del Sol española, baja al piso principal y los guarda en el fondo de un cajón de la mesilla de Sam, debajo de sus calcetines. Al salir de la habitación se tropieza con William.

—¿Qué haces ahí? —le pregunta su hermano mientras la cabeza se le va hacia la derecha por el tic.

—Nada —contesta John dubitativo—, buscar alguna pista.

—No... no se debe entrar en la habitación de otro.

—Tienes razón, William, pero solo quería ayudar. Además, es una ocasión especial.

—Ya sabes que los gemelos se enfadan mucho si entramos en su cuarto. Una vez me pegaron por haber entrado sin su permiso.

—¿Tú crees que esconden algo?

—No lo sé, ¿qué iban a esconder?

—Dinero, o unos recibos de billetes de tren o de autobús.

—¡Ah! ¿Crees que se han escapado?

—Quién sabe. Los gemelos siempre han sido muy reservados con sus asuntos. ¿Has visto algo ahí fuera?

—En el cobertizo no había nada raro. Lo de siempre. Herramientas y esas cosas.

—Vamos a mirar en los depósitos.

Salen de la casa y bajan de un salto las escaleras del porche. Los dos parecen estar participando en un juego, como si los gemelos estuvieran escondidos y ellos, después de haber contado hasta cien con la cabeza vuelta hacia la pared, tuvieran que salir ahí fuera a buscarlos. William camina un paso por detrás de John, siempre acepta su criterio como bueno sin juzgarlo, como lo haría un niño de seis años guiado por su padre. A veces John piensa que William sigue teniendo seis años, que su cerebro se paró al llegar a esa edad y lo dejó recluido para siempre en la infancia; a pesar de que haya aflorado el vello sobre su labio superior y en sus patillas, a pesar de que ya tenga entre las piernas los atributos definitivos de un hombre, dentro de su cerebro sigue viviendo un niño, y él no lo ha visto progresar desde entonces. Un día, varios meses atrás, lo estuvo observando durante un par de horas: él fingía leer un libro y, mientras tanto, William se movía por la explanada frente a la casa hablando en voz baja, como manteniendo un diálogo imaginario consigo mismo, hacía ruidos con la boca, y de vez en cuando aceleraba el paso y lanzaba un puñetazo al aire; ese día comprendió que su hermano vivía en un mundo distinto, muy anterior a su edad, un mundo de fantasías inocentes y de quimeras.

Llegan a los depósitos de agua y de piensos, unos enormes cilindros de metal que rompen la línea del horizonte y hacen extraños reflejos de colores cuando reciben la luz del atardecer; John los miraba desde lejos cuando era pequeño y sentía miedo, como si aquella fea estructura pudiera estar habitada por seres diabólicos. Suben por la escalera de mano y miran con respeto el interior desde arriba.

—Joder, John, si se hubieran caído ahí dentro, no los podríamos ver. Está completamente negro. ¡David! ¡Sam!

La voz de William reverbera en las paredes metálicas, y ante la amenazadora negrura del depósito, John recupera la extraña sensación de su infancia; si es cierto que el infierno está en el centro de la Tierra y que tiene siete puertas abiertas en la superficie del mundo, sin duda esta es una de ellas.

—¿Y para qué habrían subido hasta aquí? —le dice mientras se apresura a descender—. Seguro que están en otro sitio.

La granja no tarda en llenarse de policías. Suben desde Westerham dos coches patrulla con cuatro agentes uniformados y una furgoneta blanca en la que viaja solo un empleado civil, un tipo huraño con un traje gris marengo que husmea como un sabueso y que no habla con nadie. Cruzan la explanada ante la casa escrutándolo todo, girando despacio sus cabezas de lechuza a uno y otro lado. Miran dentro de la casa, en cada una de las habitaciones, al principio con cierto respeto y luego con una curiosidad obscena; desmontan el cobertizo, hacen salir de él nubes hechas de polvo antiguo y de telas de araña, un nido de cucarachas y varios ratones pardos con ojos como cabezas de alfileres que se desorientan en la luz cruda del mediodía; disparan decenas de fotografías, vacían los depósitos de agua y de pienso contra el criterio de Terence, y, al hacerlo, dejan el suelo cubierto por una pestilente pasta marrón entre la que es difícil caminar, y que tardará meses en secarse y en empezar a desaparecer.

Interrogan a Terence, a Ted y a William; montan un pequeño gabinete de trabajo en la sala principal y los sientan en el centro uno a uno y por separado; los tres han estado dormidos toda la noche y no tienen ninguna información útil que dar al inspector Corrigan ni al tipo huraño que lo acompaña como una sombra.

—Señor Ellerman, haga pasar ahora a su hijo pequeño.

—¿A John? Él no puede saber nada, inspector.

—¿Por qué?

—Está castigado, y se pasó toda la noche encerrado en la habitación de la torre. Yo mismo di dos vueltas al cerrojo y colgué fuera la llave.

—¿Pudo haber visto algo por la ventana?

—No hay ventanas en la torre, solo un pequeño respiradero enrejado, a nueve pies de altura, por el que apenas entra la cabeza de un gato.

—Comprendo, pero me gustaría hablar con el chico. No se preocupe, puede estar delante.

Terence sale y regresa un momento después acompañado por John.

—Siéntate aquí, muchacho —le dice el inspector Corrigan con una voz paternal—. De forma que estás castigado.

—Así es, señor.

—Y encerrado en la torre. ¿Qué has hecho para que tu padre te haya puesto un castigo tan severo?

John busca con la mirada a su padre antes de contestar.

—Responde con sinceridad a lo que te pregunten, hijo —le dice Terence.

—Me peleé con uno de mis hermanos.

—No está bien pelearse con los hermanos, en mi casa era motivo de una buena paliza cuando lo hacíamos. Mi padre pensaba igual que el tuyo, creía que eran actitudes que había que corregir. ¿Con quién te pegaste? ¿Con alguno de los gemelos?

—No, señor, con Ted. Es el mayor. El de los dientes rotos.

—Vaya, eres un chico valiente, te atreves con uno que te saca la cabeza. Dime, ¿oíste algo raro anoche?

—Algo raro no. Oí ruidos y susurros en la planta de abajo, me parecieron los gemelos hablando entre ellos, pero no estoy seguro.

—¿No escuchaste nada más?

—La puerta cuando se cerró, un golpe muy suave.

—¿Sabes a qué hora sonaron esos ruidos?

—Sí, eran las dos menos cuarto de la madrugada.

—Las dos menos cuarto de la mañana —repite el inspector mirando al hombre de gris—. Vaya, eres de los que dan una información precisa.

—Miré el reloj, señor, estaba despierto.

El hombre de gris se fija en las muñecas desnudas de John y se lo hace notar al inspector con una mirada.

—¿Me enseñas tu reloj, chaval?

John se da cuenta entonces de que no lleva el reloj y titubea.

—No, no lo llevo puesto, me lo quito para dormir. Lo tengo arriba, en mi habitación de la torre. ¿Quiere que lo traiga?

—Sí, por favor, ve a por él.

John sube corriendo las escaleras de la torre, empuja la puerta y se arroja junto a la mesilla, abre un cajón, revuelve nervioso en su interior y saca, entre un caos de rotuladores, cintas de casete, pilas y grapadoras, un viejo reloj de pulsera. Mira la esfera y ve que está parado. Calcula la hora, mueve deprisa las manecillas y le da cuerda mientras baja los peldaños.

—Tenga, señor.

El inspector Corrigan mira el reloj y comprueba la hora con el suyo.

—Este reloj no marca bien la hora, hijo, está adelantado cuarenta minutos. Si tú viste las dos menos cuarto cuando oíste los ruidos, debían de ser...

—La una y cinco, señor.

—Efectivamente, la una y cinco, tienes la mente rápida.

—Es un magnífico estudiante —dice Terence con un asomo de orgullo.

—Eso es bueno, desde luego que es bueno, ya hay suficientes vagos en este condado, no está mal que de vez en cuando salga alguien de provecho.

El hombre de gris mira a John muy fijamente, sin pestañear. Sus rasgos dibujan una arrugada careta de odio. Tiene grasa en el cabello, motas de caspa sobre los hombros y largos pelos que le salen de las orejas. Sin duda no es un hombre muy aseado. Lleva un cigarrillo en la mano, y un humo compacto y azulado trepa despacio por el dorso de su mano y se rompe al ascender impregnando el aire con un olor a hojas muertas y a papel barato. El cigarrillo se consume incesante y genera un largo cilindro de ceniza que parece desafiar a la gravedad, pero él no le da ni una sola calada en todo el interrogatorio.

—¿Oíste ruido de pelea, o alguna discusión?

—No.

—¿Entendiste algo de lo que decían?

—No, solo oía susurros. Hablaban muy bajo.

—¿Cómo interpretaste esos ruidos? ¿Qué pensabas que estaba sucediendo?

—Lo mismo que otras veces.

—¿Lo mismo que otras veces? ¿Y qué es eso que sucede *otras veces*?

—Los gemelos se escapan muchas noches de sábado cuando creen que estamos dormidos, se van a beber al pub del pueblo, o a visitar a Jane Perkins; luego vuelven antes del amanecer.

Todos sonríen y se lanzan algunas miradas de complicidad al oír el nombre de la prostituta del pueblo, todos excepto Terence y el hombre de gris.

—Terence —dice el inspector Corrigan—, ¿sabía algo de las escapadas nocturnas de sus hijos?

—Que tu mano derecha no sepa lo que hace tu mano izquierda, dice el Señor. Muchas veces un padre tiene que poner límites por el bien de la educación y luego hacerse el tonto para que los hijos se los puedan saltar.

—Tal vez tendríamos que haber empezado por ahí —dice el inspector con cierto tono de reproche—. Los chicos se han ido de juerga, se les ha hecho tarde y ahora no saben cómo enfrentarse a usted. Tal vez estén merodeando por ahí fuera, no muy lejos, esperando a que nos vayamos para poder salir de su agujero.

John siente un escalofrío al oír las palabras del inspector, pero se controla y consigue no mover ni un músculo. Tiene todavía clavados los ojos de hielo del hombre de gris, que le mira como si pudiera leer la verdad en sus gestos, como si en su cerebro de reptil solo hubiera certezas.

—Mire lo que hemos encontrado, inspector.

Entran dos policías con los folletos turísticos de la Costa del Sol española y se los entregan a su superior.

—La Costa del Sol... No me importaría pasar allí mi retiro. ¿Y a ti, Steward?

El hombre de gris hace una mueca de vana condescendencia. Un leve movimiento que es suficiente para que se quiebre la ceniza del cigarrillo y le manche los pantalones. Por fin ha dejado de mirar a John. Ahora tiene que limpiarse con enojo y ese gesto lo ha convertido en un hombre vulgar.

—¿De dónde los habéis sacado? —pregunta el inspector.

—Estaban en el cajón de una de las mesillas de los gemelos, escondidos en el fondo, con un manual de español y una guía de alojamientos económicos de Andalucía.

—¿Tampoco sabía nada de esto, Terence?

—Ni una palabra.

—Sus gemelos acaban de cumplir los dieciocho, ¿no?

—Así es. El mes pasado.

—Puedes irte, chico —le dice a John el inspector—, voy a hablar con tu padre a solas.

John sale de la casa con un extraño sentimiento de plenitud, casi sorprendido de haber podido salir airoso. Esperaba un interrogatorio tenaz, no una conversación amable. Se había imaginado que lo asediarían con una solicitud interminable de detalles, que intentarían agotarlo con preguntas reiterativas para que cayera en contradicciones, incluso que lo intimidarían dos matones con un potente foco de luz sobre la cara. Estaba preparado y habría sido capaz de soportarlo, porque la confesión no se le pasaba por la cabeza y porque había tenido la precaución de entrenarse para eludir los errores más comunes de los mentirosos: no hablar más alto de lo habitual, ni con un tono más agudo; no dar explicaciones que no le hayan solicitado; no repetir los mismos conceptos ni las mismas palabras; no mostrar inquietud...

—¿Qué te han preguntado? —le dice William.

—Tonterías, supongo que lo mismo que a ti. Creo que no he sido de mucha ayuda. ¿Vamos a la autopista?

—¡Sí! —dice William con el rostro encendido.

Cerca de la granja, apenas a una hora de camino hacia el sur, hay tres millas y media de una autopista abandonada, el resto de una ambiciosa obra de ingeniería que quedó inconclusa y cuyo proyecto fue descartado en beneficio de un trazado más económico que rodearía el pueblo por el norte; solo le faltan las señales de tráfico, son dos carriles en cada sentido, bien asfaltados, con las líneas pintadas, con arcenes, mediana y amplias cárcavas de drenaje a los lados: un fragmento de civilización moderna que la naturaleza ya ha empezado a devorar. John y William han hecho de ese trozo mágico de autopista su refugio particular, el lugar al que acuden cuando no quieren que nadie los moleste. Siempre se sientan juntos en el centro de uno de los carriles, de espaldas al sentido de la marcha, como si estuvieran desafiando a la muerte, aunque saben que los dos extremos de la autopista llevan varios años cegados. En la distancia, ante su mirada, la autopista se hace borrosa y se confunde con la ladera del monte, como si pudiera tener un trayecto infinito; ellos miran ese punto alejado y esperan.

—¿Te imaginas que un día pasara por aquí un deportivo rojo a toda velocidad? —dice John.

—¡Qué... qué locura! ¿Será eso posible?

—Me gusta pensar que sí. De hecho, puede llegarse a uno de los extremos de la autopista tomando el camino viejo del vertedero, por donde metieron las máquinas. Sería genial. Es un buen sitio para probar un coche. Primero oiríamos un rumor lejano, como si fueran los truenos de una tormenta; después, al acercarse, reconoceríamos que es un motor de gran potencia, una bestia de ocho cilindros y trescientos caballos que rompe el aire, y tendríamos el tiempo justo para correr al arcén, agacharnos y verlo pasar ante nosotros, solo un instante, como si fuera una bola de fuego conducida por el demonio.

—¡Como una bola de fuego! —dice William enaltecido, y sus ojos brillantes surcan el eje de la autopista como si estuvieran viendo ese bólido rojo pasar junto a ellos.

13

MEMORIAS DE JOHN ELLERMAN

Hay tactos distintos. Algunos son fugaces, como el roce de un desconocido en la calle; otros son perennes y se prenden a una memoria ancestral, se quedan anclados a ciertas sensaciones placenteras. El cuerpo de Rachel tenía esa rara peculiaridad, y recuerdo como si ahora estuviera tocándola el estremecedor tacto de su piel y la turgente elasticidad de sus tejidos. Cuando se quedó desnuda ante mí, supe que nunca volvería a ver un cuerpo tan bello, una desnudez que por ser tan hermosa me resultaba temible; de hecho, poseerla produjo un definitivo conflicto en mi vida.

Ellen había roto con Anthony, y Anthony estuvo a punto de no superarlo; engordó como consecuencia de la ansiedad, después dejó de comer y sufrió un colapso nervioso, y por último volvió a engordar más que la primera vez y se transformó en una caricatura de sí mismo. Aquel muchacho no podía comprender cuál había sido su error, pero tenía la suficiente inteligencia para asumir que durante algunos años había vivido por encima de sus posibilidades, que sin tener a Ellen a su lado regresaría para siempre a la trinchera de los mediocres.

No supe por Ellen que estaba sola, ella no tenía ninguna intención de decírmelo, sino por el propio Anthony. Me lo encontré paseando un domingo por la mañana por Hyde

Park, cerca del Royal Albert Hall. Disimulé mi impresión al ver su deteriorado aspecto y tuve con él una conversación breve, pero reveladora.

—No me ha dado ninguna explicación —me dijo—, solo que ya no me quería.

Esa frase, dicha por Anthony, debería de haberme alegrado, pero no fue así, sentí pena por él, recordé mi propia sensación cuando Ellen me rechazó, y vi a aquel muchacho entrando en el odioso desierto del que yo mismo no había conseguido salir, a punto de lamer toda su sal y toda su arena.

—Ya sabes cómo son las mujeres para esto —le dije—, son mucho más crueles que nosotros.

—Llámala, John. Ella siempre te ha apreciado.

—Le caigo bien, nada más.

—No. Te considera alguien especial, pero te rehuía para que no sufrieras. Ella me lo contaba todo, hasta lo que pensabas de mí. Tranquilo, no te culpo, seguramente tenías razón, mira lo que ha pasado. Hazme caso, inténtalo tú ahora. Tal vez sea distinto.

No le contesté. Anthony se alejó y no volví a verlo. Me había dado su visto bueno para intentarlo con Ellen, estaba en medio de una derrota definitiva, apartado para siempre de ella, y aún se creía poseedor de parte de sus privilegios. En otro momento le habría hecho caso, pero dos días antes de esa conversación yo había conocido a Rachel.

Fue el viernes de esa misma semana en la fiesta anual de Clifford & York, en la central de Londres; ella era azafata de congresos y estaba aburrida sonriendo a los invitados, acomodándolos en las mesas y atendiendo sus caprichosas peticiones. No podía saber, entre tantos hombres de traje oscuro, quién era un pez gordo de la empresa y quién un simple becario como yo, de forma que se veía obligada a ser amable con todos. Pero esa actitud no resultaba natural en Rachel, ella era una mujer altiva, distante, consciente de su devastador atractivo. Me acerqué a su lado y se lo dije.

—Esto no te divierte, ¿verdad?

—Estoy trabajando —contestó.

—Sé que estás trabajando, te he contratado yo.

—No —dudó—. No me divierto mucho. Los que tienen que divertirse son los invitados.

No se atrevía a sostenerme la mirada. Terminaba las frases bajando los ojos, perdiendo la vista en algún lugar del suelo, entre sus pies y los míos.

—Una mujer como tú no debería servir a los demás.

—Es un empleo como cualquier otro.

—¿Has estudiado algo?

—Sí. Soy licenciada en Historia Inglesa.

—Si yo hubiera estudiado Historia, estaría dando clases en la universidad, o investigando el reinado de Ricardo III en una biblioteca. ¿Te interesa Ricardo III? A mí me parece una figura apasionante: deforme, ambicioso, cruel y sin escrúpulos. ¡Un caballo, mi reino por un caballo!

Rachel me miró sin contestarme. Se había creído que yo era uno de los jefes y no se sentía con fuerzas de contrariar mis opiniones, por lo que seguí presionándola.

—Pero no estudié Historia —le dije—, una carrera que, no nos engañemos, no vale para nada; sino Economía, y ahora dirijo una empresa que factura millones de libras... ¿No te gustaría trabajar en mi empresa? Hay mucho futuro en Clifford & York. Viéndote se me ocurre un puesto que podrías cubrir muy bien.

—No soy ese tipo de mujer, señor...

Rachel se estaba poniendo nerviosa.

—¿Qué tipo de mujer? —le pregunté—. ¿Estás insinuando algo?

—¿Yo...? No, nada. Seguramente he entendido mal.

—¿Y qué has entendido? Si puede saberse.

—Pensaba que me estaba proponiendo algo...

—¿Algo... sucio?

—No... Bueno, la verdad es que sí.

—¿Te crees que porque eres una mujer atractiva todos los hombres vamos a besar el suelo que tú pisas? Tienes que aprender un poco de humildad, chica. No sé por qué no hago venir a tu superior y le cuento cómo me has tratado. Me he acercado a ti para ser amable y mira con lo que has salido. Debería darte vergüenza.

—No he querido ser grosera, señor.

—¿Grosera? Has sido presuntuosa, que es mucho peor. La grosería está al alcance de cualquiera, es una herramienta vulgar, pero esa presunción tuya parece estar ya muy elaborada. Seguro que no es la primera vez que desprecias a un hombre.

—Lo siento, no se repetirá.

Me alejé de Rachel sin decir nada más. La dejé abatida. Su rostro había cambiado y ya no era la mujer orgullosa que vi al entrar en la sala, sino una niña insegura y llena de miedos. Pero estaba más bella que nunca.

La fiesta terminó a las dos de la madrugada. No vi sonreír a Rachel ni una sola vez. Ella evitaba mi mirada, y cambió su puesto en la sala con el de una compañera para no estar cerca de mí. Cuando iba a marcharme, me acerqué para despedirme.

—Dime tu nombre —le dije.

—Rachel Tyler. ¿Lo quiere para hablar con mi supervisor? Le pido por favor que no lo haga, yo necesito este trabajo.

—No. Lo quiero porque me gustaría invitarte a cenar este fin de semana. Tal vez podríamos empezar una conversación normal, desde cero. Creo que he sido demasiado brusco contigo.

Rachel estaba a punto de llorar. No comprendía nada. No sabía qué responder.

—Tu trabajo está a salvo —le dije—, no temas. El mío, no.

La joven encontró un resquicio de alivio en mis palabras y empezó a relajarse.

—Supongo que el mundo de la empresa es muy complicado —comentó.

—Mucho. Lo es para los dueños de empresas, así que imagínate para un becario.

—¿Para un becario?

—Sí, para un becario. Yo soy becario, y la beca se termina el mes que viene.

—¿No eres uno de los jefes?

—No, por Dios, míralos, son unos carcamales. Yo solo tengo veinticuatro años.

—Te has estado riendo de mí...

La verdadera Rachel regresaba del castigo en la esquina.

—No me he reído —le dije—. Solo he asumido un papel que tal vez tenga dentro de unos años. He estudiado Economía, eso es cierto, tengo muy buen expediente y mi intención es montar mi propia empresa. No quiero trabajar para nadie. Y menos para unos estúpidos como estos.

—Eres un gilipollas.

—Pero este gilipollas ha tenido tu atención, tu respeto y tu miedo durante toda la noche. Tu cabeza no se ha ocupado de ningún otro hombre. He aniquilado a la competencia.

En ese momento Rachel, por primera vez, sonrió. El alivio por la tensión pasada era mucho mayor que su indignación.

—Vaya rato de mierda me has hecho pasar.

—Déjame que te compense con esa invitación a cenar. Prometo no volver a mentirte.

Rachel aceptó, y el sábado por la noche apareció en el restaurante indio donde la había citado con un vestido rojo y unos zapatos de tacón alto. Parecía una modelo, todas las miradas del local estaban pendientes de ella, era un imán para el deseo de los hombres y la envidia de las mujeres. Llevaba el pelo recogido, y su cuello desnudo resultaba inquietante, como si ninguna joya fuera capaz de embellecer su piel, como si no quisiera establecer barreras artificiales entre su boca y su pecho.

Durante la cena hablamos de su padre, un conductor de camiones que nunca estaba en casa, y de su madre, una flor hermosa y aburrida, ya marchitada; de su hermano pequeño, de sus estudios de Historia Medieval, de sus relaciones fallidas, de su incomprensión por el mundo masculino.

—Sois muy egoístas los hombres —me dijo.

—Igual que las mujeres.

—No. Mucho más. Las mujeres somos capaces de perder lo que más nos importa, nuestra belleza, por criar a un hijo.

—Las mujeres no traéis hijos al mundo por generosidad, estás muy equivocada, sino porque servís a vuestro cerebro.

—¿A nuestro cerebro?

—Sí, el cerebro de las mujeres está programado para perpetuar la especie a costa de lo que sea, asumiendo cualquier riesgo, incluso el de perder la vida, y confabula para generar en vosotras el deseo de la maternidad, os hace creer que con un hijo seréis más felices, que os sentiréis plenas, y desde luego así es al principio, el tiempo que dura la tormenta hormonal, pero todo se acaba cuando el niño crece y deja de necesitaros. Entonces os volvéis más escépticas, pero ya es demasiado tarde.

—Así que tienes una teoría.

—Tengo muchas. Esa es una de ellas.

—¿Y cuál es tu teoría para que hoy esté yo aquí, para que haya aceptado tu invitación?

—Tenías curiosidad. Querías saber si yo era un imbécil como todos los que te abordan a diario o había en mí algo distinto. Y probablemente ya tengas una respuesta para eso.

—No creo que seas un imbécil. Algo presuntuoso sí, pero desde luego no eres un imbécil.

—Eso me tranquiliza. ¿Te has enamorado alguna vez?

Rachel me contestó con displicencia que no creía en el amor, y yo la miré a los ojos y supe que decía la verdad. Tal vez fue entonces cuando me di cuenta de que dentro de mí algo esencial estaba cambiando, que el mundo que yo conocía empezaba a desmoronarse, que esa mujer parecía estar hambrienta de vida y yo estaba deseando alimentarla.

—No me importaría ser el primero —le dije.

—Llegas un poco tarde para eso.

—Me refiero a ser el primer hombre del que te enamores.

—No te esfuerces. Para lo que tú quieres de mí no hace falta enamorarse.

—¿Por qué presupones lo que yo quiero de ti?

—Porque es muy fácil acertar con los hombres.

—Creía que no ibas a venir, que habías aceptado la cita para castigarme con un plantón, que mañana te reirías de mí con tus compañeras.

Rachel no contestó. Era una mujer inteligente y sabía dosificar sus silencios. Levantó los brazos para retocarse el recogido del pelo y me dejó ver sus axilas recién depiladas. Siempre he pensado que las axilas tienen un indudable atractivo sexual, que son un seductor pozo de sugerencias, por lo que me quedé mirándolas, y ella se dio cuenta y mantuvo el gesto.

—No te vas a echar atrás, ¿verdad? —me preguntó sonriendo—. Eso no se le hace a una mujer.

No sabía a qué se refería con exactitud, pero contesté que no.

—No podemos ir a mi casa —me dijo—. Sigo viviendo con mis padres. Pero aquí cerca hay un hotel.

Fuimos a aquel hotel moderno e impersonal, mal iluminado por incómodos fluorescentes, que apestaba a linóleo y a ambientador de limón barato, y pagué las veinte libras que me pidieron por adelantado. Una vez en la habitación, Rachel se puso frente a mí y me sugirió que la desnudara. Retiré despacio los tirantes de su vestido, que se deslizaron a los lados de sus hombros, bajé la pequeña cremallera lateral y dejé caer al suelo aquel vaporoso trozo de tela roja. Rachel estaba preciosa en ropa interior, era un privilegio para los ojos de un hombre. Pasé mi mano derecha por su espalda y le desabroché a ciegas el sujetador. Tenía unas tetas firmes y desafiantes, con unos delicados pezones que no dejaban de hipnotizarme. Me arrodillé frente a ella como si rezara a una diosa y la recorrí con mi lengua de feligrés obsceno, le endurecí los pezones, besé su ombligo y después mordí sus pequeñas bragas y tiré de ellas hacia abajo. No había ni un solo vello en todo su cuerpo, ni parecía que lo hubiese habido nunca. Su vulva rosa de niña perversa solo se hacía adulta porque destilaba un hilo de fluido transparente que se pegaba a sus muslos, una resbaladiza muestra de madurez sexual.

Después fue ella la que me desnudó a mí, botón por botón, sin dejarse llevar por la prisa, sin tocarme un átomo de la piel, hasta que toda la ropa cubrió el suelo y me tuvo delante, frente a frente, su belleza rotunda y mi cuerpo encendido. Dio un paso atrás y se dejó caer sobre la cama; Rachel intentaba disimularlo, pero estaba muy nerviosa, como si aún temiera algo de mí. Se tapó la cara con las manos y estuvo a punto de romper a llorar.

Ese precioso cuerpo desnudo encima de la cama me pareció algo semejante a la víctima de un sacrificio sobre un altar; ella estaba ahí, quieta, desprendida, sin adornos, sin defensas, entregada a la voluntad de alguien que era un desconocido, y yo la miraba en silencio, confieso que con una sombra de triunfo. Retiré las manos de su rostro y cubrí su boca con la mía, y luego su cara, y todo su cuerpo, y el mundo gris que nos rodeaba pareció recogerse sobre sí mismo y sobre sus caderas y sus muslos como un cálido manantial, o como un aullido.

Hicimos el amor muchas veces, muchos días; Rachel tenía una facilidad inaudita para alcanzar el orgasmo, y yo solo pensaba en sus labios tiernos, en sus tetas firmes, en sus piernas esbeltas de musa huidiza. Dejé de preocuparme por Ellen y por el mundo, dejé que se perdiera la beca de Clifford & York, dejé de respetar las horas de las comidas y las costumbres civilizadas de mis vecinos, solo tenía tiempo para complacer a mi deidad insaciable, orgullosa y distante.

Llegué a pensar en un futuro con ella, a imaginarla en medio de mi vida con su carácter fuerte y su corazón de oro, y estoy seguro de que ella pensaba lo mismo, podía verlo en sus ojos. Me miraba con admiración, confiaba en mí, y me hacía recordar los mejores días que pasé con Brenda, aquella complicidad que en el pasado me pareció singular, y aunque me daba miedo estropearlo por llegar a inmiscuirme en su vida tanto como lo hice en la de ella, no podía evitar sentirme satisfecho por cada paso que dábamos juntos. Esa mujer me hacía feliz. Sin duda las dos eran parecidas, pero Rachel no tenía inseguridades, ni se dejaba modelar por mí; no todo en ella era ternura y entrega incondicional, era como un animal salvaje que disfrutaba de mi compañía, pero que podía regresar a la selva en cualquier momento.

Una mañana de domingo, cinco meses después, los dos estábamos sentados frente a frente, Rachel y yo; habíamos desayunado en el mismo hotel de encuentros clandestinos donde hicimos el amor por primera vez y donde lo habíamos hecho también esa noche, que habría de ser la última. Entraba una luz cruda y brillante desde el exterior; una luz blanca que se reflejaba en el cristal de la mesa y que molestaba en los ojos. Rachel parecía estar cansada, tenía el tronco algo vencido hacia delante, apoyaba los codos sobre la mesa y miraba el fondo vacío de su taza de té. El pelo le caía con desorden hacia un lado, tapándole parte de la cara, y aunque en apariencia no hubiera un motivo, los dos estábamos inquietos.

—No quiero ser tu amante —me dijo sin dejar de mirar el fondo de su taza—. No quiero ser la amante de nadie.

—No eres mi amante. Yo no tengo otra pareja.

—Sí la tienes: esa tal Ellen.

—Salí con Ellen a los diecisiete años. Eso terminó hace mucho tiempo.

Rachel dejó la cucharilla en el plato, con cuidado para no manchar nada, y siguió hablando sin ningún rastro de ira, en el mismo tono sosegado de voz.

—Ellen no es tu pareja porque ella no ha querido repetir, pero nunca ha salido de tu cabeza. No sé si te has dado cuenta, pero me has hablado tanto de esa chica en estos cinco meses que me parece conocerla, con toda su clase, su inteligencia, su saber estar... Debe de resultar insoportable ser tan perfecta. A veces, hasta la nombras en sueños. Yo no quiero un hombre que piense en otra mujer. No me merezco eso.

Rachel se levantó. Sus ojos tristes me rogaban que la eligiera, pero su orgullo pudo más que sus deseos y no quiso suplicar. No quise creer que había en ella un deseo de ruptura definitiva, una verdadera huida; si esa dolorosa certeza me hubiera rozado, habría sido capaz de suplicarle de rodillas que no me dejara.

—No salgas conmigo del hotel —me dijo cuando empezaba a incorporarme—. Quiero salir sola. Quiero ser yo quien te deje para que no me hagas más daño.

La seguí con la mirada hasta que salió de la cafetería del hotel, inmóvil en mi asiento y bañado por aquella luz hiriente y turbadora. Rachel tenía el quinto y más definitivo signo venial de la seducción: parecía inaccesible, pero en realidad era tierna y apasionada, como si tuviera una infinita necesidad de amar. Esa inaccesibilidad era también una provocación, un delicioso desafío al instinto cazador de los hombres. En realidad, los cinco signos veniales de la seducción —la mirada oblicua, el balanceo de las caderas, la sonrisa, la armonía corporal y la inaccesibilidad— no son más que sutiles agresiones al subconsciente, tretas de la evolución al servicio de las mujeres que han demostrado su eficacia desde hace millones de años.

Añoré mucho su cuerpo sublime y su personalidad indomable, su generosa dulzura y la forma de susurrar mi nombre cuando hacíamos el amor, pero acepté su decisión y no intenté volver a quedar con ella. Tal vez escuchar de su boca, con aquella tristeza contenida, que se apartaba de mí porque no podía aceptar estar en un segundo plano me hizo respetarla como no había respetado nunca a otra mujer y me infundió el valor suficiente para sincerarme con Ellen al menos una vez más.

Llamé a Ellen esa misma tarde, a pesar de que no había superado aquella sensación de abatimiento, como si con las frases de Rachel me hubiera tragado una bocanada de aire frío y la temperatura de mis vísceras se hubiera vuelto incapaz de recobrar la normalidad, y a pesar de que nunca me han gustado las largas tardes de domingo, porque hay algo en ellas que es anodino, tedioso y descorazonador, le propuse ir juntos a una exposición de pintura religiosa española en la National Gallery, y ella aceptó sin titubear. Su voz al teléfono era distinta, algo más dulce de lo habitual, y a diferencia de otras ocasiones no fue necesario insistir, como si esa delicada criatura, hasta entonces tan escurridiza, me estuviera ahora esperando. El bueno de Anthony parecía tener razón.

Ellen apareció puntual con un traje de chaqueta azul marino, unos zapatos nuevos de tacón alto y una amplia sonrisa. Yo la esperaba en las escaleras de la entrada, minúsculo ante sus imponentes columnas, con todos mis sueños gastados y mi pasado miserable; ella se acercó hasta mí y, a diferencia de lo que siempre me había sucedido, su presencia me pareció tan superficial como la de una de esas vendedoras de cosméticos que se ponen en medio de los pasillos en los centros comerciales para repartir muestras de perfumes, pero no se lo dije para no ofenderla. Estaba algo más mayor, y no solo por su rígida forma de vestir, era como si el cambio que había tenido lugar en su vida emocional también hubiera sido capaz de dejar una huella visible en su rostro. Una huella que, con toda probabilidad, no solo yo sería capaz de ver y que ella vería todas las mañanas al mirarse en el espejo. Tampoco era esa su forma habitual de vestir. Nunca la había visto tan formal. Siempre me he preguntado por qué las mujeres cambian de aspecto cuando interrumpen una relación larga, por qué se cortan el pelo, o se lo tiñen, o renuevan todo su armario, quizá sea para dejar morir no solo los sentimientos y los recuerdos, sino también una imagen que, siendo propia, habita en la memoria de otro hombre.

Apenas hablamos al vernos; no parecía necesario, se había establecido un lenguaje subliminal entre nosotros similar al que se establece entre las personas que llevan juntas mucho tiempo, un lenguaje en el que las miradas dicen más que las palabras.

—Ya tengo las entradas —le dije—, ¿pasamos?

—Cuando quieras.

Empezamos a ver la exposición como si la visita al museo fuera un fin en sí mismo, como si fuéramos una pareja más que elige pasar la tarde dándose un efímero barniz de cultura. Recogimos del mostrador los pequeños trípticos informativos y leímos con fingido interés las recomendaciones del itinerario, que se iniciaba en la sala dedicada al Greco; a Ellen le interesó mucho la morfología de las figuras, su aspecto estilizado, que ella calificó de espiritual, y estuvimos comentando con ironía esa absurda leyenda acerca de un defecto en la vista del pintor que le hacía concebir las figuras desproporcionadas. Nos detuvimos ante *El expolio*, en la versión que se conserva en Upton House. En ese cuadro, de clara influencia bizantina, un Cristo melancólico, vestido con una llamativa túnica roja, se encuentra rodeado por sus ejecutores, que componen una muchedumbre gris y agobiante; un hombre de verde a su izquierda lo tiene atado y se dispone a desnudarlo y, en primer término, otro individuo prepara la cruz ante la mirada de las tres Marías.

—Qué cuadro tan hermoso —dijo Ellen.

Y pude ver que tenía los ojos brillantes, que en ellos empezaban a aflorar las lágrimas. Ellen se volvió hacia mí, me cogió la mano y me dijo:

—Perdona.

—No hay nada que perdonar —contesté.

—Sí, sí lo hay.

Seguimos viendo la exposición: monjes de Zurbarán, vírgenes de Murillo, eremitas y penitentes de Ribera... Pero ningún cuadro volvió a llamar tanto la atención de Ellen. Caminábamos juntos frente a aquellos lienzos enormes en una lenta procesión, casi sin detenernos, más pendientes el uno de las impresiones del otro que de esos poderosos fragmentos de vida estática que parecían querer salirse de sus marcos. Tal vez Ellen no estaba allí para ver las pinturas, sino para verme a mí; tal vez había venido a inmolarse, a concederme lo que me había estado negando durante tanto tiempo. Y tal vez la visión de Cristo como un hombre expoliado, desprovisto de todo pero aún con esperanza, le hizo comprender el daño que hacemos en ocasiones excluyendo de nuestras vidas a personas que no lo merecen.

—¿Estás muy dolido conmigo? —me preguntó al salir del museo, todavía cogidos de la mano.

—No. Y si lo estaba, ya se me ha olvidado.

—Tenías razón en todo. En lo que me decías de Anthony y de mí. Pero yo no quería creerte.

—Te lo decía por egoísmo. Anthony es un buen tipo. Mucho mejor que yo.

—Ahora sé que él nunca me ha querido tanto como tú. He sido muy injusta contigo.

Entonces la besé en la boca por primera vez. Habían pasado siete años desde que le di la mano a las puertas de la *high school* del Soho. Siete años de pesares desde que me dejó por la circunstancia absurda de no haberle escrito ninguna carta en todo aquel maldito verano que pasó en Bournemouth con sus padres. Siete largos años amándola en silencio, sufriendo su ausencia, agonizando, muriéndome de celos, y ahora por fin se rendía, sin ofrecer resistencia, igual que lo habría hecho una niña arrepentida por una travesura.

Su lengua jugaba tímida con la mía, y sus finos labios me buscaban, pero yo tenía la sensación de que aquella chica no era Ellen, sino la materialización vulgar de uno de mis sueños. Algo no funcionaba bien. Nuestras bocas estaban juntas, pero no había estremecimiento, era solo un encuentro amable, algo anatómico, frugal. Ellen se comportaba con una extraña sumisión, como si una vez más interpretara un papel desmañado. Ella no era así, no era cariñosa, y mucho menos sumisa. Me extrañaba haberla oído hablar de nosotros y de nuestro remoto pasado en común queriéndome agradar, como si lo estuviera descubriendo por primera vez, como si ahora, de repente, todo aquello que marcó mi pasado hubiera sido importante también para ella, como si acaso hubiéramos compartido alguna vez esa carga, pero yo no me reconocía en su voz reposada y cerebral, yo no era ese John del que ella hablaba. ¿Qué podía saber ella de mis soledades, de mis sentimientos? ¿Cuántos peldaños había tenido que bajar para ponerse a mi altura? ¿Ahora que estaba sin pareja era capaz de comprenderme? ¿Dónde estaba Ellen cuando yo lloraba solo en la habitación de Baker Street y ponía en el tocadiscos *Comfortably Numb* a todo volumen para que los vecinos no se dieran cuenta? Probablemente con Anthony, abierta de piernas. Me retiré de su lado e interrumpí el beso.

—¿Qué te pasa? —me preguntó.

—Nada, no esperaba todo esto.

—¿No querías besarme?

—Claro que quería besarte.

—Pensaba que te alegrarías.

—Y me alegro, pero...

—¿Pero?

—No sabes nada de mí.

—Eso no es cierto, John.

—Y nunca te he importado. Ni siquiera te importo ahora.

—Sé que te he hecho daño, lo siento, pero voy a compensarte.

—¿Vas a compensarme? ¿Vas a devolverme siete años de sufrimiento? ¿Vas a convertirte en alguien que no eres solo porque yo te he imaginado así? ¿Vas a quitarme la desagradable sensación de que yo era poco para ti, que no te merecía?

—Lo voy a intentar, John. Si tú me dejas.

—Si te dejo...

Yo había creado una ficción, y el verdadero ser humano que había detrás de ese fantasma no terminaba de encajar en su molde. Ahora que Ellen estaba a mi lado, echaba de menos la complicidad de Brenda, la ternura de Natalie, la eficacia de Pamela y la arisca belleza de Rachel. Ahora que Ellen aceptaba estar a mi lado, por algún motivo que no comprendía, tal vez porque la realidad siempre se empeña en corromper nuestras ilusiones, había dejado de interesarme.

John Ellerman. En Londres, 1988

14

SISTEMA DE ECUACIONES

Abre el primer cajón de su escritorio y saca de su interior una caja plana de cartón. Levanta la tapa con cuidado y retira las dos hojas de papel vegetal que, como las páginas de un libro, cubren unos guantes blancos de lana fina. Se pone los guantes con el mismo protocolo escrupuloso con el que un cirujano se enfunda los suyos en el quirófano antes de una operación, ajustando los dedos uno a uno y evitando que su piel toque el campo quirúrgico. Ya con las manos a salvo de cualquier contaminante, vacía encima de la mesa el contenido del sobre amarillo que le entregara en la estación de King's Cross la señora Doyle. Y lo hace poco a poco, sin crear desorden.

Hay tres cartas dirigidas a Brenda; un logrado dibujo a lápiz de un gato firmado con las iniciales J. H.; una colección de entradas de cine en cuyo dorso vienen escritos el título de la película, el nombre del director y una puntuación de cero a diez; dos llaves pequeñas unidas con una arandela y una fotografía en blanco y negro de la propia Brenda cuando tenía cuatro años, con la niña muy seria, de pie ante una puerta, mirando con desconfianza al objetivo de la cámara, vestida con una camiseta sencilla y una falda corta que deja ver unas rodillas llenas de cardenales y escoriaciones. Por detrás solo pone: «para John».

Las llaves son de una taquilla, o de una caja de caudales; le parece que será difícil obtener de ellas alguna información sin la ayuda de la señora Doyle.

Las tres cartas están firmadas por John. Sin apellido. No han conservado los sobres, y no hay remite. La letra está muy poco trabajada, con algunos caracteres deslavazados, pero Paul no encuentra faltas de ortografía, incluso le llama la atención lo correcto de la sintaxis; sin duda es el texto de alguien formado, alguien con el hábito de la lectura. Conoce las teorías de Max Pulver acerca de la distribución del texto en el campo gráfico, y aunque no es un ferviente seguidor de esas teorías, que le parecen demasiado especulativas, deduce que si fueran ciertas, quien escribió esas cartas sería un hombre reservado y nostálgico, angustiado por la soledad, alguien en cuya intimidad enferma late un deseo siniestro por regresar a la protección de la madre.

—¿Un Edipo? —le pregunta la mujer desnuda.

—Sí, algo parecido.

—Anda, léelas. Tengo curiosidad.

Querida Brenda:

Solo hace una semana que te fuiste de vacaciones y ya te echo de menos. En realidad, ya te echaba de menos cuando nos despedimos en la puerta de tu casa, nada más cerrarla, cuando dejé de verte. Un segundo sin ti fue suficiente para notar el aguijón de la soledad. No te lo dije por teléfono para que no te fueras triste. Tengo una dependencia desesperada por ti, no quiero pasar ningún tiempo lejos de tu compañía, no soy como esos hombres vacíos que están deseando que sus parejas se alejen para recuperar una espuria sensación de libertad perdida. Tú eres mi única libertad. Tu dulce atadura me hace libre, y tu ausencia me esclaviza a la melancolía. Para mí no hay más compañía que la que me ofrecen tus labios. ¡Cuánto me gusta besarte! Dicen que una pareja está unida lo que dura entre ellos el deseo de besarse en la boca. Tú sigues queriendo besarme, ¿verdad?

Creo que hoy iré solo al cine, a algún cineclub, para ver una de Dreyer, o de Tarkovski, o de Mizoguchi... Sé que a ti ese tipo de cine te aburre, que no he conseguido convencerte de que esas películas también son obras de arte, pero a mí me suponen una agradable evasión, una forma de no pensar en tu ausencia.

Vuelve pronto, por favor.

John

Querida Brenda:

Ayer hizo un mes de tu partida. Lo intenté, pero no tuve fuerzas para escribirte. Mi estado de ánimo no es distinto al de un viudo, o al de un niño perdido.

Sé que para ti era muy importante ir a Berlín, que la única forma de perfeccionar tu alemán era pasar allí estos dos meses, pero no te imaginas el efecto devastador que tu ausencia está teniendo sobre mí. Apenas como, estoy muy delgado, tanto que la piel se me hunde entre las costillas, me paso el día en mi habitación de Baker Street oyendo a Pink Floyd, sin estudiar, sin aprovechar el tiempo. Leo de vez en cuando, ahora estoy con el Ulises *de Joyce, es mi tercer intento, me gustaría terminarlo, pero no consigo concentrarme, solo llevo ciento treinta y cuatro páginas, mis ojos se deslizan por encima de las palabras de ese condenado irlandés sin capturarlas, con una desidia improductiva. Y echo de menos tus manos, tus miradas, tus silencios. Me horroriza pensar que esta situación pudiera perpetuarse, que tú y yo algún día no estemos juntos. El tiempo pasa insoportablemente despacio, tal vez por el hecho de que estoy pendiente de él. ¿Has hecho la prueba de mirar el reloj durante un minuto? ¿No? Inténtalo. Sigue el segundero con la mirada, fíjate en cómo avanza a pequeños saltos, y cómo se detiene a cada paso, cómo el tiempo se estanca entre dos segundos, es increíble cuánto puede dilatarse un minuto, cómo parece alargarse y no terminar nunca... ¿Ya lo has hecho?*

Ahora prueba a hacerlo cinco minutos. Hazlo por mí, Brenda, dedícame esos trescientos segundos, por favor. Cuando termines imagina cómo sería hacerlo durante toda una hora y podrás comprenderme. Toda una hora mirando el desplazamiento imperceptible de la aguja del minutero.

Te añoro.

John

Querida Brenda:

Mañana vas a regresar y, por lo tanto, no voy a poner esta carta en el correo, sería absurdo, sino que te la daré en mano al vernos. Cerrada y con un sello. Yo seré mi propio cartero. Y tú la leerás delante de mí, en voz alta.

Han sido los dos meses más tristes de mi vida. Dos meses de un abatimiento salvaje. Me he dado cuenta de que tu ausencia tiene un reflejo físico dentro de mí, que trasciende las emociones y me produce un verdadero dolor, como lo haría una úlcera de estómago, o un absceso lleno de pus. Ha sido devastador comprobar hasta qué punto no soy dueño de mi bienestar.

Mañana podrás curarme. Podrás rodearme con tus brazos y ahuyentar ese dolor. ¿Lo harás?

Tengo miedo a que hayas cambiado. Tengo miedo de no reconocer algún matiz en tu mirada, de percibir un gesto que me diga que algo tuyo se ha quedado en Berlín y ya no va a volver. Es una sensación reciente, al principio no la tenía, pero ahora empiezo a estar inseguro. Me hundiría si no me abrazas con entusiasmo, si detecto que se ha abierto un abismo entre nosotros, aunque sea un abismo muy estrecho en el que solo pueda precipitarse un átomo de nuestro amor. He estado pensando en cómo sería nuestra vida lejos el uno del otro, en lugares distintos, con parejas distintas, sin ninguna información con la que alimentarnos, y ha sido muy desagradable. También te he imaginado con cincuenta años, victoriosa y sola, lejos de aquí, viviendo en alguna ciudad de la costa, y al hacerlo he sentido lástima por ti, y por mí, he sentido lástima por los dos. Serás una mujer espléndida a esa edad, y yo no querría perdérmela. No vuelvas a separarte de mí. Y si lo haces, procura que sea para siempre, que pueda armarme con el valor suficiente para acabar con mi vida o para borrarte sin consideraciones de mi memoria, porque he comprendido que me resultará imposible asumir la idea funesta de que los dos estaremos algún día vivos y separados.

Hasta mañana, mi amor.

John

Paul vuelve a guardar las cartas, las llaves y la fotografía de Brenda en el sobre amarillo. Mira el dibujo del gato, es un ejemplar adulto de gato persa sentado sobre sus patas traseras que mira severamente al observador, es un buen dibujo, con el trazo suelto pero preciso, con las sombras bien repartidas, con cierta textura; él también dibujó en su juventud y es capaz de reconocer en otro dibujante una buena técnica, sobre todo en un trabajo a lápiz, y ve en ese hermoso felino cierta conexión con su propio estilo. Luego se detiene en el dorso de algunas de las entradas de cine, todas ellas de pequeños cineclubs universitarios, y sonríe al comprobar su acuerdo con las presuntas calificaciones: *El gatopardo,* de Luchino Visconti, un 10; *Barry Lyndon,* de Stanley Kubrick, un 8; *El padrino,* de Francis Ford Coppola, un 9; *Fanny y Alexander,* de Ingmar Bergman, un 8; *El sirviente,* de Joseph Losey, un 7; *Centauros del desierto,* de John Ford, un 10... Las ordena tal como estaban y vuelve a guardarlas. Se quita los guantes y los coloca con cuidado en el interior de su caja, los tapa con las hojas de papel vegetal y devuelve la caja a su sitio en el escritorio. Llama por teléfono a la señora Doyle y le pregunta la fecha exacta en la que su hija hizo el viaje de estudios a Berlín y si tiene alguna idea de qué es lo que pueden abrir esas dos pequeñas llaves. La señora Doyle recuerda bien la fecha de aquel viaje, pero le dice que nunca ha sabido nada acerca de esas llaves, que ha probado con ellas en todas las cerraduras que conocía. Paul toma nota de la fecha en su libreta y lo guarda todo en el cajón del escritorio.

—¿Ya sabes por dónde buscar? —le pregunta la mujer.

—Sí. Ya tengo un punto de partida.

—Entonces ven a la cama.

—Creo que John estaba verdaderamente enamorado de Brenda, pero con un amor obsesivo. Debieron de tener una relación intensa y asfixiante.

—El verdadero amor exige mucho.

—Ella necesitó escapar de John, probablemente quiso escapar de todo, y luego se arrepintió y quiso tener un gesto que él no olvidara nunca.

—¿No era más fácil decírselo?

—No cuando te estás muriendo. Brenda no quiso que John sufriera con ella, prefirió hacerlo sola.

15

LAS HERIDAS DEL LOBO

Cuando John y William vuelven de la autopista, ya está atardeciendo. Caminan por el sendero uno tras otro, John un paso por delante y William mirando a los lados, fijándose en todos los detalles, como si pudiera encontrar algún rastro de sus hermanos donde los demás ya han fracasado. En lo alto, muy por encima de sus cabezas, el sol tiñe las nubes de malva, y sus últimos rayos cruzan entre las ramas de los árboles y se descomponen en diminutos arco iris que resbalan por las láminas de metal de los depósitos. Los dos muchachos entran a la finca por detrás del cobertizo, giran en ángulo recto hacia la casa y desde allí ven a su padre. Terence está sentado en el porche, fumando, remangado, con el mono abierto, dejando al aire parte de la pelambrera cana de su pecho. No es frecuente verlo así, tan desmantelado y meditabundo, al menos no es frecuente verlo así ahora, porque cuando vivía su mujer los dos pasaban buena parte de la tarde sentados en ese mismo porche, él fumando en la mecedora, con los pies en alto, y ella recogida en sí misma y haciendo jerséis de punto para sus hijos, muy cerca el uno del otro, en una compañía íntima y callada. Terence construyó ese porche para su mujer, ella se lo había pedido mucho antes de que edificaran la casa, y cuando Sara faltó, su marido no volvió a sentir el deseo de descansar allí, aunque no quisiera desprenderse de ese recuerdo. Todavía echaba un vistazo oblicuo al porche desde la entrada de la granja cada vez que regresaba del pueblo, como si aún pudiera verla ahí sentada, tranquila, haciendo punto, mirándolo por encima de sus gafas.

Los policías ya se han ido, dejando un insoportable silencio y un incómodo rastro de desorden, y él se ha quedado quieto en la vieja mecedora, sin balancearse, con una expresión de derrota triste y resignada, al lado de la silla vacía que en el pasado ocupó su mujer. Se ve a sí mismo como una cristalina manifestación del fracaso, como un inocente condenado sin remisión al que se niega la posibilidad de defenderse; no sabe precisar cuáles han sido sus errores, y tampoco puede comprender por qué los gemelos se han escapado sin darle ninguna explicación. Nunca antes lo habían hecho. Y nunca les había oído decir que estuvieran a disgusto en la granja, o que quisieran vivir en otro sitio. Si lo hubieran hecho, él los habría intentado convencer de lo importantes que eran para él, aunque hasta ese momento no se lo hubiera demostrado. ¡Cuánto le reprocharía Sara haberlos dejado ir de esa forma! Le parece verla llorando a su lado, con las gafas en una mano y la labor abandonada sobre las rodillas, rota de miedo y de decepción. «¿Cómo has dejado que pase esto? Sal a buscarlos, viejo tonto, sal a buscarlos ahora mismo». Desde luego Terence no había sido un padre ejemplar, la pérdida de su mujer lo empujó a una evasión a través del trabajo que acarreó el abandono del mundo afectivo que hasta entonces había compartido con ella y con sus hijos. Fue correcto con todos, les inculcó el temor de Dios, las virtudes del trabajo duro y el respeto a los mayores, intentó ser justo, pero nunca fue cariñoso. No sabe nada de sus problemas ni de sus inquietudes, y tampoco se ha interesado por trenzar con ellos algunos lazos que estén más basados en la confianza que en la sumisión. Pasa mucho tiempo con Ted, le gustan su discreta capacidad de sacrificio y su devoción inquebrantable, puede transmitirle, casi sin proponérselo, cada uno de sus principios, que él asume de inmediato como si tuviera la obligación ineludible de reproducir en su propia vida la existencia de su padre, pero no es así con los más pequeños, y tampoco con los gemelos. Siempre ha considerado que más adelante habría tiempo para ello, y que además esos dos muchachos pelirrojos e idénticos se tenían el uno al otro, que no les faltaría nunca un hombro donde apoyarse, y que ese regalo impagable de la naturaleza es mucho más de lo que llegan a obtener de otros el común de los mortales. Los pequeños sí le preocupan, sobre todo William, con esa evidente limitación en su inteligencia que lo hará ser un eterno dependiente; John no tiene ese problema, al contrario, pero cree que su brillantez no está siendo bien orientada, que hay en él dos rasgos muy difíciles de encauzar: una peligrosa tendencia a la ira y una falta absoluta de autocrítica; sabe que llegará más lejos que sus hermanos, pero también que tiene que ser muy severo con él, mucho más que con el resto de sus hijos. Terence tiene una fe sólida en lo que no ve y en lo que no entiende, una fe de certezas inmutables curtida en la renuncia a cualquier tipo de cuestionamiento, porque siempre ha pensado que la razón, tal como había escuchado en algunos sermones, es la más inteligente de las prostitutas del diablo, y en silencio le ruega a Dios que le devuelva a los gemelos, que no se lleve a ninguno de sus hijos antes de llevárselo a él. Bisbisea una oración aprendida en la infancia y le pide un poco de luz, un destello que los ilumine, una segunda oportunidad para hacer un poco mejor las cosas, pero por primera vez siente el vértigo de que quizá nadie le escuche, que sus palabras pueden estar disipándose dentro de su propia cabeza. No es un hombre pesimista, ha vencido muchas veces las consecuencias de la fatalidad a fuerza de tesón y de trabajo, pero ahora no puede evitar volver a tener una agria sensación de desánimo, como sucedió aquella otra vez, cuando siendo joven perdió a su mujer. Entonces se enfadó con Dios, dejó de rezarle y puso el crucifijo del cuarto de estar vuelto hacia la pared, se creía tan puro que podía castigar a su propio Dios, pero ahora todo es distinto, ahora no se siente con fuerzas para desafiarlo.

—¿Ya se han ido los policías? —le pregunta William a su padre.

—Sí, hijo, ya se han ido.

Y la cara de Terence recupera una expresión terrenal, como si regresara de un sueño.

—¿Van a volver? —insiste William.

—De momento no.

William mira el desolado panorama que lo rodea, levanta los hombros y hace una mueca de desaprobación.

—Está todo muy desordenado, y muy sucio.

—Les dije que no vaciaran los depósitos, pero esos malditos policías se empeñaron, por si acaso se habían caído dentro, mirad qué desastre. Vuestro hermano Ted ha ido al cobertizo a por unas palas para recoger el pienso que pueda salvarse y retirar esta porquería, echadle una mano, por favor. Yo estoy muy cansado y no quiero que lo haga él todo solo.

William y John asienten y empiezan a caminar hacia el cobertizo. William se detiene y se dirige otra vez a su padre.

—¿Los van a buscar en otro... en otro sitio? No tendrían por qué estar aquí, podrían estar..., no lo sé, podrían estar en cualquier lado.

—No antes de un par de semanas. Los gemelos ya son mayores de edad, y no hay signos de violencia en ningún sitio. Nadie en el pueblo parece haberlos visto, ni siquiera esa Jane Perkins. Todos creen que se han escapado. Hace un rato ha subido Tom, el alcalde, y me ha dicho que hay varios chicos del pueblo que les habían oído decir en el pub que algún día se marcharían de casa, que ellos no querían ser granjeros...

—Yo no creo que se hayan escapado —dice William moviendo la cabeza—. Para mí que les ha pasado algo malo.

—¿Algo malo? ¿Por qué dices eso?

William tuerce el gesto, como si fuera a empezar a llorar, se recompone y contesta:

—Porque ya no los siento.

16

SISTEMA DE ECUACIONES

Hevia. Ese es el apellido del novio de familia española de Brenda. Paul ha ido a la Universidad de Londres, donde Brenda cursó los estudios de Economía; gracias a su amistad con Bob Conrad, uno de los guardias de seguridad, ha accedido a los archivos de la secretaría y ha encontrado el nombre de un compañero de promoción en su misma clase llamado John Hevia.

—Oye, Bob —le dice antes de salir—. ¿Los alumnos de esta universidad tienen taquillas?

—Sí, hay unas taquillas en el pasillo del sótano, los alumnos guardan en ellas los libros, y algunas pertenencias sin mucho valor. La verdad es que cada vez se usan menos.

—Y esas taquillas... —dice Paul metiéndose la mano en uno de los bolsillos— ¿podrían abrirse con unas llaves como estas?

—Déjamelas ver... Sí, es posible. ¿Tienes interés por alguna?

—Tengo mucho interés por probar con dos: la de Brenda Madorf y la de John Hevia.

—Hay un listado de las taquillas de alumnos y exalumnos aquí, déjame que lo consulte...

Bob Conrad abre un viejo archivador de anillas y busca en un directorio ordenado alfabéticamente. Hay un sinfín de nombres apuntados a lápiz, y los recorre a gran velocidad pasando el dedo índice sobre ellos y murmurando los apellidos.

—John Hevia ya no tiene taquilla aquí —le dice—, no renovó el abono y fue vaciada, cambiada la cerradura y entregada a un alumno de primer curso. Es lo más habitual. Son muy pocos los que tienen el detalle de venir a devolver las llaves. Ya sabes cómo son los jóvenes. La ley del mínimo esfuerzo. En concreto, su taquilla se entregó hace dos años.

—¿No se entregan inmediatamente? John Hevia dejó la universidad hace bastante más tiempo.

—No, como dentro puede haber objetos personales, no se abren a no ser que en ese momento no haya ninguna otra taquilla disponible.

—¿Guardáis en algún sitio esas pertenencias?

—No, no es viable, esto se habría convertido en un almacén. Las vaciamos por decenas cada año; los libros, si están en buen estado, se entregan a la biblioteca de la universidad, y todo lo demás, sea lo que sea, se destruye.

—¿Sea lo que sea?

—Bueno, Paul, ya me entiendes...

—¿Y qué hay de la taquilla de Brenda Madorf?

—Brenda Madorf... Brenda Madorf... Aquí está, taquilla 805. Todavía sin adjudicar. Parece que esta vez has tenido algo más de suerte.

Paul se deja guiar por el guardia de seguridad hasta las taquillas, situadas en un pasillo amplio y oscuro de la planta sótano. Son estrechos módulos metálicos que forman una hilera interminable. Bob pulsa un interruptor y la estancia se hace fría e incómoda con las sacudidas de luz discontinuas y el molesto zumbido de los tubos fluorescentes.

—Es una de estas; 803, 804, aquí está, 805.

—No quiero comprometerte, Bob, si es necesario volveré con una autorización de su madre para poder abrirla.

—No te preocupes, el contrato nos libera de esa responsabilidad, cualquier alumno que no renueva el abono pierde en un año todos los derechos sobre su contenido. Adelante. Prueba con esa llave.

Paul introduce la pequeña llave del sobre de Brenda en la cerradura y consigue abrirla. En el interior solo hay una carpeta azul cerrada con gomas elásticas, es una carpeta modesta que ocupa el fondo de la taquilla, cubierta de polvo, como si quisiera pasar desapercibida.

—¿Es lo que esperabas? —le pregunta Bob.

—No esperaba nada en concreto. ¿Puedo llevármela? Cuando la revise te la devolveré, o se la entregaré a su madre.

—Es tuya. Haz con esa carpeta lo que consideres. Yo tendría que deshacerme de ella.

Paul saca de sus bolsillos unos guantes de látex y, ante la atenta mirada de Bob, se los enfunda con habilidad.

—¿Sigues tan escrupuloso como siempre?

—Hay cosas que no cambian, y debo ser cuidadoso con las pruebas.

Paul abre la carpeta empujado por la curiosidad, allí mismo, bajo la luz de neón intermitente, y encuentra en ella varias hojas de papel con bocetos a lápiz y algunos poemas, todos firmados por John. Las últimas hojas, las que parecen más antiguas, están grapadas entre sí y encabezadas por una escueta dedicatoria: «para Ellen».

Cuando sale de la universidad, Paul lleva en su maletín la carpeta azul de Brenda y una fotocopia de la ficha académica de John Hevia, que tiene en blanco el espacio destinado a la fotografía; en ella, junto a un currículum con excelentes calificaciones, figura la dirección de una pensión en Baker Street.

—Buenos días —dice Paul mientras le ofrece a la mujer de negro una tarjeta de visita que ella mira con cautela—, mi nombre es Paul Lancaster, soy abogado, trabajo en Seguros Mortimer y necesito información acerca de John Hevia; creo que estuvo alojado en esta pensión hace algunos años, a principios de los ochenta.

—Por aquí ha pasado mucha gente, abogado... ¿Quiere una taza de té?

—No, muchas gracias.

—¿Cómo dice que se llama el chico?

—John Hevia.

—¿John Hevia? —dice la señora Avin elevando la mirada, como si supiera que ese nombre existe en el desván de su memoria y pudiera husmear allí para encontrarlo—. Sí, lo recuerdo, un estudiante que estuvo en la habitación del último piso. Cómo olvidarlo. Era un chico alto y muy guapo, pero a mi difunto marido nunca le gustó. Cuánta razón tenía. Mi marido tenía un sexto sentido para esas cosas.

—¿Dejó alguna dirección cuando se fue de aquí?

—No se fue de aquí, señor, lo echamos nosotros. Ponía la música muy alta, canciones para drogadictos, ya sabe, de esos discos psicodélicos con gritos y ruidos raros, y un día..., qué repugnante, vino borracho con una chica y montaron un verdadero escándalo. Qué vergüenza. Incluso vomitaron en la escalera. Aquí está prohibido venir con chicas, ya lo supondrá usted. Esto es una pensión respetable, no un prostíbulo.

—¿Y sabe adónde fue?

—No, Dios me libre, ni me hace ninguna falta saberlo; después de él ocupamos esa habitación con otro estudiante, uno muy educado, natural de Cardiff, como nosotros, y qué diferencia. Ni un solo ruido. Después de que el tal John Hevia se fuera, llegaron algunas cartas a su nombre, cuatro o cinco, pero no las conservo, las tiré todas. No me gusta acumular basura. Me molestan esas viejas que he visto en la televisión que cuando se mueren y la policía abre sus casas están rodeadas de montones de papeles y de bolsas llenas de cosas inservibles. ¿Seguro que no quiere una taza de té?

Paul sabe que John Hevia y John Ellerman son la misma persona. Una llamada telefónica al Registro Civil del condado de York ha sido suficiente para que le confirmen el nombre de soltera de la esposa de Terence Ellerman: Sara Hevia, natural de Westerham, hija de Gustavo Hevia y Virginia García, ambos nacidos en Ribadesella, en el norte de España. John adoptó el apellido de su madre cuando llegó a Londres y, queriéndolo o no, ha dejado huella con él de todo su recorrido por esa ciudad. Reconstruir ahora su vida es ya solo una cuestión de perseverancia. Deduce que John le confesó su verdadero apellido a Brenda, y que ella lo usó en la póliza del seguro porque quiso cerciorarse de que cuando faltara le llegaría el dinero a quien había sido el amor de su vida. Pero ¿por qué se cambió John el apellido? ¿Fue una forma de rechazar la figura de su padre o tenía algo que esconder? ¿Seguirá usando el apellido Hevia o habrá vuelto a cambiar de identidad? Si fuera cierto lo que le contó la panadera en Westerham, John robó el dinero a su padre antes de irse a Londres. Tal vez se cambió el apellido por eso, pero no le parece un argumento sólido; si alguien inteligente, y John parece serlo, quisiera haber desaparecido por completo, no habría elegido el apellido de su madre. Paul sospecha que, cuando llegó a Londres, John no quería esconderse, sino romper con su pasado y dejar de pertenecer a la familia Ellerman.

Tiene la sensación de haber entrado en una alcantarilla, en un venero de agua sucia cuyo curso es fácil de seguir, pero del que no se debe esperar nada bueno. Al principio la alcantarilla solo es un reducto oscuro y pestilente, de paredes húmedas y suelo resbaladizo, pero a medida que avanza toma conciencia de la ingente cantidad de inmundicia que se esconde en ella. Quizá le habría sido más fácil dar un paso atrás, salirse de ese mundo subterráneo antes de hacer ninguna otra averiguación y decirle a la señora Doyle que no hay rastro de John Ellerman y que, por lo tanto, antes de un año podrá disfrutar ella del dinero del seguro, y a los padres de Ellen Carter que no hay pistas sobre su hija, que deben iniciar el doloroso proceso del olvido; pero no lo hace, sigue avanzando por la alcantarilla mientras el volumen de agua crece y los gases se hacen más irrespirables, pues ha descubierto en su expediente académico que John Hevia asistió a una *high school* en el Soho para preparar el acceso a la universidad, St. Michael's, la misma donde también estudiaba Ellen Carter, y que según se deduce de los poemas que guardaba Brenda en su taquilla, durante algún tiempo los dos estuvieron saliendo juntos; que hubo otra mujer en su vida, algo más adelante, después de Brenda, una tal Natalie Hughs, una decoradora de interiores que, como consta en los archivos de Scotland Yard, se suicidó ingiriendo un frasco completo de diazepam; y que, cuando terminó los estudios de Economía en la Universidad de Londres, disfrutó de una beca en el departamento de contabilidad de la empresa Clifford & York, en sus oficinas de Southampton, y que allí compartió despacho con una joven y atractiva secretaria llamada Pamela Pidgeon, la misma que acaba de aparecer ahogada dentro de su coche en las aguas del puerto.

Aquella primera idea fugaz, aquella ocurrencia acerca de la posible relación entre John Ellerman y Ellen Carter había resultado ser cierta. Ahora ese hombre misterioso que parecía no estar en ningún sitio y de quien nadie tenía una fotografía no era solo el beneficiario de un cuantioso seguro de vida, sino el posible responsable de dos muertes y una desaparición. Aunque son meras sospechas, todavía poco fundamentadas, sabe que por los indicios de criminalidad debería poner sus averiguaciones en conocimiento de la policía, pero no lo hace. Quiere saber más. Quiere presentar a sus clientes y a sus antiguos compañeros de Scotland Yard un caso resuelto. Quiere volver a ser como fue antes de que Fred Wilson le metiera una bala en el pecho: el hombre implacable, el policía perfecto, aquel a quien no se le escapaba una presa. Ese disparo fatídico supuso un antes y un después en su biografía, el final de una trayectoria ascendente y el inicio de un declive imparable que él había maquillado con el aparente beneficio de más horas de tranquilidad y más tiempo para sí mismo. Se ha oído decir tantas veces que ahora es más feliz porque se ha convertido en el único dueño de todas las horas de sus días que la propia estructura de la frase, su fonética repetitiva, le produce náuseas. En realidad, habría preferido que la bala lo hubiera matado en vez de haberlo emponzoñado para siempre con su obsesivo veneno.

—Buenos días —le dice al viejo conserje de St. Michael's—, mi nombre es Paul Lancaster, soy abogado de la compañía Mortimer de seguros, y me gustaría hablar con el jefe de estudios.

—El profesor Matthew no está en este momento en la escuela. Si es algo importante, puede hablar con el profesor Lloyds, él asume la jefatura de estudios en su ausencia.

—¿Cuánto tiempo lleva el profesor Lloyds trabajando en la escuela?

—Muchos años, señor, desde su fundación en 1970. Fue de los primeros en llegar aquí, y tengo el honor de poder decir que lo conozco desde entonces. A él y al profesor Matthew. Ya lo creo, los tres éramos jóvenes entonces, porque, permítame la presunción, yo también soy de los más antiguos.

—Perfecto, hablaré con él.

Paul se ha acercado hasta el Soho para visitar la *high school* en la que coincidieron en 1981 Ellen Carter y John Ellerman. Es un edificio victoriano que huele a madera y a polvo de tiza, y que debió de pertenecer en el pasado a una familia acaudalada; tiene una vistosa fachada de ladrillo oscuro terminada en un gran hastial, una amplia escalera y ménsulas góticas sobre las que descansan largas nervaduras que confluyen en el techo. El profesor Lloyds le hace esperar un buen rato, y en ese tiempo Paul observa el ajetreado ir y venir de estudiantes, de jóvenes en su mayoría bien aseados que sueñan con un porvenir adornado por el éxito; se detiene en la escalera, y apoyado en el brillante pasamanos mira los peldaños de mármol, que tienen el centro algo hundido, víctimas de una erosión lenta pero incesante, es la rendición de lo rígido ante la perseverancia de lo blando, el desgaste del orgullo ante la paciencia; por esos peldaños pasan futuros abogados, médicos, ingenieros, políticos, todos ellos impregnados de una sana ambición, como niños brillantes seleccionados para un concurso. Él mismo fue uno de ellos, en otra escuela no tan distinguida, pero con los mismos sueños pendientes de cumplimiento y la misma atrevida ignorancia ante la inminencia del fracaso, la rutina y la frustración.

—Buenos días, soy Joseph Lloyds.

El profesor Lloyds es un hombre de mediana estatura y mirada limpia; su voz es grave y sonora, con ese timbre de autoridad que es capaz de extinguir cualquier rumor en una clase abarrotada de adolescentes, y que a Paul, siempre atento a ese tipo de matices, le parece perfecto para la docencia; tiene el pelo negro y ligeramente ondulado, algo más largo de lo habitual para su edad, y una barba poblada, con un calculado desorden. Lleva una pulsera de cuero, tal vez la última reminiscencia de una juventud rebelde, y cuando se dispone a hablar se remanga de la misma forma que lo habría hecho para una tarea con cierta exigencia física.

—Buenos días, profesor Lloyds, soy Paul Lancaster, abogado, trabajo para la compañía Mortimer de seguros, y estoy investigando la desaparición de Ellen Carter, creo que fue alumna de esta escuela en 1981.

—Pase a mi despacho y siéntese, por favor. Perdone el desbarajuste.

Paul saca una de sus tarjetas y la deja sobre la mesa, cerca de su interlocutor, echa un vistazo a su entorno y contempla un caos de carpetas, archivadores, exámenes y libros en el que a él le resultaría imposible trabajar, un pandemonio amenazador de descuido y suciedad donde incluso le parece difícil ubicarse.

—Sí, la recuerdo bien —sigue diciendo Lloyds mientras retira un montón de papeles de su propio asiento y los deja en el suelo—, era una alumna excelente, una de las mejores, y supimos de su desaparición por la policía; estuvieron aquí investigando hace varios años. Hablaron conmigo, y también con el profesor Matthew. Creo que no fuimos de demasiada ayuda.

—Estoy al corriente, lo investigó el departamento del inspector Lawrence, es un buen amigo mío, pero el caso quedó sin resolver, y el padre de Ellen me ha pedido que intente encontrar a su hija. La mía es una investigación privada. En ocasiones las familias de los desaparecidos recurren a personas como yo en busca de algún detalle que se haya podido pasar por alto. Es difícil que encontremos algo donde la policía ya ha fracasado, pero somos la última esperanza para esas familias.

—Lo comprendo, Paul, yo también tengo un hijo, intuyo cómo puede sentirse el padre de Ellen, estoy a su disposición. Dígame en qué puedo ayudarle.

—Verá, profesor, no voy a aburrirle pidiéndole que repita lo que ya le debió de contar al inspector, pero hay algo que tal vez..., sí, en eso sí podría ayudarme, la única parte de la investigación policial sobre la que no constan datos es la que afecta a la relación de Ellen con uno de los alumnos de la escuela.

—Ha pasado mucho tiempo, y no querría decepcionarlo, pero creo que la policía sí investigó su relación con Anthony Bates. Empezaron a salir juntos al año siguiente de estar en la escuela, según tengo entendido.

—No me refiero a esa relación, profesor Lloyds, sino a una relación anterior, a la que tuvo con John Hevia.

—¿Ellen Carter estuvo con John Hevia? No lo creo.

—Me lo ha confirmado el propio Anthony Bates. El inspector Lawrence me dio su dirección en Nueva York y le escribí una larga carta, creo que demasiado larga, a veces tiendo a irme por las ramas, pero tenía que hacerle muchas preguntas; ya me habría gustado tener el dinero suficiente para ir allí a entrevistarlo, además no conozco Nueva York, y por no poder hacerlo me he tenido que conformar con un telegrama suyo. Mire, lo tengo aquí: «Está usted cometiendo el mismo error que la policía —me contesta—. Ellen no solo salió conmigo, investigue también a John». No me dice el apellido, y eso hace que la pista sea muy endeble, hay muchos jóvenes que responden al nombre de John en Londres, das una voz en la calle diciendo ese nombre y puedes apostar a que alguien se dará la vuelta, pero cuando vi el listado de sus alumnos de aquel curso, comprobé que el único John en la clase de Ellen Carter era John Hevia. Sospecho que fue una relación muy breve, apenas dos o tres meses. Fueron muy discretos, a usted mismo le ha sorprendido, y los padres de Ellen ni siquiera lo sabían, pensaban que John era un amigo más, alguien del grupo de compañeros con los que quedaba su hija, pero lo cierto es que estuvieron algún tiempo juntos cuando el curso aún no había terminado. Además John dejó unos poemas escritos que hablan de esa relación.

—No lo sabía, se lo digo sinceramente.

—¿Cómo era John Hevia?

—Un tipo normal, estudioso, inteligente, muy reservado. Yo tenía una buena relación con él. Me resulta llamativo que nunca me dijera nada de Ellen.

—Tal vez se lo dijo y usted no lo recuerde.

—Es posible, las historias amorosas entre los alumnos son muy frecuentes, y casi siempre muy breves, a esa edad todo es muy intenso, quién sabe si alguna vez me dijo algo y no le di importancia.

—¿Había alguno de los otros alumnos con el que John tuviera amistad, alguien con el que se sentara más a menudo?

—Sí, se llevaba muy bien con Emil Benton. En mis clases casi siempre se sentaban juntos. Otro tipo estupendo, era el alma del grupo. Creo que al salir de la escuela estudió Informática, o alguna ingeniería, algo técnico en cualquier caso.

—¿Qué asignatura les daba usted?

—Biología. John destacaba en esa materia, quería ser médico.

—Pues estudió Economía. Ya ve que no lo conocía tan bien. Las personas no siempre son lo que parecen.

—¿Qué insinúa, señor Lancaster? ¿Sospecha usted que John Hevia tiene algo que ver con la desaparición de Ellen Carter?

—Ya que me lo pregunta usted, le diré que no lo descarto. No lo descarto en absoluto.

—Creo que se equivoca. Con todo respeto, creo que se equivoca de parte a parte. Yo conocía a ese muchacho y le aseguro que no es un delincuente.

—¿Y si le digo que John Hevia era un nombre falso, que durante su estancia en Londres escondió su verdadero apellido?

—Hevia no era un nombre falso, era el apellido de su madre. Él me lo dijo. Es muy probable que Emil Benton también lo supiera, él podrá confirmárselo, y la propia Ellen también lo sabría.

—He buscado a John Hevia y no lo he encontrado por ninguna parte. Hay facturas pagadas por él y contratos firmados con ese nombre, pero él ha desaparecido, y tampoco existe con su verdadero apellido. ¿Cree usted que eso es un comportamiento normal en una persona inocente?

—¿Sabe algo, señor Lancaster? La gente como usted me repele. Son expertos en buscar entre la mierda. No tiene caso y se dedica a sospechar de cualquiera que haya tenido amistad con la desaparecida y a manchar el nombre de las personas sin importarle las consecuencias. No va a encontrar en mí nada que le ayude a ir contra una buena persona. ¡Nada! Por mi parte la entrevista ha terminado.

El profesor Joseph Lloyds se levanta, va hacia la puerta con pasos decididos y la abre. Paul musita un comentario que intenta ser respetuoso y abandona cabizbajo el despacho.

—Siento haberlo molestado, profesor, espero que entienda que solo cumplo con mi obligación.

—Adiós, señor Lancaster.

Ese mismo día, a la hora de comer, después de hacer algunas llamadas desde una cabina, Paul Lancaster se presenta ante las oficinas centrales de la multinacional Siemens en Londres. No le ha costado encontrar en un directorio empresarial a Emil Benton, que es un prestigioso jefe de proyectos en esa compañía; ha acordado con él una cita y lo espera a la salida del trabajo. Cuando llega ve a un hombre alto y delgado, de brazos largos, seguro de sí mismo, ligeramente agresivo, tiene la barbilla hendida y lo inunda todo con el humo de sus puros habanos. Sus facciones no expresan ingenuidad, ni simulación, pero tampoco son las de un hombre manso.

—Mire, señor Lancaster —le dice Emil Benton señalándolo con el dedo después de escucharlo—, ni sé dónde está John Hevia ni se lo diría si lo supiera. Esa teoría suya sobre la desaparición de Ellen Carter me da asco.

—No se enfade conmigo, señor Benton, por favor, acepto su discrepancia, y si usted dice que no sabe nada del paradero de John Hevia, yo no soy quién para dudarlo, pero compréndalo, tengo que investigar todas las pistas.

—John y yo fuimos muy amigos, los mejores amigos, pero un día desapareció, hace unos cuatro años, y no volví a saber nada de él.

—¿No le extrañó esa desaparición?

—Sí, me extrañó, pero soy muy respetuoso con las decisiones de los demás, nunca pido explicaciones a mis amigos y, por ese mismo motivo, no les permito que me las pidan a mí.

—¿Sabe que su verdadero apellido no era Hevia?

—Por supuesto, eso no era ningún secreto, Hevia era el apellido de su madre, una española; me dijo que se había cambiado el apellido para no seguir siendo un Ellerman.

—¿Le contó por qué?

—Una infancia difícil, supongo; a él no le gustaba hablar de su pasado. Cierto rechazo a la figura de su padre... Y el deseo de acercarse a su madre. Él no la conoció, pero la idolatraba. Siempre me pareció peculiar que pudiera querer tanto a alguien que no llegó a tratar, a una evocación.

—¿Lo vio alguna vez perder los nervios, reaccionar de una forma violenta?

—No, abogado, no vaya por ahí. John era un hombre pacífico.

—¿Incapaz de matar a alguien?

—Eso no lo sé, ni creo que nadie pueda tener esa certeza de otro ser humano, ¿quién sabe de lo que somos capaces cualquiera de nosotros en determinadas circunstancias? Fíjese en lo que sucede en las guerras: un vecino suyo, uno cualquiera, puede ser fontanero, o conductor de autobús, recibe un arma automática, se sube a una azotea y se transforma en un francotirador sin escrúpulos, en un asesino que dispara a las mujeres y a los niños que se arriesgan a cruzar la calle para buscar un poco de comida.

Emil Benton inclina un poco la cabeza, y mira con cierta teatralidad a los tímidos ojos de Paul.

—Usted —le dice a Paul muy cerca de su rostro— no me parece capaz de matar a nadie, y sin embargo... no sé, tal vez detrás de su buena educación y de su timidez de escuela de pago haya una historia oscura. ¿Ha oído alguna vez esa teoría que dice que dentro de nosotros sigue habitando una bestia prehistórica, un primate cavernario que se mueve por sus deseos más esenciales? Solo es una teoría, de acuerdo, pero a mí me convence. Me gustan esas conjeturas basadas en lo atávico, en el subconsciente colectivo. Al fin y al cabo, esta asquerosa sociedad que hemos creado no es muy distinta de una selva. Mire a su alrededor, a todas estas fachadas modernas; aunque no se lo crea, en estos edificios de cristal hay, ahora mismo, hienas despellejando gacelas, y leones matándose entre ellos por una hembra joven, o por el mejor trozo de carne. No lo sé, señor Lancaster, me parece muy complicado, pero sí puedo asegurarle algo, y es todo lo que voy a decirle, porque no quiero que pierda usted el tiempo conmigo: John nunca le habría hecho daño a Ellen.

—¿Por qué está tan seguro?

—Porque él la amaba de verdad.

Emil Benton se va con su habano entre los dedos y una nube de humo azul describiendo una pequeña turbulencia a su espalda; se marcha en silencio, sin despedirse y sin esperar de Paul una fórmula de cortesía.

Por la tarde, con el cuaderno abarrotado de notas, Paul todavía tiene tiempo para ir en el autobús al sur de la ciudad, cerca de la vieja estación de Waterloo. Ha estado muy pocas veces por allí, siempre le ha parecido un barrio sin demasiado atractivo, no le gustan esos impersonales bloques de pisos de los años sesenta y setenta, aquellas construcciones funcionales con sus inmensas antenas colectivas y la ropa tendida en las terrazas, él prefiere lo antiguo, los techos altos, los muros robustos, lo que ha sobrevivido con dignidad a las modas arquitectónicas, aunque ahora no resulte práctico ni sea barato.

—Perdone, ¿es usted la señora Hughs?

La mujer, que arrastra con dificultad un cuerpo excesivo y abandonado, mira a Paul con recelo, pero le parece que su aspecto es el de un hombre honesto, alguien desprovisto de segundas intenciones. La ha abordado en la calle, ante su portal, y ella no sabe cómo reaccionar; lleva en la mano izquierda la bolsa de la compra y en la derecha, protegida contra su abdomen, la cartera de mano, pero no teme por su dinero; mira a los ojos de ese desconocido que se ha parado junto a ella y responde con cierta apatía.

—Sí, yo soy Lena Hughs —dice desde detrás de sus grandes gafas de hipermétrope—. ¿Qué quiere usted?

—Verá, soy abogado, me llamo Paul Lancaster —Paul hace un amago de buscar la tarjeta de visita sin éxito—, estoy investigando el paradero de John Ellerman. Tal vez ese nombre no le diga nada, pero cuando llegó a Londres él cambió de apellido y se hizo llamar... John Hevia.

John Hevia. El sonido de ese nombre impacta en el cerebro de Lena Hughs como lo habría hecho una maza, y su expresión de cauta desconfianza se desinfla y se impregna de temor, igual que si hubiese perdido de pronto la exigua fuerza que mantenía la estructura de sus facciones.

—Esta..., por fin la encuentro, esta es mi tarjeta, trabajo para la compañía de seguros Mortimer.

Lena Hughs no mira la tarjeta, aún se halla fuera de sí misma, en el pasado, en un lugar incierto donde su hija todavía estaba junto a ella. Tiene los labios entreabiertos y le tiemblan las manos; Paul guarda de nuevo la tarjeta, y ante la reacción de la mujer la toma por el brazo temiendo que vaya a desmayarse y la invita a entrar en una sala de té cercana.

—Me gustaría disculparme —le dice una vez sentados ante dos infusiones de tila y salvia, cuando piensa que ella ya está tranquila—, debí suponer que oír ese nombre podría alterarla. Perdóneme.

—No se preocupe, señor...

—Lancaster.

—Señor Lancaster, perdóneme usted a mí. No había oído ese repulsivo nombre desde la muerte de mi hija. Y ha sido como si de repente todos los recuerdos se me echaran encima a la vez.

—¿Puede contarme algo de la relación que tuvo John Hevia con su hija?

—Para mí no es agradable recordarlo.

—Lo sé, señora Hughs, comprendo su dolor, pero es muy importante que hable conmigo, tengo razones para pensar que estamos a tiempo de evitar que algo malo les pase a otras chicas.

—Dios mío, no me diga eso. No querría que ninguna madre pasara por lo que yo estoy pasando.

—Ayúdeme entonces, por favor.

—No puedo contarle mucho. Todo sucedió muy rápido. Natalie se enamoró de él como una colegiala, eso fue lo primero que me llamó la atención, porque mi hija no se dejaba conquistar con facilidad. Tenía muchos pretendientes, pero no hacía demasiado caso a ninguno. No sé dónde se conocieron, creo que en una fiesta, en un pub del centro. Nunca la había visto tan feliz. Estaba más guapa que nunca. Hablaba de él a todas horas, lo ponía de ejemplo en todo: John esto, John lo otro, como si su novio fuera la única persona inteligente sobre la Tierra y ella fuera una privilegiada por estar a su lado.

—¿Cuánto tiempo estuvieron juntos?

—Poco, solo unos meses, pero fue suficiente para trastornarla. Fíjese cómo acabó, mi pobre niña. Una tarde nos lo presentó, a toda la familia, estábamos reunidos en casa y subió con él, y hasta nos pareció agradable. Es increíble el magnetismo que pueden tener esas personas. Le hablo de los psicópatas como John. La verdad es que nos gustó a todos menos a su hermano. A su hermano no consiguió engañarlo; «Natalie, estás perdiendo la cabeza por el primer chulo que aparece», le dijo, y ella se limitó a contestarle que John no era ningún chulo, que tenía mil veces más clase que él. Eso le dijo a su hermano. Y la verdad es que él la trataba como a una princesa, la acompañaba hasta el portal todas las noches y esperaba antes de irse a que ella subiera el primer tramo de escaleras y encendiera la luz, parecía un buen chico, vaya decepción. Si lo hubiese sabido, la habría atado a su cama y le habría prohibido verlo, pero ella estaba loca por él, era algo irracional, para mí que la estaba drogando. El caso es que yo me he quedado sin mi hija. No sabe cuánto la echo de menos. Era tan buena..., hasta que conoció a John nunca había discutido con su hermano, ojalá lo hubiese escuchado.

Lena Hughs tiene los recuerdos fragmentados, como si formaran parte de un mosaico imperfecto, su relato no sigue un orden lógico, salta en el tiempo una y otra vez y al final siempre vuelve a la pérdida; su pensamiento avanza despacio, como el aceite entre el agua, y lo hace sin obedecer ninguna regla, en todas las direcciones.

—La niña dejó una nota. ¿Lo sabe, verdad?

—Sí, señora, lo sé, por eso estoy aquí, la policía me ha dejado leer el expediente del caso.

—Debí suponerlo. —Lena Hughs volvía sobre lo más esencial sin necesidad de que Paul hiciera ninguna pregunta—. Fíjese hasta qué punto estaría trastornada por él que escribió una nota para exculparlo. ¿Le parece normal? Un hombre la enamora sin sentir nada especial por ella, solo para engordar su asquerosa agenda de conquistas, se acuestan juntos siempre que él quiere, y cuando se cansa, o cuando conoce a otra, la abandona sin darle mayores explicaciones; después ella se toma un frasco de pastillas y ya está, punto final, se acabó, como si aquí no hubiera pasado nada. Una aventura más en la vida de un desaprensivo. Mi hija enterrada, ese cabrón viviendo su vida y yo aquí, llorando y llevándole flores a su tumba. ¿Sabe lo que creo? Que John Hevia, o como quiera que se llame ese miserable, la mató. Que fue él quien la obligó a hacerlo. Se lo dije al juez, a ese viejo insensible y machista, pero no quiso creerme. No digo que le metiera las pastillas en la boca, todos sabemos que no fue de esa forma, pero sí que la manipuló para que Natalie lo hiciera, para quitársela de en medio. Natalie no era fuerte, y no se imagina la mirada de ese hombre, miraba como debe de hacerlo el demonio.

Paul sabe que si esa mujer hubiese podido huir a algún sitio, sin duda ya lo habría hecho, que se habría ido al otro extremo del globo, lejos de sus fantasmas, lejos de las frías dentelladas del odio, pero no lo ha hecho porque su sencilla inteligencia intuye que no se puede huir de la memoria, ni del temor, ni del recelo, que no se puede abandonar la realidad como se abandona una casa, o como John abandonó a su hija. Ella seguía allí, como una presencia emancipada del paso del tiempo, con su discurso sinuoso, hablando al borde de su propia ruina sin dejar de mirar el fondo de su taza vacía.

—Fui yo quien la encontró esa mañana, ¿sabe? Me levanté temprano, como hago siempre, empecé a ventilar y a recoger la casa y me extrañó tanto silencio. Natalie era como un ciclón, ya lo creo que se hacía notar. A veces la miraba y daba gracias a Dios por haberme concedido a una hija tan buena y tan llena de vida. Llamé a su puerta y no me respondió. Di otro par de golpes y nada. Después la abrí y todo se acabó de repente... Cómo sería aquella impresión que todavía ahora tengo que dejar la puerta de su habitación abierta a diario antes de acostarme, porque si por alguna causa se cierra y tengo que abrirla, antes de hacerlo, cuando tengo la mano en el picaporte, siempre temo verla ahí otra vez, tirada en el suelo, boca abajo, en medio del charco de su vómito. No sabe cómo tengo clavada esa imagen. La tengo clavada aquí, detrás de la frente. Había mucha claridad y recuerdo todos los detalles: la niña en el suelo, la lámpara caída, las sábanas sucias y arrugadas; todos los malditos detalles, y es que por la noche ella no había cerrado las cortinas, las había dejado abiertas de par en par, como si supiera que la luz del amanecer no podría despertarla.

17

LAS HERIDAS DEL LOBO

Solo él sabe que los gemelos están muertos. Todos los demás, su padre, Ted, incluso los vecinos y la policía, piensan que se han escapado al sur de España y que volverán avergonzados cuando se les acabe el dinero. El caso de William es distinto, el muchacho está convencido de que a sus hermanos les ha pasado alguna desgracia, pero nadie hace caso a las opiniones de un pobre retrasado.

John es consciente de lo peligroso que es acercarse al lugar donde los enterró, pero lo hace casi todos los días, siempre solo, atraído por una fuerza invisible; se adentra en lo profundo del bosque y mira a cierta distancia la tierra removida, sobre la que ya han empezado a surgir algunos tímidos brotes de hierba. Es como si cumpliera una obligación sagrada. Ahí abajo están sus hermanos, pudriéndose en silencio, iniciando el monstruoso espectáculo de la descomposición sin nadie que rece por ellos. Si su padre lo supiera, tendría motivos más que justificados para arrancarle la piel a tiras; y si lo supieran sus hermanos, no volverían a hablarle jamás. Tendrá que callar, tendrá que purgar su desazón sin compartirla con nadie. Y al menos tendrá que hacerlo un año más, hasta que termine su formación escolar.

—¿De dónde vienes? —le pregunta Ted al verlo llegar a la granja.

—Del bosque. De buscar alguna pista.

—No pierdas el tiempo. Esos vagos están en la playa. Poniéndose ciegos de cerveza.

—Sí, eso dicen, pero por si acaso miro por ahí.

—¿En el bosque? ¿Y qué esperas encontrar?

—No lo sé, alguna huella.

—¿Con lo que ha llovido?

—O algo que les pertenezca...

—Oye, tú no sabrás nada, ¿verdad? No creo que te atrevieras a ocultarnos algo importante.

John siente que la sangre se le agolpa en la garganta. Sabe que, si Ted detecta alguna duda en él, un minuto después lo sabrá su padre.

—No creo que debas bromear con eso.

—No estoy bromeando. Vais juntos al colegio, a lo mejor te contaron sus planes. A mí no me dijeron nada, pero quién sabe si fue distinto contigo...

—No me contaron nada. Y si lo hubieran hecho, ¿crees que estaría como un idiota en el bosque buscando pistas?

—Anda, detective, ayúdame a arreglar la empalizada, los cerdos han estado a punto de tumbarla.

Desde que faltan los gemelos, John está más afable y más colaborador con las tareas de la granja. Intenta no enfrentarse a Ted, que parece haber olvidado su pelea, y respeta el dolor mudo de su padre. Es como si la intuición de la desgracia los hiciera a todos más humanos, más tolerantes con los conflictos ajenos.

Pero, además de la extraña calma que se respira en la casa, hay algo en él que ha cambiado: no puede descansar. Por las noches cierra los ojos al acostarse, piensa en cómo será su futura vida en Londres, dedicado al estudio en la universidad, junto a alguna chica de mirada dulce que comparta sus sueños, lejos de las infinitas obligaciones de la granja, y esa sensación reconfortante hace que consiga dormirse de inmediato, pero a las dos o tres horas, sin nada que lo justifique, se despierta con un sobresalto y ya no puede volver a conciliar el sueño, se queda rígido sobre la cama, aislado del mundo, con una incómoda sensación de frío; él sabe que es algo que viene del bosque, algo terrible y siniestro que se enreda con sus pensamientos y se adueña de ellos, que no le deja descansar, algo sin forma, un vapor que emana de la tierra que cubre esa tumba y que atraviesa las sombras de la noche para instalarse a su lado. Si quiere librarse de ello, tendrá que irse de allí, tendrá que dejar la granja para siempre, o nunca más logrará dormir.

—¿Crees... crees en el alma, John? —le pregunta William una tarde, sentados a solas en su trozo de autopista.

—No.

William no levanta la cabeza, y sigue limpiando con cuidado las piezas de un carburador.

—¿Y en el cielo?

—Tampoco.

—No es lo que dice papá. Papá dice...

—Papá es un fanático religioso y un anticuado. Tan anticuado como esa Biblia suya. Solo hay una vida, y es esta. Así de sencillo. Procura que te vaya bien aquí, porque no tendrás una segunda oportunidad.

—¿No hay infierno tampoco?

—No, desde luego que no, vaya tontería eso del infierno. Ya nadie cree en esa patraña del fuego eterno.

—Papá sí cree.

—Ya te he dicho que papá es un fanático.

—¿Qué es un fanático?

—Alguien obsesionado con sus creencias. Por muy estúpidas que sean.

—Espero que no te oiga hablar así de él. Podría castigarte, y no me gusta nada cuando te castiga.

William mira a su hermano y deja con cuidado las piezas del carburador en el suelo, sobre un pequeño trapo. Relucientes y alineadas una tras otra: la cuba, el flotador, el chiclé, el estrangulador y la válvula de mariposa.

—Caramba, William, me maravilla que seas capaz de desmontar eso y que luego no te sobre ninguna pieza.

—¿Sobrar? ¿Cómo podría sobrar alguna? Son las piezas justas. Si faltara una, ya no funcionaría.

—Creo que serías un buen mecánico.

—Sí, puede ser. Oye, y si no hay infierno... ¿Dónde castigan a los que hacen el mal?

—En ningún sitio. Hay castigo si te pillan, pero es aquí, en los tribunales de justicia; una vez muerto, se acabó. Si engañas a los hombres, habrás engañado también a Dios.

—¿Se puede engañar a Dios?

—Se puede engañar a cualquiera.

—Entonces —dice William dubitativo—, si alguien ha hecho daño a Sam y a David y la policía no lo coge, no le pasará nada.

—Así es, no le pasará nada. Tendrá que vivir con su conciencia, si la tiene.

—Pero conciencia sí tenemos todos, ¿no?

—Sí, todos tenemos conciencia, pero hay quien la escucha y hay quien no.

—¿Tú la escuchas?

—Sí. En especial por las noches.

—Pues yo no escucho nada. Solo los ruidos normales de la casa, y los animales. ¿Eso significa que no tengo conciencia?

—No es como escuchar una voz, William, es distinto. Si haces algo mal, si desobedeces a papá o dejas sin terminar alguna obligación de la granja que te hayan encargado, ¿qué piensas de ti mismo?

—Que... que he hecho mal.

—¿No notas cierta inquietud, como si estuvieras incómodo?

—Sí, y me dan ganas de pedir perdón.

—Esa es la voz de la conciencia, William, no es un sonido que venga de fuera. ¿Te acuerdas de nuestro perro?

—Claro que me acuerdo. Me acuerdo de él todos los días. Era el mejor perro del mundo.

—Los gemelos lo apalearon delante de nosotros, y lo dejaron muerto, colgado de un cable.

—Sí, eso no estuvo bien. No..., no estuvo nada bien.

—¿Los viste arrepentidos alguna vez?

—No.

—Es porque no escucharon a su conciencia. Si lo hubieran hecho, al menos te habrían pedido perdón. Ellos sabían lo importante que era ese perro para ti.

—Ya sabes cómo son los gemelos.

—Sí lo sé, lo sé muy bien. ¿Por qué nunca se lo reprochaste?

—¿De qué habría valido? ¿Discutir con... con ellos me habría devuelto al perro?

—El perro estaba muerto, y eso no iba a cambiar.

—Entonces hacerlo era una tontería.

—A veces hay que ser menos pasivo, William.

—No sé qué quieres decir.

—Que hay que enfrentarse a los problemas, dar la cara.

—Seguro que sí, pero no veo qué podía haber hecho yo. ¿Matarlos?

—No, desde luego que no, no era para matarlos...

—Tengo otra duda, John: si dices que el alma no existe y los gemelos estuvieran muertos, ya no quedaría nada de ellos. Sus huesos en algún sitio y nada más.

—Los gemelos no están muertos, William, están en España, tomando el sol y riéndose de nosotros. Acuérdate de esos folletos de viajes que encontraron en su mesilla.

—Eso decís todos, pero no es lo que creo yo.

William busca las palabras, las rastrea en su menguado vocabulario de niño grande mientras el tic vuelve a aparecer:

—Nunca les oí decir que quisieran ir a España, ni a ningún otro sitio. Tú sí lo has dicho alguna vez, a ti te lo hemos oído, por lo de la familia de mamá, pero a ellos no, a ellos les daba igual España. Tendrían esos folletos por... por algún trabajo del colegio, o qué sé yo, no me meto en la vida de los demás. Ellos se... se conformaban con ver los partidos del Arsenal, emborracharse en el pub del pueblo y tirarse de vez en cuando a Jane Perkins.

—¿Y qué crees tú que ha pasado? —le pregunta John.

—Que... que se metieron en algún lío, alguien los ha matado y ha escondido los cadáveres. Estoy seguro de eso. Maldita sea, los gemelos tenían muchos enemigos en el pueblo. Discutían con todo el mundo. Incluso contigo, y también con Ted, aunque con Ted algo menos... Si se peleaban con sus hermanos, imagínate con desconocidos.

—¿Le dijiste eso a la policía?

—No. Papá estaba delante y me dio vergüenza.

—No lo pienses más, los gemelos son muy fuertes y, si alguien los hubiera atacado, se habrían defendido.

—Ahí tienes razón... Los dos son muy fuertes... No les he visto nunca perder una pelea. A no ser que los atacaran por la espalda. ¡Sí, eso fue lo que debió de pasar! Los atacaron por la espalda, o con un arma. ¡Dios, Dios! Si me pusieran delante a quien les hizo daño... Te juro que lo mataría con mis manos. Aunque... aunque luego tuviera que ir a la cárcel.

—La cárcel no es un buen sitio, William.

—Ya, ya lo sé, pero me vienen esas ideas y...

William está muy nervioso, y visiblemente descorazonado. John le pasa el brazo por encima de su hombro y deja que su hermano se desahogue y apoye en él la cabeza; mientras, cae la tarde, las aves más rezagadas enmudecen y el asfalto de la autopista se tiñe de ausencias.

—Eh, vamos, no llores —le dice—, imagínate que pasa ahora el deportivo rojo y no puedes verlo por tener los ojos llenos de lágrimas.

18

SISTEMA DE ECUACIONES

Hace tiempo que no contempla el mar. Ahora lo hace muy quieto, cerca del borde del muelle, parece un poste clavado al suelo que desafía las fuertes corrientes de aire. Está de pie en el puerto de Plymouth, muy cerca de donde zarpan los grandes ferris de la compañía Brittany. Es un día gris y ventoso, el aire trae un intenso olor a salitre y a vida, y las olas rugen incesantes. No hay límites a su mirada, le gusta el mar porque el hombre no puede dominarlo y hacerlo propio, no puede adueñarse de ese sombrío espejo del cielo. Paul ha llegado hasta allí conduciendo su viejo Rover, igual que debió de hacerlo John Ellerman cinco años atrás. No le ha resultado difícil descubrir que John compró un Mini Morris negro de segunda mano en Londres con el apellido Hevia, y que aquel vehículo terminó sus días abandonado aquí, en el aparcamiento público del puerto de Plymouth. No ha encontrado el vehículo, que fue llevado a un desguace, pero el hecho de su retirada consta en los archivos de la policía local.

Está seguro de que John Ellerman no llegó a Plymouth para contemplar su vistoso puerto natural desde la elevada pradera del Hoe, sino para lo que lo hacen la mayor parte de sus visitantes: para tomar un ferri hacia el continente. En su caso, es posible que lo hiciera para empezar un viaje al extranjero sin intención de regresar. Tal vez una huida. Se acerca a la oficina de billetes y, ante un gran mapa del Canal de la Mancha, confirma que hay tres líneas importantes que empiezan o terminan en Plymouth: con destino a Santander, en España, y a Roscoff o a Saint-Malo, en Francia.

—¿Qué distancia hay a Santander?

—Cuatrocientas quince millas náuticas, señor. ¿Conoce la ciudad? Es una de las más bonitas del norte de España. Buena mesa, interesantes visitas culturales, lo tiene todo para un estupendo fin de semana. Podemos facilitarle una visita guiada.

—No, muchas gracias. Ya conozco la ciudad. ¿Cuánto dura la travesía?

—Depende del estado de la mar, pero aproximadamente unas diecinueve horas y media.

—¿Diecinueve horas y media?

—Sí, señor, diecinueve horas y media. ¿Tal vez le parece mucho?

—Es mucho, sin duda, pero bien pensado... no lo sé, no me haga caso, soy un completo ignorante en navegación. ¿Conservan ustedes el registro de los viajeros de los últimos cuatro o cinco años?

—¿Cuatro o cinco años? ¿Acaso es usted policía?

—No, no soy policía. Soy abogado, trabajo en Seguros Mortimer —dice Paul ofreciéndole una tarjeta que el empleado lee sin tocarla a través del cristal de seguridad—. Estoy buscando a una persona que debió de hacer ese viaje hace algo más de cuatro años. Solo quiero confirmar su destino, y si es posible, saber si compró un billete sencillo o uno de ida y vuelta. Para mí sería una información muy valiosa.

—No puedo ayudarle. Lo siento. Si quiere ese tipo de información, tendrá que venir con una orden judicial y armarse de paciencia, porque hace cuatro años los archivos no estaban informatizados. No lo tome a mal, por favor, son las normas de la compañía.

—Sí, lo comprendo, muchas gracias.

Paul sale de la oficina de la Brittany Ferries y regresa al muelle. El mar ejerce una poderosa atracción sobre él, además le resulta agradable respirar ese aire húmedo y frío, tiene la convicción de que la sal y el vapor de agua poseen un poder reparador sobre la piel y las mucosas, que actúan como un antiséptico natural que limpia de gérmenes sus vías respiratorias y mejora su funcionamiento. Vuelve a mirar el horizonte brumoso, y el cielo encapotado, y el oleaje batiendo en las rocas, y piensa con cierto orgullo que no necesita que el encargado de los billetes le confirme que John Ellerman, o John Hevia, tomó aquel barco hace unos cuatro años y zarpó hacia Santander, ni necesita documentar que desde allí viajó en autobús, o en barco por la costa, hasta Ribadesella, la ciudad de la familia de su madre, a unos ciento veinte kilómetros al oeste. Ese debía de ser su destino natural; un hombre que adopta el apellido de su madre puede querer también conocer sus raíces.

—Perdone, señor... ¿Señor?

Paul está abstraído y parece no escuchar a la mujer que intenta hablarle.

—¿Señor?

—Sí, sí, perdón, el mar me había hipnotizado.

—A mí también me pasa —dice la mujer sonriendo—. El mar tiene algo muy especial, ¿verdad? Algo mágico. Me preguntaba si podría usted hacerme una fotografía con mi cámara.

—Sí, ¿cómo no?

—Es muy sencilla, está todo en automático, no me gusta complicarme. Solo tiene que pulsar aquí.

—¿Dónde quiere ponerse?

—Aquí, aquí mismo, que se vea al fondo la bocana del puerto.

—Muy bien...

Paul toma la cámara y encuadra la fotografía. En el visor ve a una mujer de unos cuarenta años, todavía hermosa, con una melena lisa y rubia, una gabardina de corte elegante anudada a la cintura, medias negras tupidas y unos bonitos zapatos de tacón. Posa con gracia, sin artificios, como si tuviera un don natural para hacerlo, sonríe y su mirada le transmite confianza, aunque sepa que no le sonríe a él, sino a la fotografía, al fragmento de memoria en el que se convertirá esa instantánea.

—Ya está. He hecho dos, espero que le gusten.

—Seguro, muchas gracias. Me da un poco de apuro pedir a la gente que me haga fotos, pero si no lo hiciera, mis álbumes de viajes parecerían colecciones de postales. ¿Usted es de aquí?

—No, soy de Londres, he venido por asuntos de trabajo.

—Yo también soy de Londres, pero ahora estoy de vacaciones, ya acabándolas, solo me queda esta semana; voy a viajar a Santander, en el ferri que sale esta tarde. Me han dicho que es una ciudad preciosa.

—Sí lo es, desde luego, le va a gustar mucho. Toda la costa norte española es muy interesante, tiene una naturaleza agreste y poderosa, y pueblos pintorescos que parecen casi medievales.

—Adoro perderme caminando por esas ciudades medievales, con sus calles empedradas y sus iglesias románicas. Antes se construía con más encanto, ¿no cree?

—Tiene razón, la modernidad nos ha vuelto demasiado prácticos. No deje de visitar Santillana del Mar, y Comillas; están muy cerca de Santander y no se arrepentirá.

—Lo haré, seguiré su consejo, es la ventaja de no tener que consultar la ruta con nadie.

—¿Viaja sola? ¿No tiene miedo?

—El miedo es muy poco práctico, amigo mío, y yo ya no soy una niña.

—Perdone, no debería haber asumido que una mujer sola es un ser desvalido.

—Está perdonado, no me importa, pero, por favor, no crea que soy una de esas mujeres valientes que pueden con cualquier situación. Evito salir sola por las noches, y todavía hay sitios donde no me atrevo a entrar. Además, no es la primera persona que se ha sorprendido porque viaje sola, es algo que llama mucho la atención, como si una mujer tuviera la necesidad de viajar siempre en grupo, o con un hombre.

—Son ideas preconcebidas, tiene razón.

—No quiero que piense que soy demasiado reivindicativa, solo he tomado una serie de decisiones y, como consecuencia de ellas, aquí estoy, viajando sola. No sé si esas decisiones eran las más adecuadas, pero ahora mismo tampoco me importa.

Paul sabe que existe un lenguaje subliminal entre las personas, un conjunto de gestos inconscientes y de palabras ambiguas que avisan al otro acerca de nuestra receptividad. Ese lenguaje, cargado de códigos recurrentes que atraviesan sin permiso las sutiles conexiones del sistema nervioso, no sabe mentir. Él está acostumbrado a leer en el rostro de la gente, a apreciar la dilatación de sus pupilas, la forma de arquear las cejas o de morderse los labios. Su profesión le ha enseñado a esquivar los fingimientos. Tiene la sensación de que esa mujer habita sin saberlo en la periferia del mundo, allí donde aún existe algo de pureza, y que a la vez que él la mira con gesto amable, ella está gritándole en silencio que le agrada su compañía.

—Estaba pensando... —dice Paul dubitativo—. Bueno, es una osadía por mi parte, espero que no se moleste, pero tal vez podíamos cenar juntos en el barco. La travesía es muy larga... Me han dicho que dura diecinueve horas y media.

—¿Usted también va a Santander?

—Así es, ahora mismo iba a comprar el billete.

—Vaya, qué feliz coincidencia, acepto con mucho gusto. Me llamo Eleanor.

Eleanor extiende la mano hacia Paul, una mano alargada y elegante, enfundada en un sencillo guante blanco. La presencia de la barrera física del tejido tranquiliza a Paul, que se la estrecha, y al hacerlo percibe con agrado la delicada estructura de sus dedos.

—Encantado. Soy Paul, Paul Lancaster. ¿Me acompaña a la oficina, Eleanor?

—Por supuesto, Paul. ¿No lleva usted equipaje?

Paul evita reconocer que no tenía decidido emprender hoy mismo el viaje, que pensaba hacerlo en avión para ahorrar tiempo, e improvisa una respuesta.

—Sí —se oye decir a sí mismo, como si su boca ya no formara parte de su cuerpo y hubiera escapado de su férreo gobierno, como si hubiera en su interior alguien más atrevido que quisiera sublevarse—, tengo una cartera de mano con algunas cosas en mi coche. Cerca de aquí, en el aparcamiento público. Había pensado comprar en Santander lo imprescindible para pasar unos días.

—Veo que es usted un hombre práctico. Yo sí tengo maleta, una bien grande, está ahí mismo, en la consigna. ¿Sabe que cuanto más indecisa es una mujer, más grande es su maleta?

—¿Es usted muy indecisa?

—Mucho. A veces incluso me bloqueo leyendo la carta de los restaurantes y no sé qué elegir.

—Entonces tal vez prefiera que esta noche elija yo el menú.

—No sabe el peso que me quita de encima.

19

LAS HERIDAS DEL LOBO

Ya ha dejado de luchar. Desde la desaparición de los gemelos, sube solo cada noche a la habitación de la torre, sin que le obliguen, y ha notado que ya nadie se molesta en girar después la llave del cerrojo. Vive en una reclusión simbólica que él acepta sin discutir. Sigue escuchando el monótono murmullo de las conversaciones, sin entender nada, pero ha percibido que ya no hay discusiones, que sin los gemelos las voces son más apagadas, y más tristes. Aunque su padre le hubiese levantado el castigo, algo que nunca ha llegado a hacer, quién sabe si por olvido, porque no detectó ningún arrepentimiento o por una obstinada forma de rencor que se apoderó de él y no le dejó ceder, John no habría regresado a su habitación en la planta baja, una habitación que ahora le parece lúgubre, porque muchos años atrás ya se había convertido en una sala común donde arrumbar desechos. Ese otro sucio reducto en la torre, de trastos amontonados hasta una altura imposible, de estanterías con libros en español y de segunda mano que él mismo ha ido comprando, de grandes baúles en los que duermen un sueño de esperas imposibles los viejos vestidos de su madre, se ha convertido en su verdadero espacio, en ese trozo del mundo en el que cualquier persona reúne sus ansias y sus miedos y consigue apaciguarlos.

Ha pasado casi un año desde que mató a sus hermanos. Sabe que lo hizo porque a veces se lo recuerdan sus fantasmas, recuerda el golpe seco en la frente de David, y el brutal impacto del canto de la pala en la nuca de Sam, pero, a fuerza de reprimir ese recuerdo, ha conseguido que aquella noche turbia parezca una experiencia de una vida anterior, algo que vivió en un pasado remoto y de lo que ya no se deriva culpa alguna. La tumba, la pala, el martillo, todo sigue cerca de él, todo permanece a su alrededor sin sugerir a nadie que forman parte de la misma trama demencial, ni siquiera a la policía, que regresó tres meses después de la desaparición para reconocer ante su padre que tal vez se habían equivocado, pues habían dado parte a la policía española y no les constaba ni un solo registro, ni una sola estancia, ni un solo billete, ni un solo contrato a nombre de ninguno de los hermanos Ellerman.

—¿Podemos buscar otra vez en su propiedad, señor? Tal vez algo se nos pasara por alto...

—Busquen —les dijo Terence con desgana—. Busquen lo que quieran.

Y volvieron a revolverlo todo, y a preguntar a todos, y otra vez dejaron la granja desordenada y el caso sin respuestas.

John ya no visita la tumba, ya no se acerca a esa parte del bosque recuperada por el desorden salvaje de la maleza; de hecho, ha crecido tanta vegetación sobre ella y en las inmediaciones que es muy difícil poner un pie a menos de veinte pasos de la sepultura. Las plantas carnosas y los helechos han encontrado una fuente inesperada de materia orgánica apenas a dos palmos de profundidad, allí donde más beneficio podría aportarles, y han cubierto el suelo con un falaz engaño de vida.

Sin embargo, John todavía teme que un día lo descubran, que haya unas obras hidráulicas como las que una vez modificaron el cauce del río Darent, o que construyan una nueva carretera y esa parte del bosque abandone las sombras. Los pueblos cambian de fisonomía, y Westerham también lo hará, sería absurdo confiar en que todo va a seguir tal como está hoy eternamente. Le horroriza pensar en el día en el que unos obreros levanten la tierra y la selva para poner al aire sin quererlo los restos podridos de sus hermanos. Sabe que no se desprenderá nunca de ese miedo, que tendrá que pensar en algo por si alguna vez llega ese día. Ya se ha sentido preso una vez, y no quiere que nadie vuelva a privarle de su libertad, pero el principal motivo por el cual tendrá que ser más inteligente que aquellos que puedan perseguirlo no es evitar la cárcel, sino ahorrar a su hermano William la decepción inmensa de descubrir que fue él quien mató a los gemelos. Pensará algo de forma minuciosa, pero lo hará más adelante, diseñará un escenario y una trama que sean capaces de hacer confuso hasta el aspecto más veraz de los hechos.

Ha terminado viéndose como un sujeto pasivo que sufre las consecuencias de una dramática cadena de infortunios. A su juicio, la muerte de su madre, la severidad de su padre y la constante hostilidad de sus hermanos le han hecho tal como es, un individuo duro e incompleto que aún tiene que forjar su propia vida lejos de este pozo de tristezas. Fuera de la granja será distinto, en Londres será distinto; podrá ser un ciudadano anónimo, no tendrá pasado, no le hablará a nadie de su infancia ni de su primera juventud, adoptará el apellido de soltera de su madre y nadie podrá nunca relacionarlo con esta granja abominable ni con esta familia desquiciada.

Ya no tardará en marcharse. Durante este último año ha estado guardando en su caja de metal, junto a la colección de fotografías de su madre, pequeñas cantidades de dinero que ha obtenido gracias a unas clases de recuperación que imparte a los alumnos menos capacitados; un día que él recuerda dichoso se le acercó el profesor Kirkpatrick al terminar la última clase y le dijo:

—¿Tiene usted pensado ir a la universidad, Ellerman?

Y, sin que John tuviese tiempo de contestar, añadió:

—Piense que la formación lo es todo, que mañana recogerá lo que siembre hoy, y que si no siembra, será absurdo esperar una cosecha. He visto pasar muchos alumnos por aquí, alumnos como usted, muy válidos, con excelentes calificaciones, pero que no han llegado a nada porque no han sido capaces de tomar las riendas de su propia vida, o no se han atrevido a enfrentarse a sus padres, supongo que sabe a qué me refiero...

—Sí, profesor, claro que lo sé, yo querría estudiar Medicina, o Economía, aún no lo he decidido.

Su voz sonó nítida, entusiástica, pero casi se le quebró al final de cada frase, como si su voluntad tuviera miedo y pudiera volverse esclava de la fugacidad de las palabras.

—Medicina o Economía —dijo Kirkpatrick sin prisa, sellando en su inconsciente, sin que John lo supiera, la enorme trascendencia de esas dos palabras—. Sin duda son buenas opciones. Tanto una como la otra. Me alegra que sea ambicioso, es usted un magnífico estudiante y sería una pena que no aprovechara su talento; siempre he pensado que quien desperdicia sus propias capacidades se convierte en el peor de los tontos. ¿Recuerda usted a Nick Parker? El hijo del carnicero, es mayor que usted, del curso de su hermano Ted; tuve una conversación similar con él, hace varios años, y ahora está terminando una ingeniería, dentro de algún tiempo tal vez vuelva al pueblo, y no lo hará para cortar chuletas de cordero a las órdenes de su padre, sino para levantar aquí una industria, o para modernizar el negocio de su propia familia. Siempre hay alguien que es distinto, Ellerman, alguien que rompe con su pasado y con los moldes impuestos y da un paso al frente; ¿está seguro de que es eso lo que usted quiere?

—Estoy seguro, profesor.

—Bien. En ese caso, tendrá que empezar a ahorrar, y tal vez quiera ganarse unas libras ayudándome con las clases de recuperación, tengo muchos alumnos en el grupo de Matemáticas, y usted es muy bueno en eso. La sociedad es así, y conviene que vaya aprendiéndolo: nunca regala nada. Primero el esfuerzo, después los resultados.

—Será un placer, profesor, muchas gracias por ofrecérmelo.

Hizo un movimiento de aceptación, casi de sumisión, un gesto con la cabeza que no permitía ninguna duda sobre su deseo de poner cuanto estuviera en su mano para no decepcionarlo.

—Por cierto, nuestra escuela es una institución muy modesta, ya lo sabe usted, Westerham no deja de ser un pueblo pequeño, casi una aldea, y creo que aumentarían mucho sus posibilidades en los exámenes estatales si cursara el último año en una *high school* de Londres, allí son mucho más exigentes, le van a hacer estudiar de verdad, no como yo aquí, pero también obtienen mejores resultados; conozco una en el Soho que tiene una excelente tasa de aprobados con calificación «A», no dude que es lo que va a necesitar para entrar en Medicina o en Economía, y con su expediente..., no puedo asegurarlo, pero tal vez le podría ayudar a conseguir alguna beca. ¿Quiere que lo intente? Soy un buen amigo del profesor Matthew, su jefe de estudios.

Él contestó que sí con una callada sensación de orgullo, y mientras Kirkpatrick escribió al profesor Matthew y le hizo una reserva de plaza en la prestigiosa St. Michael's High School, gracias a aquellas clases particulares, John ahorró lo suficiente como para poder llegar a Londres y sobrevivir en la ciudad una buena temporada.

Una vez allí no le importará tener que trabajar duro o hacerlo de noche, más adelante tendrá tiempo para mejorar. Ha planificado ya cada uno de sus pasos. Cuando obtenga el certificado del penúltimo curso, y eso será dentro de un par de semanas, hablará con su padre y le anunciará su marcha. No le pedirá permiso, solo le hará partícipe de sus planes por respeto; si él se resiste, se escapará, pero prefiere ahorrarle ese disgusto al viejo. A quien no se lo dirá es a William, no sabría encontrar la forma, ni el momento, ni las palabras para explicarle que, allí donde va, él sería un estorbo.

20

SISTEMA DE ECUACIONES

Tiene unos grandes ojos azules, la nariz pequeña y la boca bien dibujada. La piel de su cuello está tersa, y la delgadez de sus brazos deja intuir un esqueleto refinado y esbelto, el armazón de un cuerpo tocado por la armonía. Debió de ser una mujer muy atractiva en su juventud, incluso ahora lo sigue siendo. Esos ojos, que ya acumulan algunos secretos, han conocido la derrota y la pérdida y se han dejado influir por ellas, pero no han llegado a apagarse. Su serena belleza carece de inocencia, tiene un fondo de lucha, no ha surgido de la nada.

—Soy profesora de español. Estudié Filología Hispánica en Madrid, en la Universidad Complutense. Viví allí cinco maravillosos años en un piso compartido con otras estudiantes, en la calle de la Princesa, muy cerca de la Ciudad Universitaria. Por la mañana podía ir caminando hasta la facultad, me encantaba aquel paseo entre árboles centenarios y edificios de principios de siglo lleno de estudiantes, nunca cogía el autobús, aunque en invierno hacía frío de verdad, no como aquí, y el verano era tan caluroso que no se podía caminar a mediodía. No olvidaré nunca esos años, acababa de llegar la democracia a España, y todo parecía estar ahí esperando a que alguien lo descubriera. Luego regresé a Londres, di algunas clases particulares y un día me atreví a pedir un crédito al banco y a poner una academia de idiomas. Ahora viajo mucho a España, al menos una vez al año, para mantener el nivel y no perder el acento. ¿Usted sabe algo de español? Es un idioma fascinante.

—No, muy poco; me defiendo, pero nada más. Mis padres no le dieron importancia a saber idiomas. Tenían la teoría de que el idioma del Imperio británico debe ser suficiente para moverse por el mundo.

—En parte tenían razón; de hecho, es una suerte para nosotros hablar inglés, hace que no parezcamos todo lo ignorantes que somos cuando viajamos. Allí donde vayamos, se esfuerzan en hablar nuestra lengua, como si tuvieran la obligación de conocerla, pero aprender otro idioma, y hacerlo en su país de origen, es una experiencia enriquecedora.

—Yo también he estado varias veces en España, y me gusta mucho, en especial el norte, desde Galicia hasta el País Vasco, pero siempre estoy luchando con las mismas cuatro palabras para hacerme entender. A veces tengo complejo de imbécil. Quizá me anime a ir a su academia. Siempre y cuando sea usted quien me enseñe español.

—Por supuesto, tome una tarjeta. También puede aprender francés, italiano y alemán, tengo muy buenos profesores.

Eleanor le ofrece a Paul una tarjeta, este la coge, la lee con atención y se la guarda en el bolsillo de la americana. Después saca una de las suyas y se la ofrece a ella.

—Tenga la mía, por favor.

—¿Es abogado? Y se dedica a los seguros —dice mientras la guarda en una pequeña cartera dentro del bolso.

Paul la mira, pero no quiere que ella piense que la observa, y mueve un poco la cabeza hacia la ventanilla salpicada de agua y de salitre; ve a lo lejos unas luces amarillas, rojas y azules que parecen formar parte de una decoración minuciosa y deliberada.

—Últimamente —le dice—, me ha pasado algo muy curioso con las tarjetas: se las ofrezco a la gente y las leen a distancia, sin tocarlas, como si tuvieran aprensión. La suya es la primera que consigo entregar en quince días.

—Tal vez se las haya ofrecido a las personas equivocadas.

—Es posible —dice Paul influido por la modesta certeza de Eleanor—. Las ofrezco continuamente, la verdad es que no discrimino, porque entrevisto a mucha gente, y a veces las personas recuerdan un detalle, un nombre, algo que no me han contado y que puede ser importante para la investigación, y si no tienen mi número... ¿Un poco más de chardonnay?

—Sí, muchas gracias... Adoro estos vinos de Borgoña, aunque ya estoy un poco mareada. El alcohol se me sube enseguida. Ha sido muy poca cena para tanto vino. ¿A usted no le parece que estos vinos huelen un poco a mantequilla?

—Y a frutas maduras, y a vainilla, es por la crianza en barrica de roble.

—¿Sabe usted de vinos? A mí me parece un mundo fascinante.

—Solo soy un aficionado que disfruta con ellos.

—A mí me gustan cada vez más, pero tengo que ser prudente.

—Esa es una de las virtudes del vino, nos demuestra si somos capaces de controlarnos.

Paul sirve a Eleanor y ella lo mira con atención mientras el líquido cae lento en la copa y se rompe y se desliza por su interior dejando resbalar por sus paredes unas finas lágrimas de glicerol, casi imperceptibles. Mira su mano, sus dedos bien perfilados y la limpia definición de sus uñas.

—¿Qué otras aficiones tiene, Paul?

—Me gusta el tenis, aunque ya no lo practico, la lectura, la música barroca y las películas antiguas de cine negro.

—Las películas de cine negro, las adoro, tienen una atmósfera especial. ¿Cuál es su favorita?

Esas dos palabras, *las adoro,* dichas por Eleanor y referidas a su gran pasión le parecen un presagio maravilloso. Siente ganas de inundarla con la enumeración de todos los clásicos de los años cuarenta y cincuenta, de demostrarle lo mucho que sabe de Humphrey Bogart, de Lauren Bacall y de James Cagney; no obstante, se modera y decide darle una respuesta original, pero que pueda estar a su alcance.

—No sabría decirle una, tal vez *Al rojo vivo,* de Raoul Walsh, o *Los sobornados,* de Fritz Lang.

—La mía es *El halcón maltés.*

—John Huston. Excelente. La materia de la que están hechos los sueños.

—Y me impresionó otra no tan famosa que se llamaba... Ahora no me acuerdo. Una en la que los protagonistas son una pareja de delincuentes: él es un veterano de guerra obsesionado por las pistolas, y ella, una de esas rubias fatales...

—*El demonio de las armas.*

—¡Sí, *El demonio de las armas,* es maravillosa! Cómo me gustaría volver a verla.

—Puedo dejársela, la tengo en mi colección, es una película de bajo presupuesto estupenda, de un director menos conocido, Joseph H. Lewis.

—Vaya, Paul, es todo un experto en cine. ¿Y qué hace un cinéfilo como usted trabajando en Mortimer? ¿Siempre se ha dedicado a los seguros? Me parece más fácil imaginarlo en una brigada criminalística, con una gabardina gris de grandes solapas al estilo de los personajes de Dashiell Hammett.

—No siempre me he dedicado a esto —contesta Paul sirviéndose también un poco de vino—. Antes era inspector de policía, pero me retiró una bala en la estación de King's Cross.

—¿De verdad le han disparado? —pregunta Eleanor con preocupación, y a Paul ese interés le parece exento de fingimientos.

De nuevo tiene la sensación de que entre ellos se condensa el tiempo, como si esa mujer pudiera marcar el ritmo no solo de la conversación, sino también de sus latidos cardíacos, de la hélice que propulsa el barco y de los astros que marcan su rumbo, y decidir que de vez en cuando él pueda volver a ser importante para alguien.

—Sí, pero fue hace varios años. Lo hizo un traficante de heroína al que tiempo atrás había detenido, un mal bicho, él se creía impune porque tenía un par de clientes metidos en política, gentuza que se vale de todo para medrar, pero, una vez que lo puse ante el juez, sus políticos le dieron la espalda y conseguimos encerrarlo. Cuando salió de la cárcel solo pensaba en vengarse, estudió mis hábitos y me siguió sin que yo lo supiera durante muchos días, hasta que una mañana me esperó en el andén donde yo solía coger el metro y me disparó en el pecho en medio de la multitud. Ni siquiera se tapó la cara. Se plantó ante mí, me miró a los ojos y disparó. Me había amenazado de muerte antes de entrar en prisión, pero no lo tomé en serio. Yo era una presa fácil, soy de costumbres muy rígidas, probablemente demasiado rígidas, siempre hago lo mismo; en esa época incluso esperaba el metro en el mismo lugar del andén para subir en la primera puerta del segundo vagón. Habrá quien piense que eso es una tontería, pero yo me encuentro cómodo con ese tipo de rutinas, no sé, es difícil de explicar, me hacen la vida más fácil. Sé que son un poco ridículas, pero... Bueno, no quiero aburrirla, el caso es que estuve a punto de morir, y desde entonces tuve miedo. Créame que un policía con miedo es muy poco útil a sus compañeros, me vi moralmente obligado a dejarlo. Ahora aprovecho mi experiencia de aquellos años buscando a personas desaparecidas; suelen ser beneficiarios de herencias, o de pólizas de seguros. Y también algún caso desesperado, de esos que a veces salen en la televisión y que la policía ha empezado a arrinconar.

—Personas desaparecidas... Me parece muy interesante. Bueno, no sé si decir interesante o morboso. En cualquier caso, supongo que los familiares de esas personas necesitan una esperanza y que usted se la ofrece. Todos toleramos mejor la vida si tenemos alguna esperanza. ¿Y ahora va a Santander detrás de alguien?

—Detrás de su rastro, sí. Pero no lo busco en Santander, sino en Ribadesella, es un pequeño pueblo de la costa de Asturias.

—Déjeme adivinar: una mujer abandonada le ha contratado para que busque a su marido, un infiel que la ha dejado por una chica quince años más joven que ella.

—Muy frío.

—Lo suponía. Estoy demasiado condicionada, porque eso fue lo que me pasó a mí.

—Lo siento. ¿Fue hace mucho tiempo?

—No lo sienta, ya no me importa. Han pasado diez meses. No sé si es mucho o poco tiempo, ahora al oírme decirlo me parece que fue ayer, sin embargo, otras veces es como si yo no lo hubiera vivido, como si me lo hubieran contado de otra persona. ¿No le ha sucedido eso nunca? Me refiero a que su cerebro modifique el pasado, que lo haga tan impreciso que llegue a ser irreconocible, como si los propios recuerdos fueran ensoñaciones. La verdad es que cuando sucedió no me lo esperaba. Eso nunca se espera. Aunque después he comprendido muchas cosas; algunos silencios, cambios de gustos repentinos, cenas de compromiso con los compañeros de trabajo a las que yo no podía asistir, bruscos cambios de planes... Mentiras que tapan otras mentiras y que nos hacen perder el sentido de la realidad. Seguro que usted es muy bueno detectando a los mentirosos, pero yo soy una completa inocente y se lo debí de poner muy fácil. Qué se le va a hacer. Las personas no siempre son lo que pensamos de ellas. A decir verdad, casi nunca lo son. Tampoco quiero ser muy dura con él, es un hecho que todas las parejas tienen una fecha de caducidad, un día en el que uno de los dos mira al otro y se da cuenta de que ya no lo desea, que algo inconsciente se ha muerto entre ellos y ha dejado en su lugar una mediocre forma de ternura. Eso ya había pasado entre nosotros. El deseo es efímero, Paul, siempre termina agotándose, y, no nos engañemos, a los hombres les encantan las chicas jóvenes.

—No es mi caso.

—¿Pretende hacerme creer que prefiere una mujer de cuarenta años antes que una de veinticinco?

—Por supuesto.

—Lo dice porque estoy delante. Se lo agradezco mucho, Paul, es usted un caballero.

—Hablo completamente en serio, Eleanor. No tengo nada que decirle a una chica de veinticinco años. Dudaría todo el tiempo de su atracción por mí, no sabría dónde llevarla, y me encontraría incómodo con sus amigos, oyendo música que no comprendo, riéndome otra vez de las mismas tonterías que apenas me hicieron gracia en mi juventud y bebiendo en un pub lleno de críos con las hormonas a flor de piel hasta que toquen la campana. Admiro la belleza en cualquier mujer y a cualquier edad, mucho más de lo que pueda intuir por mi aspecto, tan..., no sé, tan desaliñado; soy un apasionado de cualquier forma de belleza, pero no soy un insensato, sé distinguir cuál es mi sitio.

—La belleza también puede ser un martirio.

—¿Para quien la contempla?

—Para quien habiéndolo sido deja de ser bella. Todas las mujeres atractivas terminan obsesionándose con eso. A veces pienso que las feas envejecen mejor, con más dignidad. Tengo amigas feas que con los años se están volviendo hermosas. A mí me pasa lo contrario.

—Usted no puede pensar eso todavía.

—Hace años que lo pienso, Paul. Y más desde que me abandonó mi marido. Me parece que usted no sabe nada de las mujeres. Poco después de los treinta años una mujer empieza a encontrarse defectos y a considerarse mayor, y yo ya cumplí esa edad hace mucho tiempo. ¿Sabe qué es lo peor? Tener que admitir que ya nada va a mejorar, que las arrugas han llegado para quedarse, y que después vendrán otras nuevas, y luego la flacidez, y las manchas en la piel... Pero no quiero hablar de eso, hace que me ponga triste y, lo que es peor, hace que parezca vulgar. Dígame, ¿por qué un abogado se hace policía?

—Pensé que sería mejor intentar prevenir el crimen que defender a los criminales, era así de ingenuo, lleno de ideas románticas acerca de la intervención en el origen del problema y la rehabilitación de los marginados. Es posible que quisiera erradicar el mal, pero entonces era muy joven y no sabía que el mal está por todas partes. Ya ve, con los años me estoy volviendo un escéptico.

—Es uno de los tributos que pagamos en la vida.

—También lo es el cansancio.

—Y el desamor.

—Y el desamor, efectivamente.

—Su mujer debió de sufrir mucho cuando le dispararon.

—La única mujer que sufrió por mí fue mi pobre madre. No estoy casado.

—¿Divorciado?

—Tampoco. Soy soltero.

—¿Comprometido?

—No.

—¡Caramba! Acabo de encontrar un tesoro: abogado, soltero y sin compromiso. Dígame la mala noticia.

—¿Qué mala noticia?

—Esa que todavía no me ha dicho y que impedirá que usted y yo veamos juntos la puesta de sol en Santander.

—No hay ninguna mala noticia. De hecho, no iba a coger el barco hasta la semana que viene, y tengo que admitir que lo he hecho hoy, sin equipaje, para poder viajar con usted.

—Eso es todo un halago —dice Eleanor ofreciéndole su mano con la palma hacia arriba, sobre la mesa.

Paul ve la palma desnuda de Eleanor y sabe que ya ha ido demasiado lejos. Se arrepentirá muchas veces de haber llegado hasta aquí. Le gusta Eleanor, le atrae su madurez, su serenidad y su dulzura, y ella está receptiva, pero tarde o temprano la defraudará. No obstante, le toma la mano y siente su tacto suave, con una tenue e incipiente humedad por el sudor que le produce cierta repulsión. Su propósito es decirle toda la verdad, confesar que tiene un trastorno obsesivo compulsivo que se ve exacerbado con todo lo referente a la higiene, y que ahora mismo, mientras ella le mira ofreciéndole el inicio de una mayor intimidad, él solo es capaz de pensar en que hay miles de colonias de gérmenes invisibles que están pasando de la mano de ella a la de él, invadiendo los recovecos porosos de su epidermis, hasta ese momento puros, que le atormenta no saber si ella se ha lavado las manos en su camarote antes de bajar al restaurante, y que no la ha visto en toda la cena ir al cuarto de baño. Ella huele a perfume, sí, pero cuántas veces el perfume es solo una máscara que esconde unos hábitos higiénicos deficientes. Sabe que las manos son una de las puertas que tenemos abiertas a las infecciones, tal vez la más importante, que sus groseros límites nos relacionan a diario con la suciedad del mundo. Y sabe que las manos hablan un lenguaje mudo que es capaz de demostrar entrega, pero también de exhibir un agrio rechazo. No puede mantener por más tiempo ese equilibrio imposible, está a punto de resbalar de nuevo sobre la viscosa superficie de la renuncia. Suelta con torpeza la mano de Eleanor, se levanta y musita una excusa.

—Perdón, tengo... tengo que ir al lavabo.

Paul se desliza de lado a lado del pasillo como una serpiente, y cuando llega al servicio de caballeros está empezando a sudar y respira con la boca abierta. Se mira en el espejo bajo la luz mortecina y comprueba que está despeinado y que tiene una expresión patética, que su rostro dibuja la temerosa mueca de un imbécil. Su impotencia le abruma, ha sido una estupidez pensar que con Eleanor todo podría haber sido diferente. Se remanga la camisa y se lava las manos con abundante jabón, una y otra vez, en decenas de giros rápidos y obsesivos, hasta que llega a irritarse la superficie de la piel.

21

LAS HERIDAS DEL LOBO

Esa mañana, que está señalada desde hace meses con un círculo rojo en el pequeño calendario de sobremesa de John, se levanta mucho antes del alba, antes de que canten los estorninos. Sabe que su padre se despierta el primero y quiere hablar con él sin la incómoda presencia de Ted, cuyo insensato afán de protagonismo consigue arruinar todas las conversaciones, por lo que espera recogiendo su ropa hasta que oye que se abre la puerta de su dormitorio y que, como sucede a diario, Terence camina a solas y sin encender la luz por el pasillo de la planta principal, con pasos amplios y seguros, de la misma forma que lo haría un oso pardo en su cueva. Cuando baja las escaleras, siente en el cuello las densas emboladas de sangre que le envía al cerebro su corazón, como una última y desesperada llamada a la prudencia; no quiere hacer ruido y está nervioso, sabe que va a disgustar a su padre, que lo va a hacer de una forma atroz y terminante, pero prefiere disgustarlo a faltarle al respeto con una marcha intempestiva. Desde las sombras del pasillo empieza a escuchar un bisbiseo lejano, un vago rumor de oraciones que se atropellan y se diluyen. Se acerca a la puerta entreabierta de la sala principal y ve a su padre de rodillas, ante un pequeño altar que fabricó en los largos años de su duelo y en el que hay un crucifijo de hierro, unas velas anaranjadas y algunas fotos antiguas de su esposa. Le sigue llamando la atención ver a su padre arrodillado, no le parece que su temperamento, ni su poderoso esqueleto, sean propicios a ninguna actitud de sumisión. Tiene la cabeza agachada, y las manos unidas con los dedos entrelazados junto a su barbilla; habla en voz alta con Dios como si hablara con una presencia omnisciente que estuviera en cada rincón de la casa, en cada rincón del mundo, y que ahora le brindara el privilegio de su atención mientras posa una tranquilizadora mano en su hombro; le pide que lo lleve pronto con Él, junto a su mujer, que no lo deje pudrirse más en esta vida. No se ha dado cuenta de que su hijo está detrás de él, a tan solo esos pocos metros que marcan la diagonal de la estancia, y termina diciéndole a Dios que cuide de William cuando él falte, que ilumine la conciencia de sus hermanos para que no lo abandonen a su suerte.

—Ya que lo has hecho así —le dice—, no le des también una vida miserable.

El tono de su voz no difiere del que emplearía al hablar con un amigo íntimo, con alguien cercano que sabe leer los pensamientos y al que no merece la pena intentar engañar. Siempre ha rezado así, con un monólogo firme pero humilde, levemente resentido. Cuando termina la última frase, se incorpora despacio, con cierta sensación de desaliento, y al darse la vuelta ve a John en el otro extremo de la sala.

—Buenos días, hijo.

—Buenos días.

—¿Hoy no podías dormir?

—No es eso, papá, quería hablar contigo.

Terence mira con extrañeza a John y se sienta en una de las sillas que hay dispuestas alrededor de la mesa, se deja caer sobre ella como si las oraciones lo hubieran agotado, y con un gesto invita a su hijo a hacer lo mismo.

—Y eso que me tienes que decir es tan importante que no puede esperar al mediodía.

—No, no puede esperar —contesta John mientras se sienta en otra silla, enfrente de su padre.

—Estoy muy contento por tus calificaciones de fin de curso, son excelentes, tendría que habértelo dicho antes, pero ya sabes cómo me absorbe el trabajo con los animales. Sobre todo en esta época del año, cuando estamos preparando la feria...

—No tiene importancia, papá. Yo quería decirte...

Terence habla sin levantar la vista de la mesa. Le invade una desapacible sensación de ruptura inminente y la quiere demorar. Intuye que ya es demasiado tarde, pero no se resiste a intentar matizar la actitud de su hijo.

—Eres muy distinto a tus hermanos —le interrumpe—, mucho más inteligente... Es una pena que tu madre... Te pareces mucho a ella, ¿sabes? Nunca te lo he dicho, pero a veces me parece verla en tus ojos. Tenía esa misma mirada tuya, y tus mismos silencios... A veces os movéis igual. Y pensáis igual, eso es lo que más me llama la atención, que tengáis la misma forma de pensar sin haberos conocido. Creo que eres mucho más Hevia que Ellerman. Cuando conocí a tu madre, no era más que una niña, sus padres eran unos granjeros asturianos que emigraron a Inglaterra en los años treinta, un poco antes de que estallara la Guerra Civil española; tus abuelos formaban una pareja entrañable y, puedo asegurarlo, hacían el mejor arroz con leche que he probado... Tu madre ya nació aquí, aunque ella lo negaba y siempre presumía de ser española, supongo que para llamar la atención, o para distinguirse del resto; iban a Ribadesella un par de semanas casi todos los meses de agosto, y luego volvían cargados de botellas de sidra, y de fabes, y de embutido, y traían un montón de historias para contar que nos fascinaban, solo faltaron a esa visita los años de la guerra; en realidad nunca dejaron de ser asturianos, no creo que sea fácil dejar de ser del sitio donde se ha nacido, aunque ese sitio haya sido ingrato con uno y le haya obligado a emigrar. Un día nos invitaron a tres o cuatro familias de la zona a una fiesta en su casa, en primavera, no te imaginas la cantidad de botellas de sidra que nos bebimos, los asturianos las escancian levantando mucho la botella, por encima de la cabeza, con una gran habilidad, pero, aunque no les gusta reconocerlo, en cuanto empiezan a emborracharse la mitad del líquido se les cae fuera del vaso; de cualquier forma fue muy divertido compartir aquel ambiente, aquel derroche tan alegre. Ellos vivían junto al río, a los pies del monte Thompson, y en esa fiesta me presentaron a tu madre. Yo ya la había visto en el pueblo, pero nunca había hablado con ella. En aquella época no era como ahora, no había tanto descaro, los jóvenes solíamos aguardar a que algún conocido común nos presentara para empezar a tratarnos. Recuerdo que tu madre llevaba unas pequeñas flores silvestres en el pelo, y un vestido blanco con tirantes cruzados que le llegaba hasta la altura de las rodillas... Era una preciosidad, pero tenía carácter. Desde luego que tenía carácter. No era fácil llevarle la contraria. ¿Sabes qué me dijo una vez?, me lo dijo estando los dos a solas, antes de que nos pusiéramos en relaciones: «Yo consigo todo lo que me propongo». Y vaya si lo consiguió... ¿Lo has meditado bien?

—¿El qué, papá?

—Eso que quieres decirme.

—Perdona, estaba pensando en mamá. Me habría gustado tanto conocerla... Sí, lo he meditado muchas veces.

—A veces se cometen errores por no pensar las cosas lo suficiente.

—Lo tengo muy pensado.

—Entonces dispara.

—Me voy a ir a Londres.

—¿A Londres? ¿Cuándo?

—Hoy.

—¿Hablas de algo parecido a unas vacaciones? Porque sin duda las tienes merecidas. Espera, te daré algo de dinero...

Terence se levanta, y John no lo detiene, se queda allí sentado, aguardando a que su padre regrese. Es un instante de duda, un momento robado a sus deseos en el que está a punto de cambiar de planes, pero su determinación es muy grande, y no quiere de ninguna forma encerrar su esperanza para siempre en una jaula de acero. Cuando vuelve a entrar en la sala, Terence lleva unos cuantos billetes de veinte libras en la mano y los desliza en el bolsillo de la camisa de su hijo.

—Toma, sé que los gastarás con prudencia. Y no te olvides de traer algo para William.

—Gracias, papá, pero quiero que sepas que no son unas vacaciones, es algo mucho más serio. Me voy a vivir solo a Londres. Voy a buscar trabajo allí durante el verano y a matricularme en una *high school* para empezar a preparar en septiembre el acceso a la universidad. Quiero estudiar una carrera.

Terence calla un instante y reprime su deseo de golpear la mesa y de encerrar de nuevo a su hijo en la torre. Sus planes para John son muy distintos. Quiere que sea él quien dirija la granja; quien planifique el trabajo del año, lleve las cuentas, pague los impuestos y negocie las ventas con los mayoristas. No ve a Ted capaz de asumir con éxito todas esas tareas.

—Vamos a ver, hijo, ¿qué tontería es esa? Ya tendrás tiempo más adelante para ir a estudiar a Londres, o podrás hacerlo a distancia, pero ahora eres muy joven, y aquí hay demasiado trabajo como para poder prescindir de ti. Lo siento, pero no lo puedo consentir.

—No voy a ser un granjero como tú, papá. Te respeto, y reconozco el esfuerzo que haces aquí, pero yo soy muy distinto a todos vosotros. Ted quiere serlo, y William probablemente también. ¿No te parece suficiente? Podéis llevar la granja entre los tres; de hecho, tú has estado haciendo todo el trabajo prácticamente solo hasta hace un par de años. Ahora Ted te ayuda muchísimo, y yo apenas hago nada, solo estorbar, ni siquiera me echaréis de menos.

—¿No vas a ser granjero? ¿Y se puede saber qué tiene de malo serlo? ¿Acaso te avergüenzas de lo que lleva haciendo desde siempre tu familia? Mi padre ya era granjero, igual que mis abuelos, es nuestra forma de vida. Esta granja, que tanto parece molestarte, te ha dado siempre de comer, a ti y al resto de tus hermanos. No os ha faltado nunca de nada. Yo me he dejado la vida para que así fuera. Olvídate de esa estúpida idea, John. No tienes mi permiso. Por supuesto que no. Y no lo vas a tener.

—Perdóname por lo que te voy a decir, papá, sé que te va a molestar, pero no te estoy pidiendo permiso.

John ve como la mano abierta de su padre se cierra sobre la mesa, y como levanta el puño y se lo lleva a la boca.

—¿Preferirías que hubiera hecho como los gemelos? —le pregunta John sin dejar que se alivie la tensión—. ¿Que hubiera desaparecido una noche sin darte explicaciones? Puedo hacer como ellos si es lo que prefieres.

—¡No se te ocurra nombrar a tus hermanos! ¡Ni siquiera sabemos si están vivos! ¡No tienes respeto por nada! Sube a tu habitación inmediatamente. Cuando regrese de trabajar, hablaremos de esto más tranquilos.

—Cuando regreses de trabajar, ya no estaré aquí —le dice John sosteniéndole la mirada.

Terence se levanta iracundo y, al hacerlo, la silla sale despedida con fuerza hacia atrás y golpea el aparador organizando un estrépito de vasijas rotas.

—¡Insolente! ¡Maldito insolente! Desagradecido... Cría cuervos y te sacarán los ojos. ¿Sabes una cosa? Tienes razón diciendo que somos muy distintos, yo habría preferido rebanarme un dedo con un cuchillo antes que hablarle a mi padre como me has hablado tú a mí. ¿Me has oído? ¡Antes me habría rebanado el dedo con un cuchillo! ¡Sal de mi vista ahora mismo! ¡Que te jodan! ¡Que te jodan cien veces! ¡Ted! ¡Ted! ¿Dónde demonios estás?

—¿Sí, papá? —dice Ted entrando en la sala a medio vestir y con una escueta expresión de ignorancia.

—Encierra a este deslenguado en la torre hasta que volvamos. Tiene mucho en qué pensar esta mañana.

John se levanta en silencio y sube las escaleras de la torre con el rostro transido de lástima y de emociones contenidas. Ted sube tras él, todavía soñoliento, abotonándose la camisa, sin tocar a John y sin terminar de comprender lo que ha sucedido, y cuando su hermano entra en la habitación, no le dice nada y cierra la puerta con dos vueltas de cerrojo.

Sentado sobre su camastro, a pesar de su disgusto, John siente más alivio que consternación; se ha deshecho de una pesada carga, y la respuesta intolerante de su padre no ha diferido mucho de la que él esperaba. Tal vez la imaginaba menos violenta, algo más reflexiva, pero desde luego nunca consideró la posibilidad de que comprendiera su decisión, porque intuye que también existe el egoísmo de los padres, que también ellos pueden llegar a limitar el horizonte de sus hijos para sentirse a salvo de sus propios miedos. Oye desde su encierro los pasos decididos de su padre y los más arrastrados de Ted caminando con prisa de uno a otro lado, escucha el crujido de la tarima, el chirrido de los goznes de los armarios y el movimiento de enseres en la cocina. Al cabo de un instante, siente como una liberación el portazo final con el que los dos abandonan la casa, un sonido limpio y seco, definitivo, un signo de puntuación al final de un párrafo.

Es el último viernes del mes, John no ha elegido el día al azar, y sabe que hoy, como sucede cada último viernes de mes, su padre y Ted llevarán algunas ovejas y algunos pavos a la feria de ganado de Westerham, aparcarán a cierta distancia del centro obligados por la aglomeración de vehículos, caminarán hacia los puestos de subasta y regatearán con algunos mayoristas hasta que cierren un buen negocio; luego charlarán desenfadados con los habituales de la feria y, por último, se irán a comer y a beber con ellos, de forma que dispone de unas seis o siete horas para alejarse. Un tiempo que le parece suficiente para caminar hasta la carretera general y subir al autobús de línea o al primer camión con dirección a Londres que pare a repostar en la gasolinera. Todo está sucediendo conforme a sus planes. Nada podrá detenerlo. Espera todavía un momento hasta que escucha el ruidoso motor diésel de la furgoneta cuando la arrancan detrás del cobertizo, y poco después su rumor al abandonar la granja; cuando ese rumor termina de disiparse en el aire, John se desliza debajo de su camastro con la agilidad de un hurón y palpa con la mano abierta las juntas de la madera, una por una, hasta que encuentra aquella que está un poco más pronunciada, la que él mismo había labrado hace tiempo con la punta de un cuchillo. Levanta esa tablilla y saca su copia de la llave del hueco escondido en el suelo, se echa al hombro la mochila con su documentación y su ropa, abre la puerta, baja las escaleras y sale al exterior.

Dentro de la casa William duerme todavía, ocurre así a diario, ningún ruido es capaz de despertarlo, tiene un sueño plácido y muy profundo, algo semejante al efecto de un narcótico. Fuera ya está clareando, huele a hierba húmeda y a flores vivaces, solo se escucha el canto de algún pájaro, y todo parece estático y apacible, como en el escenario de una despedida. John inspira profundo y llena sus pulmones de una agradable sensación de libertad, le parece que no hay un instante mejor para empezar algo que el amanecer de un día de verano. Mira hacia atrás por última vez, ve la puerta entreabierta y decide retrasar su partida todavía un momento.

22

SISTEMA DE ECUACIONES

Por la mañana hace acopio de coraje y le cuenta todo a Eleanor. Le incomoda la ridícula perfección de su fracaso y al menos quiere justificarse. No es el comportamiento que ha tenido en el pasado frente a situaciones similares, siempre ha preferido desaparecer, no dar ninguna excusa, aunque al actuar así decepcionara a la otra persona; ahora es diferente porque está en un barco, rodeado de millas de agua en todas las direcciones, en un universo minúsculo del que no puede huir, porque, vaya adonde vaya, en las próximas horas habrán de encontrarse y su única salida digna es darle a esa mujer una explicación. Habla a Eleanor como si no hubiera una sola persona en el mundo sin conocimientos de psicología, le dice que padece un trastorno obsesivo compulsivo desde la infancia, que no es nada grave, ni peligroso, solo una alteración de la personalidad, una incómoda forma de ansiedad en la que hay pensamientos invasivos y persistentes que en su caso hacen que no pueda soportar el contacto físico con otro ser humano, que se sienta invadido por una repulsión infinita a la que es incapaz de dar un fundamento racional; le dice que quiere curarse, que su psiquiatra le ha hablado muy bien de las terapias conductistas y de algunos fármacos que todavía no se ha atrevido a tomar, pero que las relaciones íntimas con las mujeres le parecen, hoy por hoy, impensables.

Cuando termina de explicarse siente cierta fatiga, como si hubiera hablado demasiado deprisa, o como si lo hubiera hecho sin tomar aliento. Eleanor le mira muy seria, sin acritud y sin sorpresa, con la expresión de alguien incapaz de elaborar un reproche.

—Perdóneme, Paul —le dice—, ayer me comporté como una cualquiera. Por favor, no piense que cojo de la mano a todos los hombres que me encuentro, ni mucho menos, más bien al contrario. Además fue un gesto de cariño, no una insinuación; debió de afectarme el vino, o tal vez... Bueno, en realidad no sé lo que me pasó, creí ver alguna señal en usted, en su amabilidad conmigo; ya no estoy acostumbrada a relacionarme con los hombres, qué tonta soy, ¿verdad? Estoy muy disgustada conmigo misma. Estropeé la velada, y me habría gustado tanto haber seguido hablando toda la noche con usted..., porque su compañía me resulta muy agradable; fue una torpeza por mi parte, no sabe cuánto lo siento. Dígame que me perdona, por favor.

Es como si Eleanor no lo hubiera escuchado, se ve a sí misma como la única causante del fracaso de la noche anterior. Paul sospecha que quizá pretenda aparentar que le resta importancia a una confesión que a él le ha parecido determinante, pero que ella no estaba preparada para escuchar. En cualquier caso, ha pasado buena parte de la noche despierto, intentando vencer el miedo a confesar esa maldita enfermedad que lo atenaza y que condiciona todas sus relaciones personales y ahora ella no le da importancia, como si su trastorno solo fuera una anécdota y esta noche, o mañana por la noche, en unas circunstancias similares, no fuera a sucederle lo mismo. No sabe si agradecérselo o explicárselo de nuevo.

—Eleanor, usted no tiene por qué disculparse, no hizo nada mal, nada en absoluto, y yo ni por lo más remoto he pensado de usted que sea una cualquiera, nada más lejos de la realidad; creo que no me ha entendido, mi patología está bien estudiada por la ciencia...

—Calle, por favor, no insista, y demuéstreme que no me guarda rencor dando conmigo un paseo por Santander. ¿Tiene prisa por salir hacia Ribadesella?

—No, no tengo prisa. Además, hasta dentro de una semana no zarpa el ferri de vuelta a Inglaterra.

—¿Daremos ese paseo entonces?

—Por supuesto.

—Me da una gran alegría, se lo digo de corazón. Es usted un caballero. Y ya no abundan los caballeros de verdad.

Tras desembarcar en el puerto de Santander, Paul y Eleanor llevan el equipaje de ella hasta la consigna de su hotel, y después recorren sin prisa el paseo marítimo de la playa del Sardinero bajo las luces blandas de la mañana. Miran los vuelos acrobáticos de las gaviotas, los barcos de pescadores avanzar lentos entre los brillos fugaces de las olas y sienten juntos la agradable calma que proporciona la ausencia de apremio. Llegan hasta la orilla con los zapatos en las manos y juegan a no mojarse los pies con el vaivén del agua. Eleanor coge el brazo de Paul como si con ello evitara la posibilidad de caerse, como si de verdad lo necesitara; parecen una de esas parejas a las que la edad no desgasta, que viven y piensan juntos porque su felicidad nace en la felicidad del otro.

Antes del mediodía entran en un pequeño restaurante cerca del puerto que, a esa hora, mucho antes de que coman los españoles, tiene todas sus mesas vacías; se refugian en la mesa de la esquina y piden unas anchoas de Santoña bañadas en un brillante aceite de oliva, unas almejas al vapor que saben a mar y a limón y unos delicados pinchos de bonito con tomate. Hablan de sus lecturas comunes, de sus viajes al extranjero, de lo buenas que eran las películas de los años cincuenta, cuando el cine solo era cine y no se contemplaba a sí mismo. Comparten ese rincón esencial mientras el sol se abre camino entre las nubes y su tibia luz cruza las ventanas, ilumina las innumerables botellas de vino que decoran las paredes y se hace intensa sobre el azul glauco de la mantelería. Eleanor parece disfrutar del instante, y Paul se siente, durante toda esa mañana, un hombre privilegiado.

—Dígame algo, Paul... ¿No le parece este, ahora mismo, el mejor sitio del mundo?

Paul sonríe, y su mirada recorre la distancia que le separa de Eleanor como si el tiempo no fuera solo una magnitud fugaz, sino también un molde caprichoso al que intentamos adaptarnos como si pudiéramos alterar la cadencia insobornable de los segundos y los minutos. Entonces recuerda una de las cartas de John Ellerman a Brenda, aquella en la que le pedía que mirase fijamente un reloj para que comprendiera su impaciencia por verla. A John Ellerman el tiempo le parecía de una lentitud insufrible; sin embargo a él, durante esta mañana, ese mismo tiempo lo está atropellando.

—¿Usted cree que un hombre puede ser a la vez una buena persona y un asesino? —le dice a Eleanor.

—No estoy segura, creo que nadie es completamente bueno o completamente malo, que siempre hay matices para cada comportamiento. ¿Por qué me lo pregunta?

—Por el caso que estoy investigando.

—Si me cuenta algo, tal vez pueda ayudarle.

—No debo hablar del caso, es confidencial, pero sin entrar en detalles puedo decirle que en esta ocasión, y es algo que no me había sucedido nunca, tengo más curiosidad por saber qué pasó por la cabeza de la persona a la que busco que deseos de encontrarlo.

—¿No será que en el fondo no quiere encontrarlo, que ha descubierto algo en él que le genera simpatía?

—A veces pienso en ese hombre como si fuera yo mismo hace veinte años, como si tuviéramos gustos similares y formas de razonar paralelas. Tengo la sensación de que voy detrás de él sin ningún esfuerzo, que descubro las pistas que él, voluntariamente, me ha ido dejando, incluso que él sabe que le sigo y que no le importa. No tengo que preguntarme hacia dónde va, solo tengo que pensar en él y dar los pasos que habría dado yo mismo si hubiera estado en su lugar. Es como perseguir a mi propio fantasma.

Por la tarde, Eleanor acompaña a Paul a la estación de autobuses. Van caminando muy despacio por los jardines y el paseo de Pereda, juntos pero sin apenas rozarse, se demoran ante cualquier escaparate, en cualquier esquina, como si no quisieran llegar a su destino; aún tienen algo de tiempo y a ninguno de los dos le apetece separarse del otro.

—Tengo que elegir un regalo para mi hija —dice Eleanor—. ¿Qué se le ocurre?

—¿Solo tiene una hija?

—Solo una. Y es suficiente.

—¿Cómo es?

—Es... una preciosidad de catorce años que acaba de descubrirse ocupando el cuerpo de una mujer. Vive casi todo el año conmigo, bueno, no sé si decir conmigo o dentro de su burbuja; al principio su padre y yo representamos el papel de divorciados sensatos y nos repartimos la custodia y las responsabilidades, pero poco a poco se fue distanciando de su padre y un día me dijo que ya no sentía nada por él, que no quería volver a verlo; así de fácil, sin demostrar ninguna emoción. Quizá fue una forma de venganza solidaria entre mujeres porque él me hubiera dejado a mí, no lo sé. En el fondo me alegré de aquella crueldad, aunque sospecho que no es bueno que se eduque de espaldas a su padre. Ahora está haciendo un curso completo en París. Está loca por la moda, por las amigas y por la música alta, ya se imagina.

—Yo no tengo hijos, y creo que ya no los tendré, pero todavía recuerdo mi propia adolescencia, con todos aquellos planes idealizados, y aquellos fantasmas, lo recuerdo como si fuera ayer.

—La vida pasa muy deprisa, Paul.

—Yo era demasiado calculador, de hecho, sigo siéndolo; cuando tenía la edad de su hija, catorce años, ya tenía diseñados los próximos treinta... Llegué a apuntar cada detalle en una de esas libretas de espiral con hojas cuadriculadas: cada uno de los logros pendientes numerados en una columna y, al lado, la fecha probable de su realización; y al principio parecía que mis proyectos se podían materializar, incluso empezaron a cumplirse y llegué a creer que Dios estaba de acuerdo con esos planes, pero las cosas se torcieron. Míreme, al final nada ha sido como yo pensaba.

—¿Y cree usted que yo he acertado en algo? ¿Cree que me imaginaba a los cuarenta años haciendo turismo sola por el continente? No hemos cumplido los sueños de aquellos dos adolescentes, ni usted ni yo, eso es todo. Pero no se preocupe, a lo mejor nos hemos sublevado contra ellos y nos hemos negado a seguirles la corriente. No olvide que todos los adolescentes son unos tiranos. Mi propia hija pasa temporadas sin hablarme, sin un motivo sólido, tal vez solo por autoafirmarse; puede ser suficiente que le niegue un capricho, o que le lleve la contraria. ¡Mire! —le dice señalando el escaparate de una librería—, ya sé lo que voy a comprarle a la insensata de mi hija: un libro acerca de las pinturas rupestres de Altamira. Es probable que me lo tire a la cabeza, pero alguna vez lo leerá, aunque sea dentro de unos cuantos años, cuando deje de sentir rechazo por todo lo que me gusta a mí. Vamos a comprarlo.

Cuando salen de la librería caminan unos metros en silencio. Paul se detiene, y dos pasos más adelante lo hace Eleanor.

—¿Qué sucede, Paul?

Paul duda un momento su próxima frase. Mira el rostro sereno de su acompañante y la imagina con esa misma expresión resignada, con su derrota digna y profunda, caminando sola el resto del día, el resto de la semana, y todas las semanas de su vida.

—¿Quiere acompañarme a Ribadesella?

—¿De verdad quiere que vaya con usted?

—Si no estuviera seguro, no se lo diría. Podríamos estar de regreso esta misma noche, o mañana, como muy tarde.

—No —contesta Eleanor con decisión—, lo siento, va por un asunto de trabajo y no quiero molestar, voy a quedarme aquí y mañana visitaré Comillas, y pasado mañana Santillana del Mar, como usted me recomendó. Tengo que aprovechar el final de mis vacaciones. ¿No le ha pasado a usted nunca que ha estropeado los últimos días de sus vacaciones por pensar que ya se acaba lo mejor del año o por la desazón que genera la inminencia del regreso a la rutina y al trabajo? Yo no quiero que me suceda este año, me sublevo contra esa inercia pesimista, quiero disfrutar estas vacaciones hasta el final.

—He pasado un día estupendo.

—Yo también, Paul, el mejor en mucho tiempo... Si vuelve usted antes de una semana, me refiero a que si termina con su trabajo y le apetece... No me gustaría que se sintiera obligado, pero ya lo sabe, yo voy a estar alojada en el Hotel Real... No le será difícil encontrarme. Solo tiene que llegar hasta la recepción, dar un golpe seco en el timbre y preguntar al recepcionista por la inglesa solterona.

No vuelven a hablar hasta la estación de autobuses. Una vez allí, se despiden sin tocarse, en medio de torpes silencios. Paul sube al autobús y elige un sitio junto a la ventanilla. No se acomoda en el asiento, ni se coloca con cuidado la ropa para evitar las arrugas como hace siempre, solo nota que se hunde en medio de su mediocridad y de su triste prudencia y desde allí dirige a Eleanor una mirada inexpresiva. Esa mujer encierra una ingente capacidad de amar, una promesa de una vida mejor, ajena a las servidumbres de la soledad; él tiene esa certeza, pero no es capaz de hacer nada para retenerla. Cuando el conductor cierra las puertas neumáticas y pone el motor en marcha, siente que debería bajarse y quedarse con ella, olvidarse de John Ellerman y de Ellen Carter, afrontar de una vez el tratamiento de su enfermedad y dedicar el resto de su vida a hacer feliz a esa encantadora mujer, pero no toma esa decisión, se limita a despedirse con un gesto de la mano que apenas es capaz de mover el aire y a verla alejarse a través del cristal entre la muchedumbre de la acera, poco a poco, hasta que Eleanor solo es una delgada forma blanca en un entorno desordenado y él un hombre abatido que vive sin propósito.

Cuando el autobús sale de Santander, la luz se hace gris y empieza a llover con fuerza. Paul mira cómo se forman regueros de gotas de agua al otro lado del cristal que son como diminutos torrentes oblicuos arrastrados por el viento, cómo confluyen entre ellos y dibujan una irremediable caída mientras él consigue abstraerse y vaciar su pensamiento de ilusiones vanas y de esperas imposibles; en su interior todo ha comenzado a cambiar, todo se amontona tras él y pierde relevancia, ya no tiene las mismas certidumbres, ni siquiera le apetece estar de acuerdo consigo mismo y con su apacible forma de habitar en el mundo, es como si esos mismos cristales del autobús que lo protegen del viento y de la lluvia lo aislaran también de su pasado y le permitieran tener la esperanza de que es posible empezar de nuevo.

23

LAS HERIDAS DEL LOBO

Ted ha ido a aparcar la furgoneta, ha parado delante de la puerta principal de la casa para que bajara su padre y ha seguido despacio hasta la trasera del cobertizo, donde también guardan, bajo un sucio techo de uralita, un pequeño tractor con el que trabajan un huerto de patatas, zanahorias, coliflor y lombarda. Terence está satisfecho por la venta de hoy en la feria de ganado, ha conseguido un precio alto por los animales y eso es bueno para todos; ha comprado una botella de vino tinto de La Rioja, un crianza de esa bodega que tanto le gustaba a su mujer, y unos gruesos filetes de lomo de buey para celebrarlo con sus hijos. Ya no parece afectarle la disputa de esta mañana con John; de hecho, siente pena al imaginarlo encerrado en la torre, resignado a una suerte que le es adversa desde hace ya demasiado tiempo y quizá esperándolo para hacer las paces. Sube los peldaños del porche con la botella de vino en una mano y el grueso paquete de filetes en la otra, y se da cuenta de que hacía mucho tiempo que no subía esos peldaños con tan buen ánimo; se limpia el barro de las suelas en el felpudo y abre la puerta, solo tiene que empujarla, porque no está echado el pestillo, entra en el recibidor y respira ese aire estancado que le resulta tan familiar, una mezcla de olor a cuero y maderas y resina vieja y habitaciones de hombre cerradas. Ya es por la tarde, son casi las seis, y le extraña que la casa esté oscura, sin ventilar y con todas las contraventanas cerradas. También le extraña no haber visto a William fuera, entretenido con cualquier tarea anodina; siempre le ha llamado la atención la inagotable capacidad de ese chico para encontrar algo banal de lo que ocuparse: un insecto, un palo retorcido, o un alambre; piensa que tal vez su débil cerebro sea feliz incubando un mundo de simplezas y se sienta desbordado ante cualquier amenaza de complejidad. Cuando William era un niño pequeño, su padre pensó que cambiaría con la madurez, que llegado a la adolescencia se pondría en marcha algún recóndito mecanismo interior y la propia curiosidad biológica le haría salir de la protección familiar y adentrarse en la vida, pero no fue así; los años pasaron inexorables y sus labios gruesos fueron dibujando una expresión cada vez menos inteligente, su boca no llegó jamás a deshacerse del sabor del recelo ni sus manos dejaron de aferrarse a todos aquellos objetos sumisos que sustituían a los juguetes; lo único que parecía interesarle era la mecánica, conocía cada uno de los modelos de coches, incluso los extranjeros, sabía cuántos caballos de potencia tenían y su velocidad máxima y poseía una extraña habilidad para arreglar las averías de los motores, pero nunca quiso ir al taller del pueblo como aprendiz, a pesar de que más de una vez intentó convencerlo, y es que William nunca quiso ir solo a ninguna parte. Entonces empezó a preocuparle qué sería del pobre William cuando él faltara, a cuál de sus hijos podría pedirle el sacrificio de tenerlo consigo y acogerlo de por vida: Ted podría entretenerlo, darle tareas en la granja y enseñarle el oficio de ganadero, pero nada más; antes de que se marcharan, ya no contaba para esa labor con los gemelos, nunca lo habían aceptado como compañero de juegos, despreciaban sus gustos y sus expresiones pueriles, con frecuencia se reían de él y en algunas ocasiones lo humillaban y lo convertían en su chivo expiatorio, y, aunque él nunca se lo había tenido en cuenta, no podía pensar en ellos de ninguna forma para protegerlo del mundo; sin embargo, con John es diferente, John quiere a William, no parece importarle su lentitud, ni su falta de ingenio, pasa mucho tiempo con él, y William lo adora, se dejaría matar por su hermano, lo seguiría hasta el fin de los tiempos sin mirar atrás y sin hacer una sola pregunta; qué triste le parece esa forma de dependencia en la que alguien no llegará nunca a valerse por sí mismo, pero a la vez, en este caso, qué inmensa ventaja para que sea John el elegido, porque John es para su padre un diamante en bruto, un caballo sin domar, alguien con una capacidad ingente que todavía no sabe conducirse. Cuando le ha dicho a John por la mañana que no le permitiría ir a vivir a Londres no solo pensaba en el porvenir de la granja, también pensaba en William; aunque no quiso decírselo estando inyectado por la ira, se lo dirá ahora, más tranquilo, los dos a solas, subirá a la torre, le abrirá la puerta, le levantará el castigo y le dará un abrazo fuerte, un abrazo que cierre de una vez todas esas viejas cicatrices. Terence deja la botella de vino y el paquete de filetes sobre la mesita del recibidor, una reliquia victoriana que había heredado de su abuela Lucy; al hacerlo, piensa que cuando su abuela Lucy murió, a él aquella mujer le parecía entonces una anciana, tenía tres años menos de los que él tiene ahora mismo, que tal vez ya esté viviendo unos años de prórroga. Cuelga su vieja chaqueta de pana marrón en el perchero y sube de dos en dos los peldaños de las escaleras de la torre; todavía se siente con fuerzas para hacerlo, tal vez eso signifique que a pesar de todo aún no es tan viejo por dentro como llegó a serlo su abuela Lucy. Cuando alcanza el rellano, ve la puerta abierta, la cama deshecha y la estancia vacía, y piensa de inmediato que William ha liberado a su hermano y que los dos estarán ahora corriendo por ahí, detrás del cobertizo, o en ese trozo de autopista abandonada al que suelen ir, perdidos en su entrañable complicidad. Decide que cuando vuelvan fingirá que no le importa, hoy ya no quiere nuevos conflictos, al contrario, pretende hacer entrar en razón a su hijo pequeño y está dispuesto a hacerlo con buenas palabras y con la ayuda de Dios. Sabe que por la mañana quizá se ha excedido, que un buen estudiante como él merece algo más de respeto, pero por la noche será distinto, él mismo pondrá la mesa, cenarán juntos, beberán algo de ese prometedor vino español y volverán a ser una familia. No lo castigará más con la torre, la cerrará para siempre y tapiará la puerta delante de todos. Esa triste habitación volverá a ser un almacén olvidado. Terence baja las escaleras y mira en el interior de todas las habitaciones: en la suya, en la de Ted, en la de William, entra en cada una de ellas y abre de par en par las ventanas para que el aire se haga nuevo, incluso lo hace en la de los gemelos, porque él entra en esa habitación a diario con la callada esperanza de que vuelvan a aparecer, de ver en ella una señal de su regreso, aunque una vez tras otra todo siga igual y tenga que volver a cerrarla. No podía imaginar lo que un padre puede llegar a añorar a sus hijos, el aguijón candente en el pecho que supone su ausencia; antes de que se fueran, habían sido un continuo quebradero de cabeza, la fuente inagotable de cada uno de los conflictos domésticos, y sin embargo ahora, que ya no están, daría todo cuanto es y cuanto ha sido por compartir aunque fuera media hora con ellos, o solo diez minutos, para saber que están bien, que nadie les hizo daño. Por último entra en la cocina y le sorprende encontrarse con William sentado en el suelo, medio desnudo, tembloroso, abrazándose las rodillas, con los ojos muy abiertos y una expresión demudada; había visto esa expresión en él otras veces, hace algunos años, cuando ante alguna amenaza el terror lo atenazaba y le impedía moverse y hablar, y no podía dejar de mirar un punto fijo que en esta maldita ocasión está sobre la mesa de la cocina, justo en el centro, cerca de unas cuantas salpicaduras que podrían ser de sirope, o de salsa de tomate, pero que más bien le parecen de sangre y que rodean un frasco de cristal que recuerda haber visto muchas veces en el desván, uno de aquellos con boca ancha y tapadera de metal de rosca que su mujer usaba para guardar la conserva. El frasco está ahora lleno de un líquido amarillo pajizo, tal vez aceite, y permite distinguir que hay algo sólido en su interior, una mancha distorsionada por la superficie convexa del frasco que no consigue identificar desde lejos. Terence se acerca con una prudencia temerosa, pega su nariz al sucio cristal y, detrás de él, flotando en la turbia sustancia del miedo, reconoce uno de los dedos de John.

24

SISTEMA DE ECUACIONES

Están los dos de pie, cerca el uno del otro, contemplando la lápida de mármol blanco. La tarde ha refrescado, y Paul se sube las solapas de la chaqueta y se pregunta por qué siempre tiene que hacer frío en los cementerios. No recuerda un entierro o una visita a un cementerio en los que no le haya recorrido por la espalda un escalofrío en algún momento. A veces, en sus viajes, visita por curiosidad los camposantos de las ciudades a las que llega: cree que dicen mucho de la cultura y la sensibilidad de un pueblo. Algunos, y piensa en el de Montmartre en París, o en el judío de Praga, alojan una belleza extraña y decadente; otros, como este, algún secreto, pero en todos siente el frío de las lápidas pegado a la piel. Unas horas atrás había llegado a Ribadesella en el autobús de línea, y en ese viaje, que empezó siendo triste y acabó encontrando reconfortante, no había dejado de pensar en Eleanor, en su prudencia, en su mirada limpia, en su ansia desesperada de vivir, en aquella frase con la que le decía que tal vez había encontrado algo en la persona a la que buscaba que había despertado su simpatía; después había bajado el último de ese autobús, en la calle Marqueses de Argüelles, junto a un enjambre de apresurados turistas que, como todos los que les han precedido, contemplan los edificios y la desembocadura del río y enseguida se miran sonriendo entre ellos como niños que descubren un tesoro escondido; paseó por el centro de una ciudad que le pareció hermosa y acogedora, un lugar al que le gustaría volver durante las vacaciones, tal vez acompañado por Eleanor, y se dirigió a la iglesia parroquial de Santa María Magdalena con la idea de encontrar a algún sacerdote que le pudiera informar sobre la familia Hevia. Ribadesella es un pueblo pequeño, de apenas seis mil habitantes, y Paul pensó que sería muy probable que en la iglesia tuvieran información de cualquiera de sus familias. Cerca de los confesionarios se tropezó con el padre Lorenzo, un hombre amable y estilizado, una figura fantasmal hecha de huesos angulosos y piel lampiña que, después de un prolongado silencio, se mostró dispuesto a ayudarlo.

—En este pequeño panteón —le dice el cura— están enterrados todos los Hevia que murieron en Ribadesella o sus alrededores. Faltan Gustavo y Virginia, los padres de Sara, que, como ya sabe, emigraron a Inglaterra. Me consta que hay otra familia Hevia, también parientes de estos, en el concejo de Llanes, los Hevia y Menéndez; pero la parte de la familia que busca usted es la que está enterrada aquí.

El panteón, excavado en un muro de piedra natural, tiene un relieve barroco de la crucifixión sobre la lápida y un tramo de escalera de ocho peldaños que llega hasta la puerta de la cripta, que está cerrada con una cadena y un candado corroídos por el óxido.

—¿También está aquí John Hevia?

—Sí, señor, ese fue el último que enterramos, el hijo de Sara. Un chico encantador.

Paul observa el rostro del sacerdote: liso, sin arrugas, sin vello, una piel inquietante, de una rara perfección pero sin biografía. Le hace preguntas cortas, muy directas; su exiguo español no le permite nada más.

—¿Qué sabe usted de él?

El sacerdote sonríe y busca las palabras precisas, aquellas que a su criterio un extranjero como Paul va a poder entender. Habla despacio y con un melifluo tono de complicidad a la vez que mira la lápida, como si John Hevia también pudiera oírle y quisiera agradarle.

—John Hevia vino aquí a principios del verano, hace cuatro años, y alquiló una cabaña en la parte baja del pueblo, cerca del río. No era exactamente en la que habían vivido sus abuelos con su madre, esa casa ya ha desaparecido, pero estaba bastante próxima. Él quiso recuperar el pasado con la mayor veracidad posible, respirar el mismo aire que ellos respiraron. No he conocido a muchas personas tan detallistas, ni tan amables; se hizo enseguida con todos nosotros. Tenía un talento natural para confraternizar con cualquier desconocido. Además hablaba muy bien en español...

—Mejor que yo, supongo.

—Sí, perdóneme, mucho mejor. John era prácticamente bilingüe.

—Dicen que también muy inteligente.

—Y muy culto, se habría sorprendido de haber podido hablar con él. Sabía tanto de la historia de España como yo, y había leído a nuestros clásicos. Todavía recuerdo su curiosidad el día en que visitamos juntos la biblioteca, estuvo toda una tarde haciendo una lista con los libros que quería leer, libros en español que él no podría conseguir en Inglaterra: Góngora, Quevedo, Calderón... Quería que fuéramos juntos a Oviedo a comprarlos...

—Pero no tuvo suerte.

—Así es, amigo mío. John no tuvo suerte, pero al menos le dio tiempo a reconstruir aquí parte de la infancia de su madre. El pobre muchacho trajo una caja de hojalata llena de fotografías de su familia; algunas eran muy pequeñas y se veían muy mal, ya sabe usted, fotografías antiguas, pero en otras pudimos reconocer a su madre y a sus abuelos, y a algunos de sus primos de Llanes. Las extendimos sobre la mesa de la taberna, haciendo un gran *collage*, y los más viejos se acercaban y le contaban anécdotas de su familia, historias de hace cuarenta y cincuenta años. No se imagina cómo disfrutó el muchacho de esos relatos, pasamos una tarde estupenda. Al terminar el verano, John era uno más entre nosotros. Por eso nos dolió tanto su pérdida.

—¿Cómo murió?

—Hubo un incendio en su cabaña, algo espantoso, no deberían suceder cosas así; debió de encender la chimenea para calentar algo y tuvo algún despiste, no lo sé; la columna de humo negro podía verse desde todo el pueblo, y el fuego rugía como nunca antes lo habíamos oído, parecía que dentro de la casa se estuvieran rompiendo troncos de árboles por la mitad. Los perros se volvían locos ladrando alrededor de las llamas y lanzando dentelladas al humo, y todos corríamos de un lado a otro intentando ayudar con mantas y cubos de agua, pero aquel esfuerzo no valió de nada, porque el fuego era demasiado impetuoso y cambiaba de dirección continuamente por el viento, ni siquiera podíamos acercarnos. Nadie sabe qué pasó. Los bomberos tardaron mucho tiempo en llevar hasta allí la bomba de agua, era un sitio muy apartado, y cuando consiguieron sofocarlo ya no quedaba nada en pie. Solo un enorme montón de cenizas humeantes, la estructura de piedra de la chimenea, algunos escombros ennegrecidos y un olor pegajoso a carne quemada.

—¿Y el cadáver?

—Carbonizado.

—¿Cómo hicieron la identificación? ¿Pidieron un registro de su ficha dental?

—No fue necesario, al cadáver le faltaba el dedo meñique de la mano izquierda, y muchos nos habíamos fijado antes en que John tenía amputado ese dedo a la altura de la segunda falange.

—¿Y lo enterraron sin más?

—Por supuesto que no. Esto es España, señor, no nos ofenda, somos un país civilizado. La Guardia Civil levantó un atestado y lo notificamos por escrito a las autoridades británicas, pero pasó el plazo legal y nadie reclamó el cadáver. Como John Hevia tenía la doble nacionalidad, hicimos una colecta en la iglesia y lo enterramos en el panteón de su familia. Había huecos de sobra, y pensamos que a él le habría gustado reposar con los suyos. Yo mismo oficié la misa de difuntos.

—¿Cree usted que podría ver el cadáver?

—El espectáculo no merece la pena, señor Lancaster.

—No obstante, me gustaría verlo.

—Me temo que eso va a ser imposible sin una orden judicial. Le repito que este es un país civilizado.

—¿No podría usted hacer una excepción conmigo? Toda mi investigación depende de lo que consiga averiguar acerca de John.

—Lo siento, pero tengo que negarme.

—Está bien, no insisto más, pero dígame: ¿llegó a tener usted conversaciones personales con él?

—Puede decirse que sí, las propias de una amistad incipiente...

—¿Le habló él alguna vez de Ellen Carter?

—No, nunca.

—¿Y de Pamela Pidgeon?

—Tampoco. Ya supondrá usted que nunca hablábamos de mujeres.

—Sí, discúlpeme. ¿Le habló de sus hermanos?

—Sí, me habló de uno, de William, con mucho cariño. Me dijo que era ganadero, muy aficionado a los motores, y que ahora llevaba la granja de sus padres.

—¿No le habló del resto de sus hermanos?

—No, de ninguno. No sabía que tuviera más hermanos.

—Tenía otros tres hermanos varones, dos de ellos gemelos.

—No deja de sorprenderme, porque es la primera noticia.

—¿Visitó John este cementerio?

—Sí, él quiso saber dónde estaba enterrada su familia, y rezarles unas oraciones. Yo mismo lo acompañé y le abrí el panteón.

Esa noche, desde un pequeño hotel junto a la playa de Ribadesella, Paul Lancaster llama por teléfono a su amigo Brian Lawrence, de Scotland Yard, para interesarse por el informe de la autopsia de Pamela Pidgeon.

—La chica murió ahogada sin llegar a quitarse el cinturón de seguridad —le dice Lawrence—. No había huellas de frenada en el pavimento ni averías en la columna de dirección o en los frenos, es probable que se durmiera al volante y que perdiera el conocimiento al golpear contra la superficie del agua, porque ni siquiera intentó salir; si lo hubiera intentado, no le habría resultado difícil, pues los seguros de las puertas estaban levantados y los cristales bajados. Un accidente de tráfico sin testigos a altas horas de la madrugada. Caso cerrado.

Paul sabe que sin cargos en Inglaterra contra John Hevia nunca conseguirá que las autoridades españolas exhumen el cadáver, y que el caso de Pamela Pidgeon era su única oportunidad. Tendrá que conformarse con la amable versión del sacerdote, aunque todo le resulte demasiado fácil; al fin y al cabo, tal vez sea cierto que solo fue a Asturias para unas vacaciones en las que quiso recuperar el pasado de la familia de su madre, quizá murió en aquel incendio, por accidente o por suicidio, y por eso su coche se quedó abandonado en el aparcamiento del puerto de Plymouth. La alternativa es que John Ellerman preparara minuciosamente su desaparición, que lo planificara todo, incluido el incendio, por si en el futuro se descubría su relación con la muerte de Pamela Pidgeon, o con el suicidio de Natalie Hughs, o con la desaparición de Ellen Carter, y si es así, él estará ahora en cualquier lugar, en Inglaterra o en el extranjero, con una identidad falsa, y será ya muy difícil encontrarlo. No le gusta apostar, pero está a punto de abandonar un caso en el que se habría jugado una buena cantidad de dinero a favor de que John Ellerman sigue vivo.

Por la mañana tendrá que llamar a Josephine Doyle para decirle que ya puede cobrar el dinero de la póliza del seguro de su hija Brenda, pues el primer beneficiario está oficialmente muerto, y también al padre de Ellen Carter; esa llamada le resultará más difícil, pues sin pistas sobre el paradero de John Ellerman no ve ninguna posibilidad de encontrar a su querida hija.

Pero eso será mañana, porque ahora se encuentra cansado y necesita dormir. Hoy no pensará en la mujer sin nombre, no convocará su imagen, es muy probable que no vuelva a hacerlo, porque el intenso recuerdo de Eleanor lo ocupa todo.

Se quita los zapatos y los deja juntos en el cuarto de baño, cuelga los pantalones y la americana en el respaldo de una silla sin permitir que se forme ninguna arruga, se tumba sobre la cama y cierra los ojos, pero sus párpados vuelven a abrirse como movidos por un resorte, y su mirada busca con avidez alguna fuente de luz en la que concentrarse.

En ocasiones Paul no puede conciliar el sueño; le sucede después de algún acontecimiento excitante, o cuando sabe que ha encontrado la clave para desentrañar un caso y la impaciencia por la llegada del nuevo día es más fuerte que su necesidad de dormir. En esas noches interminables da cientos de vueltas en la cama, cae en ciclos repetitivos de pensamiento que consiguen angustiarlo, se levanta, bebe un poco de agua, toma notas, planifica por escrito sus próximas decisiones, y a veces incluso se viste y sale a la calle para dar un paseo. Es la esclavitud del entusiasta, el inevitable peaje que debe pagar por una idea luminosa nacida en la madrugada.

Así es también esa noche, tal vez más que ninguna otra; cree que puede resolver el caso antes de salir de Ribadesella. Vuelve a encender la luz, decide levantarse, se lava la cara y las manos, se mira en el espejo y por primera vez en mucho tiempo ya no ve a un estúpido, sino a un hombre normal, a alguien que tiene una razón para vivir más allá de las insuficiencias de la rutina, vuelve a vestirse, coge su maletín, revisa su contenido y sale de su habitación. Baja las escaleras sin hacer ruido, como lo haría un niño travieso que prepara una fechoría. No encuentra a nadie en la recepción del hotel, donde solo queda una luz de seguridad que proyecta duras sombras rojizas sobre las paredes, ni tampoco hay nadie en la calle: Ribadesella es un pueblo pequeño, sin ambiente nocturno, un sitio que los viajeros admiran de día.

Sale caminando del pueblo con una sola idea en su pensamiento, una suerte de obsesión que le perfora el cerebro con la pausada eficacia con la que una termita perfora un listón de madera, y en poco tiempo llega hasta el cementerio; allí mira a su alrededor, comprueba que nadie puede verlo, levanta el pasador de la verja de hierro por la que entró por la mañana con el sacerdote y se desliza como una sombra en ese mundo de pétrea frialdad donde la muerte espera rodeada de árboles.

No se detiene a pensar dónde está, ni si podría o no sentir miedo; se dirige con paso firme al panteón de los Hevia, donde él cree que está la solución del caso. Baja los ocho peldaños hasta la puerta de la cripta, vuelve a mirar en todas las direcciones para cerciorarse de que está solo, saca una pequeña ganzúa de su maletín, la introduce en el candado, hace un leve movimiento oscilante con la muñeca y lo abre con la facilidad de un cerrajero.

Dentro de la cripta la oscuridad es casi completa y hace frío. Entra desde la puerta una débil luz plateada que se dobla en los ángulos de las paredes, y huele a muerte antigua y a humedad. El silencio es tan rotundo que oye con intensidad sus pisadas y el roce de su propia piel contra su ropa, y también percibe una lejana vibración continua, similar a la que producen los cables de alta tensión, uno de esos sonidos que solo cobran importancia cuando todos los demás desaparecen. Espera a que la vista se le acomode a la falta de luz, y poco a poco consigue distinguir doce nichos, seis a cada lado en dos filas de tres, y un sencillo altar en el centro de la estancia. Cuatro de los nichos no tienen inscripción y están huecos, los otros ocho albergan los ataúdes de tres generaciones de la familia Hevia. El nicho inferior izquierdo tiene una placa grabada con el nombre de John Hevia y los años 1964-1989.

Deja el maletín sobre el altar, que tiene una gruesa capa de polvo. Saca sus guantes de algodón blanco de la caja plana de cartón, se los ajusta con cuidado, se agacha, tira de la anilla del ataúd de John y lo deja medio metro fuera del nicho, lo suficiente para poder apalancar la tapa y retirarla hacia un lado. Dentro hay un cuerpo carbonizado que aún huele a ceniza, una forma humana porosa y ennegrecida, como tallada en piedra pómez, un resto irreconocible y sin dignidad, muerto en un instante de tenso sufrimiento. Le recuerda a una de esas lúgubres figuras de Pompeya que los arqueólogos reconstruyeron a partir de los huecos que habían dejado los cuerpos vaporizados por la erupción del Vesubio. Busca de nuevo en su maletín y saca una mascarilla de papel que se ajusta sobre la nariz y la boca, y también una caja de cerillas en la que solo hay cuatro fósforos, prende uno de ellos y lo acerca al cadáver. A la luz trémula de la llama puede ver que apenas queda de él algo más que el esqueleto; tiene unas profundas órbitas vacías, negras y cóncavas igual que un sumidero de recuerdos; la boca muy abierta, como si antes de morir hubiera intentado gritar, y en ella una dentadura completa que bien podría corresponder a un hombre de veinticinco años. No tiene nariz, ni orejas, ni rastro de pelo. Todo ha sido quemado. No hay piel que cubra ese amasijo de huesos, ni restos de músculos. El tronco está algo flexionado, los brazos doblados junto al pecho en posición de defensa y los dedos agarrotados, arañando la nada, cinco en la mano derecha y cuatro en la mano izquierda, con el meñique amputado a la altura de la segunda falange, tal como le había dicho el sacerdote. Se apaga la cerilla y enciende la segunda. Intenta mover la mano del cadáver, pero la nota quebradiza y teme romperla. Con medio cuerpo dentro del ataúd y su cabeza al lado de la sombría cara del cadáver, raspa el muñón del dedo amputado con el filo de una pequeña navaja, lo libera de un magma de cenizas solidificadas y deja el hueso al descubierto: tiene un borde en ángulo recto, cortante, sin ninguna reacción natural, sin callo de cicatrización. Paul no es forense, pero ha visto las suficientes autopsias para saber que ese dedo no fue cortado en vida, que el hueso vivo reacciona a la agresión de una amputación esclerosando y suavizando sus bordes.

Vuelve a cerrar el ataúd y a introducirlo en su nicho. Esboza una sonrisa de derrota lúcida y resignada mientras contempla su grotesca situación actual, la de un extranjero disfrazado de cirujano en medio de una cripta católica, profanando tumbas y manipulando sin permiso las pruebas de un posible delito. John Ellerman ha demostrado ser, efectivamente, muy listo. Sabe que su curiosidad y su impaciencia están echando a perder el caso, pero tiene que admitir que no le importa, ya no quiere una victoria en los tribunales, ni siquiera desea encontrar a John, sino solo la satisfacción intelectual de poder confirmar sus sospechas.

Se dice a sí mismo que todo esto tiene que acabar, tiene que liberarse por fin de este caso y de cada uno de los malditos casos de desapariciones que le llevan a visitar lo más oscuro de la existencia; tiene que retomar el interés por su propia vida, tiene que curarse de una vez de esa herida de bala en el pecho que le hizo esconderse dentro de sí mismo, y también de los incesantes zarpazos de la obsesión, y sabe que no lo logrará sin pedir ayuda. Eleanor es la única persona que podría ayudarlo. Con ella a su lado se sentiría capaz de conseguirlo. Sí, eso es lo que hará, aceptará empezar el tratamiento que le propuso su psiquiatra si ella es capaz de emprender ese camino a su lado. No quiere volver a hablar por las noches con una mujer imaginaria, quiere hablar todos los días con Eleanor, quiere conocerla e intentar amarla. Mañana es lunes y ella estará visitando Santander, o Comillas, o Santillana del Mar, la buscará temprano en su hotel y le propondrá recorrer juntos todos esos lugares durante esta semana, aún quedan seis días para que salga el ferri de vuelta y hace una eternidad que no disfruta de unas vacaciones. La misma eternidad vacía de esperanzas en la que nunca había llegado a conocer un deseo tan intenso y una convicción tan fuerte. Está decidido, lo hará mañana, en cuanto comprenda qué es lo que pasó y pueda dejar atrás para siempre a John Ellerman.

Mira a la luz de la penúltima de sus cerillas el resto de las fechas de nacimiento en las inscripciones y se detiene en la de un varón: Alonso Hevia Salas, 1955-1976, muerto con solo veintiún años, el único cercano a la edad de John Ellerman en el presunto momento de su muerte. Entonces siente la sacudida de una certeza y sonríe.

Se apresura a sacar ese ataúd del nicho, que le resulta bastante más ligero que el anterior, lo abre y, tal como esperaba, lo encuentra vacío; una merecida sensación de triunfo le atraviesa el pecho. Las manchas marrones, sinuosas y concéntricas en el fieltro gris del interior delatan que allí dentro hubo en el pasado un cuerpo en descomposición, pero ahora, sobre esas manchas, solo hay algunas pequeñas larvas blanquecinas, inmóviles y probablemente muertas por la ausencia de alimento, una araña que huye por un resquicio al percibir la luz de su última cerilla y un sobre de papel enmohecido en cuyo anverso hay una palabra escrita en mayúsculas: REDENCIÓN.

Paul abre el sobre, deja caer su contenido y ve rodar por el sucio fondo del ataúd un dedo meñique seco, marrón y satinado, con un corte limpio en la segunda falange.

PRIMER EPÍLOGO

IMARA

Westerham, 1955

Lleva un vestido blanco manchado de sangre, y las manos, y los brazos hasta los codos, y cualquiera que la hubiese visto habría pensado que viene de una matanza, o que ha tenido un accidente y la excitación del momento le impide sentir dolor por sus heridas. Baja por la ladera del monte sin ver el suelo bajo sus pies, por una senda estrecha de hierbas aplastadas por la que solo suele ir el ganado. Es como si estuviera dormida, como si fuera una sonámbula que avanza sin rumbo en medio de un mal sueño. No se quita la sangre en el riachuelo que hay en el valle, lo cruza y se moja, arrastra los pies por el agua, pero no se detiene a lavarse. Camina hacia su casa con la embriagada determinación de un perturbado, bajo un cálido sol de estío, en medio de una luz blanca y brillante que hace fulgurar las manchas de sangre y que le duele en los ojos. Unos cuervos pasan sobre su cabeza. Un perro pastor se acerca y la huele, pero ella lo ignora; luego el animal baja el hocico hasta el suelo y se marcha hacia atrás siguiendo el rastro irregular de la sangre. Nadie más la ve. Ella avanza como atraída por la ruina, con los brazos colgando y la boca entreabierta, con la mirada atrapada en un pasado reciente. «Ha sido el demonio. Ha sido el demonio», piensa una y otra vez sin detenerse. El vestido manchado deja ver unas piernas delgadas, sin duda bonitas, y un cuello esbelto salpicado de sangre; un grueso mechón de pelo le cruza la cara, se ha mordido el labio inferior y se ha roto algunas uñas.

Cuando llega a su casa, su madre y otras cuatro amigas están fuera tendiendo al sol la ropa de cama recién lavada. Ella empuja la portezuela sin mirarla, entra en el jardín y camina a través de las sábanas fúlgidas, enredándose con ellas y tiñéndolas con ribetes púrpura, y ante el espanto de todas aquellas mujeres se cae al suelo y empieza a convulsionar.

Entre todas la acuestan, la desnudan y la lavan, y después de quitarle los coágulos de sangre y despegar las costras no encuentran ninguna herida. Tampoco ha sido violada. Su ropa interior está limpia. Solo tiene alguna escoriación en los dedos, las uñas rotas y la mordedura del labio, pero nada que pueda sangrar así. Le dan agua, y al verla recobrar el sentido se miran con extrañeza y parecen comprender que todavía no deben avisar a un médico, ni tampoco a la policía.

—¡Sara! ¿Qué ha pasado? —le dice su madre en español.

—Ha sido el demonio, mamá. Ha sido el demonio.

Imara había llegado cinco años atrás con sus padres desde Hungría huyendo del comunismo. Su padre era un disidente. El Gobierno británico le había dado asilo político, le cambió el nombre y le adjudicó una pequeña parcela para que pudiera trabajar la tierra; él no quiso vivir en Londres, ni seguir en la política, había rechazado un puesto de traductor en la Oficina de Extranjería, prefirió huir para siempre del mundo y esconderse con su familia en el campo. Ahora viven los tres en Westerham, algo apartados, en las afueras del pueblo. Imara tiene veinte años y una belleza dulce y radiante, como tallada para evocar suspiros. Es tímida y silenciosa, y no se atreve a relacionarse con ningún hombre; cuando alguno la mira de frente, ella lo esquiva bajando los ojos, de forma que sin quererlo lo atrae aún más, de la misma forma que las gacelas heridas atraen a los leones. Todos los hombres de Westerham quieren conquistarla, todos tienen la fantasía de poseerla, pero ella no se ha entregado a ninguno. No sabe que su actitud prudente también los excita, que hace crecer en ellos el deseo de ser el primero.

Sara Hevia es la única amiga íntima de Imara. Hija de emigrantes como ella, en este caso españoles, y de su misma edad, comparten a diario los pequeños secretos con los que se construye una complicidad juvenil. Imara sabe que Sara está enamorada de Terence Ellerman, un prometedor ganadero, alto y apuesto, reciente heredero de la finca Blickersville; sabe, porque ella se lo ha confesado, que no deja de pensar en él desde hace cinco años, y que ahora, por fin, después de tanta indiferencia, tiene la sensación de que Terence también está interesado por ella. Últimamente siempre le sonríe cuando se cruzan por la calle, y también se detiene a saludarla los domingos cuando salen de la iglesia. Sara le cuenta a Imara que esa tarde se ha citado con Terence cerca del río, en el hayedo, los dos a solas, y que intentará obtener de él un compromiso. Imara la anima, se alegra mucho por ella, y le dice que es muy afortunada por haber enamorado al hombre más atractivo del pueblo.

—¿Tú también crees que es muy atractivo?

—Sí —contesta Imara con una sonrisa pícara—. El más interesante de todo el condado. Tienes buen gusto para ser española.

—¡Oye! Los españoles tenemos un gusto exquisito.

—Lo sé, tonta, era una ironía, enhorabuena. Supongo que me invitarás a la boda.

—Serás mi dama de honor. Ya lo tengo todo pensado: la iglesia, las flores, la fiesta...

Cuando Sara llega a su cita con Terence, este ya la está esperando. Él parece inquieto, mira sus zapatos con pequeños tacones y sus delicados tobillos sin atreverse a mirarla a los ojos y mueve la tierra en círculos con la punta de la bota. Tiene casi treinta años y se comporta con la inseguridad de un niño, pero eso a Sara no le importa, Sara es una de esas mujeres que creen haber nacido para cuidar a un hombre. Terence está recién afeitado, y en su cara pálida y sonrosada destacan unos limpios ojos azules que parecen piezas de cristal de roca. Se ha puesto su mejor camisa y unos pantalones de tela planchados con raya.

—Estás muy elegante, Terence. ¿Quién te plancha los pantalones?

—Lo hago yo mismo.

—¿Y también cocinas?

—Vivo solo. Desde la muerte de mi madre no me queda otro remedio.

—Pues si planchas y cocinas, no necesitarás a una chica que te cuide.

—Todo el mundo necesita a alguien. Es muy duro estar siempre solo.

—Estaba bromeando, bobo. ¿No será que tienes poco sentido del humor? ¿O que estás nervioso? ¿Te pongo nervioso, Terence?

—No... Bueno, sí, un poco.

—Debería ser al revés. Yo soy la chica que ha venido sola a una cita con un hombre. Debería ser yo la que se pusiera nerviosa.

—¿Tú? No sé por qué habrías de estar nerviosa.

—Caramba, Terence, espero que no pienses que las chicas españolas somos todas tan ligeras de moral como nos describen en las novelas. ¿Has leído *La Regenta*?

—No sé de qué novelas me hablas, nunca leo novelas. Las novelas solo dicen tonterías.

—¿No? Yo lo hago todo el tiempo, leer novelas te permite vivir otras vidas, sufrir con problemas ajenos, alegrarte de los éxitos de los protagonistas y crecer con ellos, deberías empezar a leerlas; ahora estoy con *Cumbres borrascosas*, de Emily Brontë, es una historia arrebatadora. ¿Quieres que te preste alguna? Aunque la mayoría de las que tengo están en español... ¿Sabes un poco de español?

—¿Español? ¿Quién quiere saber español en una granja?

—Yo podría enseñarte, poco a poco, a tu ritmo; podríamos empezar con un vocabulario elemental, y después...

—Quería decirte algo, Sara, algo importante.

—Perdóname, creo que hablo demasiado. Es un defecto que tengo. Lo tienen todas las mujeres de mi familia, las españolas hablamos por los codos, pero no te preocupes, prometo corregirme. Dime, eso que quieres decirme, ¿es importante para los dos?

—Sí. En cierto modo. Yo no hablo demasiado con las chicas, ya lo sabes, y me resulta difícil... Son cosas a las que nunca he dedicado mucho tiempo... Caramba, querría tener más experiencia.

—Adelante, te escucho. Nadie nace con experiencia. La experiencia se adquiere tropezando.

Terence está incómodo, no es un hombre que esté acostumbrado a expresarse con palabras. Sara le parece muy lista, mucho más lista que él, y no quiere darle la impresión de ser un paleto. Pasa casi todo el día con los animales, en medio de gruñidos y de largos silencios, y tiene una forma primaria de transmitir emociones. No sabe que sus vacilaciones están captando aún más el interés de Sara, que a las mujeres les gusta ver que un hombre también puede titubear por fuerte y poderoso que parezca. Si todo esto formara parte de una estrategia para conquistarla, su triunfo estaría asegurado.

—Es por tu amiga..., esa húngara, Imara. Me gusta mucho, y no me atrevo a decírselo. Me he acercado a ti porque tú, ya sabes, eres más... más accesible, más normal. Perdóname, por favor, no digo que no seas guapa, desde luego que lo eres, una de las más guapas del pueblo, pero ella... Nunca había visto una mujer así. Es como un ángel. Como una de esas actrices de las películas. Quería pedirte consejo, quería que me dijeras cómo puedo intentar... Ya me entiendes, estoy loco por ella, Sara, no se me va de la cabeza, y no sé cómo declararme, no sé qué tipo de palabras hay que decirle a una chica así. A ti te conozco más, y puedo hablarte como a una amiga, pero con ella me parece tan difícil...

Sara está rota de dolor, pero no lo demuestra. Mantiene de forma precaria la misma actitud jovial y la misma sonrisa amable a pesar de que por dentro un millón de insectos giran enloquecidos sobre sí mismos y han empezado a devorarle las entrañas. Le dice a Terence que cuente con ella, que pensará algo pronto para ayudarlo, que esas cosas no son nunca tan difíciles, que todo saldrá bien; inventa una excusa para no derrumbarse delante de él y regresa a su casa. Por el camino siente la decepción como un desgarro en el vientre, como una herida abierta que solo conduce a la muerte porque es imposible de reparar. Al llegar a su casa no dice nada, no habla con nadie, cruza la sala de estar bajo la desconcertada mirada de sus padres y sube las escaleras que conducen a su habitación. Esa noche no puede dormir, la pasa dando vueltas a uno y otro lado y tapándose la cara con la almohada para que sus padres no escuchen sus sollozos, y por la mañana, con los ojos hinchados por el llanto, va a buscar a Imara y le dice que quiere hablar a solas con ella. Imara ve con preocupación el rostro marchito de su amiga e intuye que algo no fue bien ayer con Terence. No le dice nada, no quiere ahondar su dolor, prefiere esperar a que sea su amiga quien hable primero. Las dos jóvenes pasean por la ladera del monte Thompson bajo un extraño cielo sin nubes; Imara lleva una blusa amarilla y una falda tableada, Sara, un vestido blanco.

SEGUNDO EPÍLOGO

UNA TARDE DE DOMINGO

Londres, 1988

—No te conozco —dice John—. Te acabo de besar y no sé quién eres. He fantaseado tanto sobre ti que es injusto que ahora te conviertas en alguien real, alguien de carne y hueso a quien pueda tocar, a quien pueda descubrirle defectos. Eso no te corresponde. Tú deberías ser solo una idea perfecta. Algo inmarcesible. ¿No lo entiendes?

—No —contesta Ellen desconcertada.

—No importa. No importa nada que no lo comprendas. Tampoco te corresponde comprenderme. De hecho, nunca has querido comprenderme, no sé por qué ibas a empezar a hacerlo ahora. No debemos engañarnos, Ellen, yo siempre he sido insignificante para ti, podría haber desaparecido y no me habrías echado de menos, y tú, sin embargo, has estado en todos mis pensamientos durante siete largos años, en cada uno de ellos. ¿Sabes lo que eso significa? No he tomado ni una sola decisión sin pensar en qué te parecería, si tendría tu elogio o tu crítica. Cada detalle de mi comportamiento ha estado filtrado por la esperanza de que te agradara, como si tú fueras una diosa y yo un simple mortal que se desespera por mendigar tu aprobación. Incluso he deseado tener un accidente o enfermar de gravedad para conmoverte, para tenerte a mi lado en una cama de hospital, los dos a solas, dándome la mano y preocupada por mí. ¿Ves ahora la desproporción? ¿Se te ha pasado a ti por la cabeza algo semejante una sola vez? Pues esa desproporción hace de nosotros una pareja absurda y nos aboca al fracaso.

—Podemos construir algo juntos a partir de ahora. Sin mirar atrás. Apoyándonos el uno en el otro.

John tiene a Ellen frente a él en esa plácida tarde de domingo, todavía están ante la puerta de la National Gallery, ni siquiera han bajado las escaleras, le parece seguir viendo esos cuadros españoles de vírgenes, monjes y santos, todos tan rígidos, hieráticos y distantes como la propia Ellen. Sus torpes palabras le han sonado a las de una actriz mediocre después de un mal ensayo, una letanía de lugares comunes construida no para acercarse a él, ni para reconocer su indolencia, sino para evitar un silencio incómodo; no puede comprender cómo alguna vez llegó a amarla tanto. Tal vez porque nunca se preocupó de escucharla.

—Me voy de tu vida, Ellen. Esta vez para siempre. Espero que seas muy feliz.

John se va sin esperar una respuesta, como si hubiera tomado conciencia de una forma brutal y repentina de la magnitud del tiempo perdido, y Ellen se queda quieta, abstraída, espléndida en la rotunda belleza del mediodía de su juventud, en esa forma de perfección serena que ya ha conseguido sobrepasar el adorno y que una vez alcanzada se mantiene en las mujeres cuatro o cinco años, no muchos más, porque después se matiza, se adultera y se apaga. No intenta retenerlo. No desea hacerlo. Mira a John mientras se aleja y se confunde entre la multitud, y piensa que efectivamente ha estado a punto de cometer una gran equivocación, que sin duda es un hombre interesante, alguien distinto a quien ha merecido la pena conocer, pero si ella no hubiera estado sola, no habría pensado nunca en él como pareja; lo tolera como amigo, siente lástima y curiosidad por él, lástima por su prolongada devoción y curiosidad por esa insólita forma de pensar, tan ajena a las modas y a las servidumbres de una sociedad que ella también considera perversa y llena de egoísmos; quería darle una oportunidad ahora que estaba aburrida, ver si era cierto que se puede llegar a amar a alguien desde la amistad, sin el concurso previo de ninguna forma de pasión.

Sonríe aliviada y decide no coger el metro, ni el autobús, sino caminar por los jardines de Victoria Tower hasta Whitehall, y desde allí llegar hasta Charing Cross. El paseo es corto y agradable, parece invadida por la quietud de un sueño, a su alrededor la gente es apacible, con esa forma de desánimo poco disimulado que impregna las tardes de domingo. Cuando llega a la altura de la estación del metro, piensa que no le duelen los pies a pesar de los tacones, que camina sobre esos zapatos nuevos como si se deslizara sobre la superficie del mundo, y que el día es, además de insólito, hermoso. No le apetece bajar las escaleras de la estación. Descender hasta los túneles del metro siempre le ha parecido adentrarse un poco en las cloacas de la ciudad, ni tampoco quiere esconderse de la luz para esperar la llegada de un ruidoso convoy entre cientos de personas que se esquivan con las miradas porque no quieren conocerse. Resuelve seguir su paseo con sabor a despedida por New Oxford hacia Bloomsbury; una vez allí, solo tendrá que girar a la derecha y habrá llegado a la casa de sus padres, en Russell Square.

Por el camino piensa en el amor, no como sentimiento, sino como degradación, como una forma de renuncia a uno mismo a cambio de una presunción de felicidad. John ha debido de estar viviendo todos estos años en esa triste degradación que finge ser pura, en esa forma de amor malversado que conduce a la indigencia moral. Ella no ha conocido nunca una forma de amor así, no sabe lo que es desear a alguien que estando cerca parezca inalcanzable, no ha llorado jamás por una esperanza que se desvanece, ni por un beso que sabe a indiferencia. También ignora cómo duelen los celos. Siempre ha elegido a los hombres, y nunca ha sido rechazada ni abandonada. No añora esos sentimientos, nadie puede echar de menos aquello que no ha conocido, sencillamente le parecen pueriles y no los admite.

Cuando llega ante su portal, no puede evitar un suave rapto de nostalgia, como si de pronto hubiera percibido el nuevo vacío que la rodea; John no volverá nunca a buscarla, su nombre no revoloteará dentro de su cabeza, dejará para siempre de causarle molestias pero también de cultivar su vanidad, y su ausencia la hará sentirse cada día un poco más lejos de su primera juventud, un poco más lejos de los días en la escuela del Soho, cuando todo lo importante de su vida estaba aún por suceder y aquel chico tan peculiar se enamoró de ella. Él ha estado allí desde entonces, y aunque nunca le ha concedido nada, aunque ni una sola vez ha tenido para él una palabra que lo liberara, un pequeño gesto de entrega, no podía negar que en su presencia se sentía una mujer única. ¿Es más importante amar o ser amado? Si tuviera que elegir, ¿qué es lo que ella preferiría? Desde luego amar, no tiene ninguna duda; aunque en una pareja quien más ama sea quien asuma todos los riesgos. Amar siempre eleva, y ser amado solo compensa. Busca a ciegas la llave en el bolso, le cuesta encontrarla entre el desorden de la cartera, el espejo, las entradas de la National Gallery, el pintalabios y su propia confusión; abre el portal y, muy despacio, mirando hacia la calle sin verla, vuelve a cerrar por dentro con dos vueltas de la llave.

—¿Dónde estará John cuando se marchite mi belleza? —se pregunta—. ¿Habrá alguien que sepa ver en mí entonces, debajo de mis canas y mis arrugas, a la mujer que soy ahora?

Entra en la casa, y le sorprende su espeso silencio. No escucha el rumor de la televisión, ni la voz de sus padres. Piensa que tal vez habrán salido con Thomas a dar un paseo para aprovechar la tarde. Quizá se ha cruzado con ellos y no se han visto. Se quita los zapatos, los deja junto a la entrada y siente un indudable alivio, la caminata ha sido una dura prueba para sus talones. Entra en su habitación, que, como todos los dormitorios de las mujeres que siendo adultas viven aún con sus padres, todavía mantiene algunas reminiscencias infantiles, después se desnuda, deja su ropa sobre la cama, recorre sin nada que la cubra el pasillo y va al cuarto de baño. Le gusta su cuerpo, y le gusta estar completamente desnuda, sentir que vive un momento anterior a cualquier forma de recato. Empuja la puerta entreabierta y ve frente a ella, apenas a un metro y medio de distancia, a su hermano Thomas sentado en la taza del inodoro, con los pantalones en los tobillos, con una vieja revista pornográfica en una mano y masturbándose con la otra. Thomas se azora y empieza a temblar, intenta gritar y no puede, tira la revista, no acierta a volver a subirse los pantalones. Ellen teme que sufra una crisis nerviosa y se acerca para calmarlo, le dice que no tiene importancia, que no se preocupe, que es algo que hacen todos los chicos alguna vez, le acaricia el pelo, y el rostro, y deja sin querer que sus pechos desnudos y sus pezones endurecidos por el frío rocen la cara sudorosa de su hermano; entonces él siente una infinita vergüenza, un conflicto emocional que le vuelve violento:

se levanta, la empuja, la golpea con brutalidad en el rostro y en la cabeza con los dos puños y la tira al suelo.

Ellen ha perdido el conocimiento al impactar su nuca en las baldosas, es una muñeca rota e indefensa, pero todavía respira; entre sus labios pasa un débil flujo de aire, apenas un hilo de vida que necesita ayuda porque está a punto de cesar. Thomas quiere ayudarla, siente un amor posesivo e inmaculado por ella, pero no ha llamado nunca por teléfono, no sabría contactar con un médico, ni se atreve a pedir ayuda a los vecinos, solo camina de un lado a otro por el pasillo, desnudo y cabizbajo, resoplando como una fiera acuciada por su instinto de supervivencia mientras su hermana agoniza sobre el piso. Sus padres han ido a visitar a unos vecinos, a tres portales de allí, y no tardarán mucho tiempo en volver, pues nunca lo dejan solo más de un par de horas. Empieza a sentir pánico. No quiere que descubran lo que ha hecho, no sabrá explicar que ha sido un accidente, tampoco quiere que ellos sepan que se masturba, ni que tiene escondida una revista pornográfica, ni que ha pegado así a su hermana; cree que si lo descubren lo ingresarán para siempre en un internado, como si fuera un preso, que dejarán de cuidarlo: no tiene más remedio que hacerla desaparecer. Entonces recuerda el viejo mueble congelador que guardan en el sótano, ese que solo usan para hacer hielo en verano, y también las grandes bolsas de plástico negro con las que recogen las malas hierbas del jardín. La esconderá allí con la ropa que traía puesta, con el bolso y los zapatos, como si no hubiera regresado todavía, y antes de que lleguen los primeros calores del verano encontrará alguna ocasión para deshacerse del cadáver.

TERCER EPÍLOGO

WILLIAM

Blickersville, 1993

El día ha empezado como cualquier otro. William se ha levantado tarde, ha desayunado un vaso de leche fría con un huevo batido, se ha enfundado el viejo mono de trabajo y las botas de goma que tiempo atrás fueron de su padre, ha echado de comer a las gallinas y ha puesto agua fresca a la vaca y a los tres cerdos famélicos que le quedan. La granja es solo una sombra de aquella que regentó su padre, cuando tenían un rebaño con sesenta ovejas, veinte vacas y otros tantos cerdos, más de cien pavos y doscientas gallinas. Muchos de los animales murieron porque no recibieron los cuidados adecuados, y al resto ha tenido que irlos sacrificando o vendiendo para subsistir. Hace apenas una semana recibió un correo certificado anunciándole el embargo de la propiedad si no satisfacía una deuda pendiente con el banco de treinta y siete mil libras, una cantidad con la que William no puede soñar. No ha comprendido muy bien lo que significa esa carta, esos vocablos técnicos le ponen nervioso, pero sabe que no tiene el dinero, y que nunca lo llegará a tener. Ha decidido quedarse allí hasta que lleguen esos tipos del banco y echarlos a tiros, por eso va siempre con una escopeta de dos cañones abierta sobre el brazo derecho, para recibir como se merecen a esos hijos del diablo. No se desprende de ella para dormir, ni para atender a los animales, siempre la tiene a la vista. También guarda en el bolsillo un último cartucho para él, para cuando su derrota ya sea completa, es muy probable que llegue ese momento, y tiene que estar preparado; a veces ha ensayado su propio final apuntando los cañones hacia su cara, sentado en la vieja mecedora del porche, y, al hacerlo, ante esos dos profundos orificios oscuros, ha sentido que la vida es una mujer que le mira con ojos de perro.

Después de terminar las ya escasas tareas de la granja, va al cobertizo, que él mismo convirtió hace mucho tiempo en un taller; tiene un gran panel de madera en el que cuelgan en un orden riguroso todas sus herramientas —los martillos, los alicates, los destornilladores, las llaves inglesas, las llaves de tubo...—, cada una colocada sobre el preciso dibujo a lápiz de su silueta, y en una esquina ha clavado con chinchetas las tres postales de Londres que le envió su hermano John: el Tower Bridge desde la orilla izquierda con las compuertas elevadas y un autobús de dos pisos esperando para cruzarlo, la vieja estatua de Cromwell junto a las Casas del Parlamento y la fachada gótica de la abadía de Westminster, y es allí, en ese taller sin clientes y sin apremios, en su modesto santuario, donde monta y desmonta el motor diésel del pequeño tractor; ha extendido una gran manta blanca en el suelo y tiene expuestas sobre ella todas las piezas: arriba a la izquierda, el sistema de arranque; a la derecha, la bomba inyectora y las bujías de precalentamiento; en el centro, el cárter con el bloque del motor y debajo, el cigüeñal y la transmisión. Limpia las piezas una a una con una dedicación de orfebre, sin dejar ningún rastro de carbonilla, las engrasa y las vuelve a montar, hasta que encajan unas con otras como partes perfectas; también dispone de un torno para metal, de un soplete de soldador y de una prensa, tiene todo lo necesario para reparar cualquier avería, de forma que ese pequeño tractor sigue funcionando igual que lo hizo el lejano día en que lo compró su padre, a pesar de haber cumplido cuarenta años. Ya no hay un huerto que trabajar con él, aquello se arruinó cuando Terence dejó de atenderlo, él no supo cuidar las plantas como lo hacía su padre, ni luchar contra las plagas y los parásitos, de forma que está considerando la posibilidad de fabricarse un pequeño *kart* con ese motor. Esa será una buena forma de divertirse. Solo necesita cuatro ruedas pequeñas, no más grandes de un palmo de diámetro, tendrá que pedirlas por correo, un día de estos bajará al pueblo y las encargará en la oficina postal; el resto de las piezas podrá fabricarlas él mismo.

Vive en un estado semejante a la indigencia, está muy delgado, no se afeita, apenas se lava, y su ropa está sucia y andrajosa. Si le viera así su padre, se llevaría una gran decepción, nada de lo que deseó para él se ha cumplido, más bien al contrario, la realidad de William es un duro reflejo de sus peores presentimientos, pero eso no parece importarle a nadie ahora, su padre lleva ya mucho tiempo enterrado, está en el cementerio del pueblo en una fosa de tres cuerpos, junto a su madre y su hermano Ted. Todavía recuerda con dolor el día nefasto en que descubrió al pobre Ted ahorcado en la escalera de los depósitos, la vista de su rostro hinchado y violáceo, de sus ojos fuera de las órbitas y de ese enorme cuerpo balanceándose de un lado a otro como el badajo de una campana; también recuerda el esfuerzo ingente con el que lo descolgó de allí, cómo lo intentó reanimar a golpes y a gritos, y en qué espantosa soledad lo dejó su muerte. A veces piensa en aquello que le dijo su hermano John acerca de que el alma no existe, que una vez muertos solo desaparecemos, pero él les reza a diario por si acaso no es así, por si la conciencia de los muertos puede mantenerse viva en los que comparten su misma sangre; ha llegado a convencerse de que por nuestras venas fluye un reducto inviolable que mantiene vivos a quienes nos precedieron mientras recemos por ellos, por eso coge la Biblia que fue de Terence y lee una página cualquiera en voz alta pensando en sus padres, y también en Ted, una al azar, sin entender muy bien lo que dice; le gusta creer que su familia no se ha ido del todo y que desde algún sitio todavía pueden escucharlo.

Nadie en el pueblo se atreve a acercarse a Blickersville, y los días para él son largos, tristes y monótonos, plagados de silencios; se derraman uno tras otro sin diferencia alguna, sin más matices que los que les concede la naturaleza, sin ni siquiera saber qué día de la semana es. Cuando llueve, y llueve con mucha frecuencia, pasa todo el tiempo en el cobertizo enfrascado en los motores, pero cuando hace buen tiempo se permite dar un paseo por la tarde hasta la vieja autopista abandonada, se sienta en el mismo lugar donde se sentaba con John y recuerda sus largas conversaciones, sus planes para un futuro juntos en Londres y aquella maravillosa fantasía del deportivo rojo devorando el asfalto que nunca llegó a aparecer. No le guarda rencor a su hermano, no es capaz de tener un sentimiento negativo hacia él, el paso de los años ha distorsionado sus emociones y lo ha convencido de que si John se marchó a Londres sin él, y si nunca vino a buscarlo a pesar de sus promesas, debió de ser porque tenía algún buen motivo para ello.

Esa tarde hace buen tiempo, y William está sentado en el centro de la autopista. Se ha traído un pistón y se entretiene en pulirlo. A su lado, sobre el asfalto, la escopeta abierta descansa y espera. Corre una brisa fresca que le resulta agradable, el campo está cubierto de centenares de campanillas moradas, y la temperatura y la posición del sol le hacen pensar que ya debe de estar acabando el mes de mayo. William ha aprendido a medir el tiempo sin necesidad de consultar un reloj, a percibir esos pequeños cambios en la atmósfera y en el comportamiento de los animales que son característicos de las distintas horas del día, cambios sutiles, pero que ya estaban aquí antes de que él viera el mundo y antes de que lo hicieran sus padres, y mucho antes de que los hombres quisieran ordenarlo todo y establecieran ritmos rígidos y estúpidas obligaciones con las que complicar el simple fluir de la vida.

Parece que llega el rumor de una tormenta, pero mira al cielo y ve unas nubes blandas y algodonosas que no amenazan lluvia. John le dijo una vez que esas nubes se llaman *cúmulos*, y sonríe sin darse cuenta al recordarlo: «Cirros, estratos, cúmulos y nimbos —se dice en voz baja—. Los cirros son alargados, como las crines de los caballos; los estratos son anchos y amorfos, como una manta bajo el cielo, y los nimbos, irregulares y de color gris oscuro, cargados de lluvia». Se queda observando esas nubes y ve figuras en ellas: la cabeza de un pato con el pico muy abierto, como si esperara su comida, un dragón que vomita fuego, una mujer que acuna en brazos a un niño. Es una costumbre que tiene desde pequeño, un entretenimiento que consigue relajarlo y le hace pensar que todo lo que le rodea tiene cierta trascendencia: las nubes, los árboles, las rocas, pero también la escopeta, y la línea de alta tensión, y la autopista que se hunde en el horizonte. El rumor se hace más fuerte, y William se incorpora y gira la cabeza para buscar en el cielo la estela de los gases de un avión, pero tampoco la encuentra. Entonces ve, al fondo de la autopista, a más de una milla de distancia, algo borroso que se acerca a gran velocidad. Sí, es un coche rojo, un deportivo que brama como una docena de toros salvajes y que parece aspirar el aire a su paso. Piensa que está soñando, que ha buscado tantas veces esa imagen allí donde se juntan las líneas de la autopista que se ha quedado dormido y su imaginación ha sido capaz de generar ese delirio cuando en realidad allí no está sucediendo nada. Pero no debe de ser así, porque ha cerrado los ojos, se los ha frotado y los ha vuelto a abrir, y ese coche está ya muy cerca, incluso huele la combustión del motor y puede reconocer que es un Aston Martin DB7 rojo púrpura, con los cromados muy brillantes y los cristales negros, que pasa por el lado contrario de la autopista rasgando el asfalto a más de doscientos kilómetros por hora. William lo ve pasar con el mismo gesto absorto con el que Moisés debió de contemplar la zarza ardiente. El coche cambia de sentido en el otro extremo de la autopista, y ahora se dirige hacia William por su lado; cuando está cerca, afloja la marcha, y con una lentitud solemne se detiene ante él. Nunca había visto nada tan hermoso.

Entonces desciende el cristal de la ventanilla del conductor y ve a su hermano John al volante.

—Tenías que ser tú —le dice.

—Dije que vendría, ¿no?

—Sí —dice William mientras el tic nervioso le obliga a girar la cabeza—, ya, ya lo creo que lo dijiste. Pero hace mucho tiempo. ¿Es el V8, verdad?

—Así es, 3.200 centímetros cúbicos.

—Y 355 caballos. ¿De dónde lo has sacado?

—Es mío, tengo una empresa de compraventa de coches en Glasgow.

—¿En Glasgow?

—Sí, allí gustan mucho este tipo de coches.

—Pensaba que vivías en Londres.

—Estuve un tiempo, pero las cosas se complicaron y decidí marcharme.

—Todavía tengo tus postales.

—¿Te gustaron?

—Ya lo creo. Mi favorita es la del puente.

—No te mandé desde Glasgow porque quería darte una sorpresa.

—Unos tipos del ayuntamiento vinieron y me dijeron que habías muerto en España.

—¿Los creíste?

—No. Si hubieras muerto habría dejado de sentirte, como a Ted y a los gemelos. A ti te seguía sintiendo. Los gemelos nunca volvieron, ¿sabes? Ni supimos nada de ellos. Yo debía de tener razón cuando te dije que les había pasado algo malo. Papá murió poco después de marcharte, se fue apagando, yo creo que murió de pena, y Ted... Ted se suicidó y me dejó solo, se ahorcó donde los depósitos; unos días después de morir papá, se encerró en el cobertizo, no sé qué estuvo haciendo allí, supongo que nada en especial, y por la noche salió con una escalera, una soga y un cajón de fruta vacío y se colgó sin ni siquiera despedirse de mí, creo que no quería vivir conmigo, que me veía como una carga. Por la mañana lo encontré allí, balanceándose, lo descolgué como pude e intenté reanimarlo, aunque ya tenía el cuello roto y el cuerpo duro como una piedra. Ha sido todo muy triste, pero ya ni siquiera tengo ganas de llorar. He llorado mucho, ¿sabes? En especial al principio, lloraba todos los días, me despertaba, me daba cuenta de que estaba solo y lloraba, pero ahora es como si se me hubieran secado los ojos, como si tuviéramos un número de lágrimas y yo ya las hubiese gastado. Tenías que habernos visto a Ted y a mí cuando murió papá, velándolo en su cuarto, uno a cada lado de su cama; él ahí tendido, con la barbilla afilada y la piel fría, un poco brillante, como si fuera de cera; lo vestimos con el traje de los domingos, el que llevaba siempre a la iglesia, estaba raído, pero era lo mejor que tenía, lo peinamos con la raya a la izquierda, como a él le gustaba, y le cruzamos las manos sobre el pecho con un pequeño crucifijo que había sido de mamá, Ted y yo pensamos que a él le habría hecho ilusión tenerlo, después nos quedamos los dos solos mirándolo, y lanzándonos también alguna mirada entre nosotros de vez en cuando, no sé si de cansancio o de pena. Papá no nos veía, pero nosotros estuvimos ahí con él toda la noche; creo que si hubiera podido vernos, habría estado contento, morirse sin alguien de tu familia cerca debe de ser muy triste... No subió nadie del pueblo a acompañarnos, a pesar de que yo bajé a avisar, ni siquiera la señora Davies, eso me pareció muy... muy mal, no sé por qué nos dejaron tan solos. Eso fue lo que hizo que me enfadara con la gente y que dejara de hablarles. Además ya ni siquiera voy al cementerio, al principio iba de vez en cuando, pero dejé de ir porque me apenaba ver todas esas flores tan secas sobre las tumbas, y sentir ese maldito silencio del mármol que se me clava en los oídos... Les dije, a esos dos tipos del ayuntamiento, les dije que se fueran por donde habían venido. Y aún querían que les diera dinero para repatriar no sé qué cadáver, los muy capullos. Los amenacé con la escopeta y les dije que no volvieran a pisar la granja. Luego vino otro, me refiero a otro tipo preguntando por ti, eso no fue hace mucho, uno de Londres que decía ser abogado de una compañía de seguros, pero tampoco quise hablar con él.

—Hiciste bien, los abogados son unos liantes.

—Este no parecía mala persona, al contrario, era muy amable, pero yo estaba entretenido con el motor, en el cobertizo, lleno de grasa, y solo le dije que no sabía nada de ti.

—¿Recuerdas su nombre?

—No, ya sabes que no tengo buena memoria.

—He pensado —dice John— que tal vez te gustaría venirte conmigo a Glasgow, a echarme una mano con los coches. Algunos vienen fuera de punto, o un poco tocados, y conviene que un buen mecánico los repase antes de venderlos. En mi casa hay una habitación libre, una abuhardillada, muy amplia, con mucha luz, así podríamos volver a vivir juntos, como antes. ¿Qué me dices?

William mira al suelo, y luego mira a su hermano. Todavía le cuesta creer que él esté allí. El sol patina sobre la pintura roja del Aston Martin, y el sonido grave del motor al ralentí parece estar marcando el ritmo de todo el universo.

—Estaría bien —contesta William con media sonrisa—, ya lo creo que estaría bien.

—Bueno, pues sube entonces. ¿A qué esperas? El viaje es muy largo.

—¿Nos vamos ahora mismo?

—Claro. ¿O quieres despedirte de alguien?

—La verdad es que nadie me va a echar de menos.

William rodea a grandes pasos el imponente morro del deportivo y siente el vibrante calor que se desprende del capó, piensa que si estuviera soñando no sentiría ese calor, ni olería los gases de la combustión, que en el fondo es posible que esto le esté sucediendo a él, por extraño que parezca. Deja atrás la escopeta, y el pistón, y todo lo que había traído para limpiarlo, como si pertenecieran a una época pretérita que ya está empezando a olvidar. Abre la puerta y, antes de encajarse en el asiento de cuero, retira una carpeta llena de papeles escritos a mano.

—¿Qué son estos papeles?

—Déjalos ahí atrás, no te preocupes, son mis memorias, ahora me ha dado por escribir, me relaja mucho.

—Es precioso —dice William mirando cada detalle del salpicadero.

—No veas lo que me ha costado pasar por el camino viejo del vertedero hasta llegar aquí. Ha sido como hacer un rally. Este coche es muy bajo, y las excavadoras dejaron unos baches enormes. Cuando lleguemos al taller, tendremos que echarle una buena mirada, he rozado la protección del cárter más de una vez. Ese va a ser tu primer trabajo, dejar este coche como nuevo. Ponte el cinturón de seguridad. Nos vamos. Tengo muchas cosas que contarte por el camino. Una de ellas es que ya no nos llamamos Ellerman.

—¿Ah, no? ¿Cómo nos llamamos ahora?

—Elliot. En Escocia es mucho mejor usar ese apellido. Allí hubo unos nobles con castillos y grandes propiedades que se llamaron así. Son un poco especiales los escoceses, les importa mucho todo ese rollo de las raíces.

—¿Elliot? No está mal. También empieza por E. ¿Y puedo seguir llamándome William?

—Sí, William es un buen nombre para Escocia.

—William Elliot... Suena bien.

—Además voy a casarme, y quiero que seas mi padrino. Una boda modesta, solo unos pocos amigos. La novia está deseando conocerte.

—¿Sí? Seguro que es guapísima.

—Mucho. Te va a gustar.

—¿Cómo se llama?

—Rachel.

—Rachel —repite William despacio, y su cabeza imagina a la mujer más encantadora del mundo.

—Pon algo de música, ahí tienes varios discos, en la guantera.

—¿Pink Floyd?

—Ya sabes que sí. A ver si encuentras *Comfortably Numb.*

—*The Wall,* disco dos, sexto corte.

—¿No decías que tenías mala memoria?

—Diablos, John, las cosas importantes no se me olvidan.

Ya declina la tarde, y el Aston Martin se sumerge en las últimas luces del crepúsculo igual que lo haría un fantasma. Unos pájaros se asustan a su paso, baten nerviosos sus alas y se alzan en desorden por encima de las elevadas copas de los árboles; desde su altura pueden ver el coche que se aleja, la desolada granja que agoniza y el bosque donde yacen los gemelos, y más al oeste, los verdes pastos junto al monte Thompson y el pueblo de Westerham, que está sumido en el aire frío de una primavera tardía y en la triste memoria de Imara, de Sara y de Terence. Como ellos, todo lo que los rodea parece pertenecer a una melancólica región de sombras, todo perdura en su callada resignación, postrado sin más ante la muerte.

John finge que no se ha dado cuenta y conduce mirando al frente, pero a su hermano han empezado a aflorarle las lágrimas; otra vez puede llorar, otra vez puede pensar que los días son algo más que una monótona cadena de silencios, y que la vida no es una mujer que le mira con ojos de perro.

El Escorial, Madrid,
agosto de 2014

Este libro se imprimió en
Romanyà